致 喜欢下饭菜的每一位读者:

　　《下饭菜》创作于我在海外读书的第一年。
每当在异国他乡没有胃口的时候，我就会掏出珍藏
的罐装酸豆角，拌进各种各样的主食来下饭。

　　有那罐酸豆角陪伴的我，就像有"下饭菜"的
朋总一样，吃什么都是香的。

　　总之，希望大家和喜欢这道清脆爽口的

夏日小菜～

Xiafancai

下饭菜

芥菜糊糊

—— 著 ——

长江出版社
CHANGJIANGPRESS

漫娱图书

XIA FAN CAI

XIA FAN CAI

Xia Fan Cai

目录
Contents

Xia Fan Cai

"刚刚有花瓣落在你的头上了。"

冬阴功虾

Dongyin Gong Xia

CHAPTER 1

冬阴功虾

DONG YIN GONG XIA

"陶明灼，"杨可柠说，"我知道你本人可能没怎么注意到，但是我真的觉得荆副总好像在偷偷看你。"

一开始陶明灼并没有反应过来这丫头说什么，因为他正在专注于剥手头的虾。

公司食堂的冬阴功虾一直做得很绝，汤汁清爽酸甜，虾肉爽口弹牙，出现的频率大概是每两周一次。所以陶明灼今天的目标也很明确，他干脆连米饭都没有盛，打了一大盘子虾就开始埋头苦吃。

意识到杨可柠刚才说了些什么，陶明灼拿筷子的手顿了一下。

他笑了笑，说："怎么可能，瞎说什么呢？"

"我没说笑，我很认真。"杨可柠急了，"我知道你是我们中每天吃饭最认真的那个人，所以你可能一直没有注意到，但是刚才我看得很清楚，荆总视线的落点绝对就在你的身上——"

"没有的事。"陶明灼及时打断了她，"打住，吃你的菜。"

杨可柠："可是——"

"小柠，"身旁的许奕突然开口，"我的袖口沾到了点儿菜汤，你能帮我拿张纸吗？"

杨可柠"哎呀"了一声，扭头帮他去拿桌子上的抽纸："沾哪儿了？给我看看。"

许奕接过纸巾在袖口胡乱抹了半天，半晌慢吞吞道："欸？好像没沾到，我看错了。"

杨可柠："你逗我呢？"

许奕是个挺腼腆老实的小伙子，平时很少会主动开口，基本都是乐呵呵地坐在一旁听他们聊天。

陶明灼知道他之所以演了这么莫名其妙的一出，八成是因为看出来自己不想回答杨可柠的问题，想要为自己解围罢了。

陶明灼冲许奕笑着点了点头。嘴里的虾越嚼越没味儿，陶明灼有点心不在焉，他的视线越过人群，最后落在了窗边的一个身影上，他看到了正在剥虾的荆瓷。

荆瓷剥虾的动作很缓慢，就好像他正在处理的不是沾着酱汁的虾壳，而是一件容易破损的艺术品。

像是感受到了陶明灼的视线，荆瓷抬起了眼。陶明灼立刻收紧了下颌，故作镇定地将视线平移开。

其实陶明灼的心里比谁都清楚，杨可柠刚才说的话并不假。只不过她使用的形容词与事实存在一定的偏差，那就是荆瓷从来都不是在"偷偷地"看自己，他是一直在明目张胆地观察陶明灼。

事实上，这样大胆的注视已经持续了快一个月，已经发展到了让陶明灼有些无法忽视的地步了。

陶明灼是这家游戏公司的原画设计师，他参与设计的这款游戏成绩不俗且讨论度高，加上团队氛围也很轻松，总体的就职体验可以说是非常不错。

就是公司最近天降的这位副总让陶明灼有点摸不着头脑。

两个月前，公司总经理喜气洋洋地宣布自己将进行无期限的休假，随即将所有权力递交给了这位新来的常务副总。

有传闻道荆瓷似乎是老总的熟人，是海外名校毕业的高才生，能力卓越，上任后版本首次更新的流水也印证了这人确实决策高明。

总之像荆瓷这样的高层领导，理应和陶明灼这种研发部门的普通员工是产生不了什么交集的。哪怕荆瓷某天心血来潮地想要管理美术组，直接和他对话的人也应该是美术负责人才对。

所以发现荆瓷在观察自己的时候，陶明灼以为自己是看错了。

陶明灼记得很清楚，发现荆瓷偷看自己的那天中午，他吃了一碗牛肉粉。

他个子高，饭量从小就大，所以吃饭时拿出的态度也比别人端正得多，基本是全神贯注埋头吃饭的状态。

当时的他把粉吃到一半，感觉有点咸了，于是抬起头灌了口水。刚把水瓶放下，他就发现有个人正在盯着自己看。

陶明灼噎了一下。荆瓷坐在餐厅的角落，脸上并没有什么表情，只安静地看着陶明灼。

那天的阳光很好，好到有点晃眼，荆瓷又坐在窗边，周身都被一层暖色调的光晕笼罩着。于是陶明灼愣了一下，他怀疑自己可能是看岔了。

他低头又迟疑地吃了几口粉，再抬起头时，窗外的云层已经将阳光挡住了。视野在刹那之间变得清晰了很多，随即陶明灼的心跳顿时又漏了一拍——荆瓷还在注视着自己。

这下陶明灼就有点心里发毛了。

哪怕再迟钝的人，被自己的上司用如此"尖锐"的目光注视着，也没办法做到若无其事地继续吃饭。

陶明灼以为是自己那天穿的红卫衣太招摇了，第二天他换了个低调的白色 T 恤，准备和餐厅的墙面融为一体。然后他发现，荆瓷还是照样盯着自己看。

而且就这么连续了两周时间，每天中午荆瓷都会坐在同样的位置，以同样的神情注视着陶明灼。他从未起身主动和陶明灼进行任何对话，他只是在无声无息地观察陶明灼。

陶明灼不知道荆瓷为什么要这般盯着自己，更不知道自己有什么好看的，他只知道这种快要被看透的感觉真是折磨人于无形。

陶明灼心中郁结，他开始有些食不下咽，但他不可能硬着头皮直接上去说"您能别盯着我看了吗？我有点不敢吃饭了"。游戏公司虽然大多是比较扁平化的管理方式，但对方怎么说也是自己的上司，陶明灼不想自己第二天因为呼吸了公司的空气而被开除。

陶明灼最后只能找了个借口和杨可柠换座。他选择让自己坐到一个不会一抬眼就看到荆瓷的位置，却没想到换座之后，反倒被杨可柠这个眼尖的丫头给看出了端倪。

杨可柠沉默了一会儿，又忍不住开口道："千真万确，荆总现在又在看你了，真的，你不信自己回头看看……"

陶明灼头痛欲裂，随即又听到杨可柠突然"欸"了一声，说："等等，等等，不对……他站起来了！"

陶明灼无奈："你能不能别总盯着别人的一举一动瞎琢磨，人家吃完了饭，想走还不行吗？"

杨可柠提高了一个音调："他朝你走过来了！"

陶明灼突然就笑不太出来了。他有些茫然地侧过脸，看见荆瓷端着餐盘，径直向自己走了过来。

其实这么多天下来，陶明灼的心理防线早就已经濒临崩溃。所以就在荆瓷在自己的面前站住的那一刻，陶明灼甚至感到了一丝难以言喻的轻松。

陶明灼有点不知道自己该看向哪里，他只能装作茫然的样子，下意识地望向了荆瓷手里的餐盘。

冬阴功虾应该是真的很好吃，因为陶明灼发现荆瓷只把盘子里的虾吃掉了，并没有去动其他的菜。

然后他听到荆瓷问："你叫陶明灼，对吗？"

陶明灼回过神，应了一声。

"我一直想找个机会单独和你聊一聊。"荆瓷笑了一下，说，"只不过前两次路过你的工位时，看到你比较忙碌，就没有去打扰你。"

坐在对面的杨可柠直接张大了嘴巴，许奕也露出了茫然的神色。这话其实是怎么听怎么不对，因为从一个上司的角度来看，这样的行为实在是有些过于体贴了。

陶明灼也愣了一下，解释道："最近大家都在忙着夏日活动的皮肤设计，进度有点赶，所以……"

荆瓷很轻地"嗯"了一声。

"我可以坐在这里吗？"他指了指陶明灼身旁的空位子。

话音刚落，杨可柠就立刻主动把桌面上的食物腾开，陶明灼就没见过这丫头能在玩音游之外展示出这么快的手速。

荆瓷道谢，同时落了座。

"陶先生。"他温和地对陶明灼说，"我有一个请求，希望你可以考虑一下。"

短短十几秒内，陶明灼在脑子里把自己这阵子的工作状态回忆了一遍。

最近他没有明目张胆地在工位摸过鱼，之前参与设计的几款主题皮肤卖得也挺好的，陶明灼感觉自己坦坦荡荡，没什么可心虚的。于是他定了定心神，镇定地道："您说。"

荆瓷注视着陶明灼的眼睛。

"请问明天中午十二点半左右，你愿意和我单独吃一次午饭吗？"荆瓷问。

陶明灼："啊？"陶明灼一时间有点没反应过来，"可……可以啊。"

荆瓷很轻地吐出了一口气，然而他的话好像并没有说完，像是在犹豫着什么，陶明灼看到荆瓷抿了一下嘴，又一次开了口："其实除了吃饭之外，我还有另外一个比较特别的请求，因为有可能会冒犯到你，所以想先问一下你的想法。"

陶明灼很少遇到说话如此客气且有分寸的人，再加上荆瓷的声线温润，令人感到莫名的舒服。

陶明灼怔了一下："你说。"

荆瓷却并没有继续开口，他注视着陶明灼，眨了一下眼睛，错开了视线。

这是陶明灼第一次和这位新上司坐得这么近。

荆瓷刚来公司的那一阵子，以杨可柠为首的几个研发部的小姑娘们就热衷于讨论他的容貌。现在两人面对面地坐着，靠设计人物当饭碗的陶明灼才不得不承认，荆瓷确实生了一张近乎完美的脸。

脸好看是一回事，更重要的是这样温和干净、不浮不躁的气质实在是少见。

画师看到好看的事物总是想要记录下来，更何况眼前的还是现实生活里难得一见的儒雅温柔型的帅哥素材。

只是荆瓷的唇色有一些浅淡，不知道是不是陶明灼的错觉，他感觉荆瓷的气色并不是很好。

就在陶明灼走神的这一刹那，荆瓷已经抬起了眼，重新看向了陶明灼的眼睛。他弯了一下眼睛，露出一个抱歉的笑。

"请问你介不介意我在吃饭的时候，一直看着你吃呢？"荆瓷问。

这个请求也给在场的所有人都带来了不小的冲击。杨可柠的眼珠子都快掉进饭碗里了，她开始和坐在对面的许奕疯狂做起了嘴型。

陶明灼本人的脸色虽然没变，但大脑还是空白了那么一瞬。

犹豫着不知道如何作答时，陶明灼看到荆瓷的秘书走到了他的身边，提醒他下午的会要开始了。

荆瓷也没有对自己方才的话进行更多的解释，他只是看向陶明灼，轻轻地问了一句："那么，明天见？"

陶明灼深吸一口气："……好的。"

荆瓷对着他点了一下头。

〜2〜

回到工位后，陶明灼遭到了来自杨可柠和许奕的重重拷问，可陶明灼半天说不出话。

许奕忍不住八卦道："小陶，荆总为什么要单独和你吃饭？你们两个人是原本就认识吗？"

杨可柠若有所思地盯着陶明灼："而且为什么吃饭的时候还要看着你吃？你是背着我们开了什么吃播节目被发现了？"

陶明灼其实是最茫然的那个人，首先他不知道这两天自己被偷窥的原因，其次也不清楚明天这顿午饭的目的是什么。

"先别瞎猜，忙你们的事儿去吧。"他镇定道，"明天吃完不就都知道了？估计人家荆总就是有工作上的事儿想和我聊。"

　　然而第二天中午十二点半，陶明灼坐在荆瓷的办公室里，清楚地意识到事情可能没有自己想的那么简单。

　　"我不知道你最喜欢哪国的菜式，所以今天就先自作主张地选了一家。"荆瓷说，"如果你不喜欢，或者感觉不够吃的话，我现在还可以联系别的餐厅，配送时间应该也不会很久。"

　　"不用。"缓过神儿的陶明灼干笑了一下，"不用换，真的够了，荆总。"

　　陶明灼有点喘不过来气儿了，看着办公桌上摆放着的外卖盒，数量之多大概是可以从除夕吃到大年初七顺带还能把元宵节也过了的程度。外卖袋上印着的店名陶明灼刚好有些印象，是办公室里的几个小姑娘之前一直嚷嚷着去吃但又嫌贵的私房餐馆。

　　荆瓷还是没有解释这顿饭究竟是为了什么，他只是"嗯"了一声，将餐具拆开，放了陶明灼的手边，温和道："那就好，吃吧。"

　　陶明灼其实有很多想问的，但斟酌了一下，还是嘴上先应了一声，决定先吃两口再开口。

　　陶明灼一进门的时候就盯上了摆在桌子上的烤鸭，趁着薄饼还是冒着热气的状态，他给自己卷了一个。

　　香是真的香，一口下去，好吃到人都跟着舒展开了。

　　陶明灼改图改了一上午，饿得他连续吃了几个烤鸭卷才想起来，自己对面还坐了个人，而且对方还是自己的上司。

　　陶明灼赶紧抬起头，然后他的心里直接咯噔了一下——荆瓷并没有动筷。

　　他只是一只手拿着筷子，用筷子尖轻轻地点着盘子边缘，另一只手托着下巴，若有所思地盯着自己。

陶明灼这才回想起来，昨天荆瓷已经提前向自己预告过了，他会在吃饭的时候注视着自己。但他没想到荆瓷真会这样不客气地，用这种……像是在看美食博主一样的姿态去看自己吃东西。

陶明灼感觉自己的嗓子有点干："荆总，您不吃一口？"

然后他看到荆瓷恍然地眨了一下眼睛。荆瓷"嗯"了一声，然而他的视线依旧停留在陶明灼的身上。

"没事。"荆瓷说，"你先吃，我看着你吃就好。"

陶明灼："……"

陶明灼感觉自己有点儿吃不下去了。当一个人意识到有别人在观察自己的时候，他的所有行为都很难再继续保持自然。

陶明灼犹豫道："我一个人吃怪不好意思的，烤鸭趁热吃最佳，您也来一口吧，一会儿就凉了。"

荆瓷怔了一下，半晌说："好。"

荆瓷也选择给自己包了一份烤鸭。

陶明灼就看着他先是对着手里的烤鸭卷看了一会儿，半晌才低头咬了一口，缓慢地咀嚼起来。

对方总算是不再盯着自己看了，陶明灼松了一大口气，抓紧时间低头又吃了两口。

然而再抬起头时，陶明灼的呼吸又是一滞，因为他看到荆瓷在笑。荆瓷直勾勾地盯着自己手里被咬了一口的烤鸭卷，嘴角微微地扬起。

经过几次交流，荆瓷给陶明灼的第一感觉就是温柔，但同时又是一种有距离感的温柔。

他的笑意总是柔和而礼貌，不笑的时候神色便会淡下来一些，总之是个有气质、有教养的人。

但是现在荆瓷脸上的笑，和他平时那种礼貌的、客气的笑还不太一样。此时荆瓷的眼底含着一种光，眼睫微颤，分明是一种难以抑制的激动，像是发自内心的惊喜。

一些奇怪的想法开始在脑海里不断成形，陶明灼感觉不太对，脊背甚至都已有些发凉，便有些虚弱地喊了一声："那个，荆总……"

荆瓷怔了一下，很快脸上的笑意便收敛，他抬起眼，看向陶明灼。

陶明灼干笑了一下："您约我吃这顿饭，是有什么事儿要和我说吗？"

荆瓷并没有说话，他只是看着陶明灼的脸，有一些出神，像是在想别的事情。

半晌荆瓷开口道："你平时都喜欢吃什么菜？"

话题落在了完全意想不到的地方，陶明灼顿了一下，只能硬着头皮说："我……我这人不挑，什么都爱吃。"

荆瓷点了点头，然后陶明灼就听到荆瓷很突然地问："陶先生，请问你愿不愿意，以后每天的中午都和我一起吃饭呢？"

陶明灼一刹那怀疑自己没听清："……什么？"

"啊，对了。"荆瓷想了想，又说，"还有一点可能需要你适应一下，那就是像今天一样，我可能偶尔会注视着你。"

"当然，因为占用了你的休息时间，你可以向我提出一些要求作为补偿，如果是我能力范围内的，我一定会尽力去满足。"荆瓷温和地笑了一下，"我非常希望你可以答应我这个请求。同时我也希望，你不要过问我提出这个请求的原因。"

陶明灼感觉现在的情况很像是在无限套娃。

荆瓷请自己吃了这顿国宴级别的午饭，而这顿午饭的目的，竟然是想要在未来请自己吃更多的午饭？

直觉告诉他其中不合理的地方实在太多，陶明灼想要追问下去，可偏偏荆瓷刚才的一句"不要过问"已经把路封死了。

陶明灼迟疑了一下。

"其实我……很愿意和您一起就餐的。"陶明灼努力将拒绝的话说得委婉，"就是我们几个画师平时的生活作息比较不稳定，所以午饭时间并不固定，我怕和您的时间对不上，耽误了您的工作。"

荆瓷若有所思地看着他，半晌"啊"了一声。然而下一秒，陶明灼就听到荆瓷说："请放心，我会来配合你的工作规划，你不用担心时间上的冲突问题。"

陶明灼："啊？"

被自己的上司天天请吃午饭，对方甚至还要主动配合自己的时间，这感觉就像是块大馅饼被一把镶金的叉子直接喂到了嘴边。

陶明灼开始感到有些恐慌。婉拒无效，陶明灼只能开始拉低自己的形象："但是还有一点我得和您说一下，就是我这人饭量比较大，吃得也比较多，而且我这人吃饭的时候其实不太爱说话，就挺没劲的一个人……"

陶明灼后面的话并没有说完，因为他看到荆瓷摇了摇头。

"我可以向你保证，绝对不会让你饿着肚子离开我的办公室一次。"荆瓷望着他，说道，"如果你觉得不自在的话，你甚至可以完全不和我进行对话。"

陶明灼怔住了，因为荆瓷的态度非常诚恳。而且不知道是不是陶明灼的错觉，荆瓷脸上的神情看起来甚至是非常殷切的。

"我只是想和你每天吃一顿饭。"荆瓷轻轻地问，"可以吗，陶先生？"

※3※

陶明灼感觉自己陷入了奇怪的循环当中。他想要知道荆瓷在食堂偷窥自己吃饭的原因，所以去吃了顿午饭，结果最后不仅没有得到答案，反而以后还要和荆瓷吃更多顿饭。

天上明明不会掉馅饼，但陶明灼偏偏就被一个给砸到了。天底下也没有白吃的午餐，但陶明灼不仅在某种意义上吃到了，而且他还会在未来继续吃到很多顿。

"我不理解。"陶明灼问杨可柠，"我最近是不是应该关注一下彩票？"

"且不提荆总为什么要天天请你吃饭，"杨可柠"嘶"了一声，"我就是想了解一下，你们俩在吃饭的时候，他真的就盯着你看？是怎么个看法呢？"

陶明灼叹息："真的是一直死盯着我的脸，直勾勾的那种看，而且虽然他好像一直在克制脸上的笑意，但是他整个人给我的感觉就像是……"他回忆了一下，犹豫道，"像是在因为什么事而感到喜出望外一样。"

杨可柠陷入了沉思，随后恍然大悟道："我知道了！荆总一定是在观察你的身体状况！"她似乎很坚信自己的想法，"我来合理推测一波，荆总有可能生病了，但是病情比较复杂，也许是需要器官移植的这种，正好某天他看到了人高马大的你，通过调查发现你们俩血型一致，加上你小子看着就身强力壮，就想着请你吃饭先给你补补气血拉近距离，然后找准时机再……"

"打住，打住，哪儿合理了？"陶明灼一脸不可置信，"姑奶奶，脑洞太多可以用到您的画作上，而不是在这里给我胡言乱语编狗血小说，这种情节也亏你能想出来。"

"你可别不信，往往越是不可思议的事才越容易发生。"

看着杨可柠言之凿凿的样子，陶明灼也不自觉地有些心里发毛，开始回忆荆瓷对自己的观察和相处态度。

应该不会吧，又不是在拍电视剧……怎么可能真的这么离谱啊？陶明灼努力安慰自己。

第二天早上八点三十分，陶明灼走进了公司楼下的便利店。

便利店的冷柜在九点前通常会被塞得满满当当，陶明灼拿了个鸡蛋三明治，走到装便当的货架前，对着上面的鱼香肉丝盖饭看了一会儿。

便当的透明盒盖上挂着朦胧的水雾，盒身贴着"今日半价"的明黄色贴纸，陶明灼停顿了一下，转身向收银台走去。

陶明灼一般一周有三天会在公司食堂吃午饭，另外两天则是在便利店里把早餐和午餐一起买好。如果是以前，像这种刚上货架并且是半价的新鲜便当，陶明灼是绝对会狠狠地购入两大盒的。

收银的小姐姐和陶明灼比较熟，看他今天拿的东西不多，便打趣道："今天怎么吃这么少呀，想偷偷减肥？"

陶明灼："今天中午……有同事请客。"

小姐姐"哦"了一声，一边将东西装在塑料袋里，一边又热情地推销道："对了，有新上的花生果酱三明治，很适合当早餐，要不要试试？"

陶明灼接过袋子，笑着摆了摆手："这个真不行，我坚果过敏。"

去公司的路上，陶明灼陷入了思考。其实他也不明白自己为什么会将这件荒唐事答应下来，也许是荆瓷当时的表情太过殷切，又或许是因为他当时说"非常希望你答应这个请求"，而陶明灼从来都是个不擅长拒绝的热心肠。

陶明灼深吸了一口气，决定顺其自然。虽然他还是很疑惑荆瓷的动机，但对方也明说了不希望自己追问，那陶明灼就当自己是领了个免费的午饭券，反正到了时候，荆瓷肯定要说出来的。

陶明灼强迫自己静下心来，在工位上开始打磨手中的画稿。

直到十一点半，几个同事招呼陶明灼一起下楼吃饭，陶明灼人生中第一次以赶工作进度的理由推掉了别人的吃饭邀约。杨可柠在临走前还给陶明灼来了个会心的眨眼。

陶明灼坐着愣了会儿神，感觉时间差不多了，便起身上了楼。他有点心不在焉，上了楼之后掏出手机一看，发现时间才十一点四十多，而自己和荆瓷昨天约的时间是十二点。

荆瓷办公室的门虚掩着，陶明灼正准备敲门，就听到里面传来了对话声，他的手顿了一下。

还剩个十来分钟到十二点，属实是个尴尬的时间点，现在再下楼的话，屁股没坐热估计就又得跑上来。陶明灼斟酌了一下，最后决定在门口小等一会儿。

透过门缝，可以看到房内是荆瓷和他的秘书。陶明灼是真的没想偷听别人说话，但是走廊实在是太安静，办公室的门又没关严，屋内两人的对话便无可避免地传到陶明灼的耳朵里面。

一开始是荆瓷的秘书在汇报工作，荆瓷站在窗前，一边聆听着一边给桌面上的盆栽浇水。

观察人物及场景是陶明灼的某种职业习惯，他看到荆瓷今天穿的是一件浅蓝色的衬衣，衣摆利落地扎在裤子里。可能是为了不沾到水，荆瓷将浇花的那只手的袖口挽起了一些，露出手腕。

荆瓷的体态很好，但是陶明灼总觉得他好像有一些太瘦了。

回过神时，陶明灼就听到荆瓷有些突然地问了一句："送到了吗？"

"已经送到了。"秘书说，"我刚刚又重新加热了一下，一会儿吃的时候就是刚刚好的热度了。"

荆瓷"嗯"了一声，又问："他对坚果过敏，点菜的时候备注了没有？"

秘书说："您说的我都记着呢，点的时候就已经备注了，刚才我又拆开检查了一遍，绝对没有问题。"

门外的陶明灼一开始听得还有点迷糊，直到这句"坚果过敏"，陶明灼这才意识到荆瓷口中的"他"指的就是自己。

过敏这事儿其实连陶明灼的家人有时候都会忘记，而陶明灼平时吃饭也从未和外人主动提起过。他觉得吃饭的时候自己留个心眼注意一点就好，没必要叫别人点菜的时候不尽兴，但是荆瓷又为什么会清楚这样的细节？

陶明灼还没反应过来，又听见秘书带着笑意的声音："真好啊，这么久了，您总算是等到了今天。"

秘书并没有明说"等到了"什么，但是陶明灼看到荆瓷沉默片刻，点了下头。陶明灼随即意识到，他们好像在聊着一件彼此心照不宣的、旁人无法解码的秘密。

"我抽屉里有之前李总送的一副观赏筷，先拿出来吧。"荆瓷说，"外卖里面的一次性筷子可能有毛刺，我怕他吃着不舒服。"

秘书说了一声"好的"。

荆瓷停顿了一下，又微微皱起了眉，陶明灼听到他像是有些苦恼地问："今天一共有几道菜？昨天他看起来就有些不太自在，会不会是因为我点太多菜让他觉得压力很大？"

秘书笑了一下，说："不会不会，今天五菜一汤，绝对是刚刚好的分量。其实我认为您没必要做得这么体贴，顺其自然就够了。"

然后陶明灼看到荆瓷摇了摇头，他说："有必要的。"

荆瓷的声音不大，但是却非常清晰地、一字一字地传到了陶明灼的耳朵里。

"你不明白，他……太重要了。"荆瓷很轻地叹息了一声。

～4～

二月份的最后一个周末，荆瓷发现自己吃不下饭了。

那时候他刚回国，工作交接量很大，李宇珀给他留下一句"你加油，我先溜了"，就喜气洋洋地坐上了去度假的飞机。

那天将所有事务处理完时，天色已暗，荆瓷思考了一下，决定奖励自己一个炸鱼汉堡。

可能是因为在处理工作时，荆瓷表现出的总是较为冷静干练的那一面，很多人便误认为他是高度自律的那一类人。荆瓷觉得这算是一种偏见，将工作有效率地处理好本来就是自己的职责，而且他并不自律，他很喜欢高热量的食物。

荆瓷认为食物的美味程度和健康指数是成反比的，有些特定的压力是只有油脂和高糖才可以缓解的。

炸鱼汉堡在荆瓷的心中一直有着非常特殊的地位。

首先，炸鱼和酸黄瓜酱在口感上配合得完美无缺。其次，与其他的汉堡不同，炸鱼汉堡选择了表面很平滑的圆面包饼，外表看起来也很可爱。再加上个头较小、热量不高，完全是色香味俱全的美食。

然而那天，掀开汉堡的纸盒，等熟悉的鱼肉香气在办公室散开后，荆瓷却有些困惑地皱起了眉——荆瓷发现自己没有产生任何的食欲。

明明面前是最喜欢的食物，而且自己晚上什么也没吃，但是荆瓷却没有一点胃口。

然后荆瓷突然想到，这么多天他基本都是到家后倒头就睡，醒了之后便赶到公司。而在这样高强度的工作状态下，自己却好像从未感到过饥饿。

他确实每天都吃了饭，但并不是因为自己饿了想吃，而是因为秘书会将食物放在办公桌上，荆瓷下意识地认为自己需要摄入能量，才随便塞了两口。

荆瓷一开始只以为是自己忙过了头，然而在家里休息了两天后，他终于意识到事情的发展可能有些超出自己的预料。

他依然感觉不到饥饿，也不会产生对食物的渴望了。就像无法感知痛觉一样，当身体无法向你传递某种信号时，你的状态其实是非常危险的。

荆瓷试着一整天不摄入任何食物，头都有些晕沉了，胃里却还是传不出任何饥饿的信号。而当他试着吃一些东西，则是感觉味如嚼蜡。

明明可以品尝出酸甜苦辣，但就像是从胃部到大脑间的某根神经断了，荆瓷无法接收到食物回馈给自己的幸福感。

他去看了医生，做了很多检查。医生也很少遇到他这样的状况，问："看到食物时会不会感到恶心？吃下食物后会不会呕吐？"

荆瓷："不会。"

医生："吞咽有困难吗？"

荆瓷："没有。"

医生对着检查单沉思了一会儿，迟疑道："指标都没有问题啊，你之前……有节食减肥过吗？有没有催吐过？"

荆瓷突然感到有些无力。排除了各种可能之后，医生也无法找出一个合理的原因，只能先开了一些调理肠胃的药，然后提议道："你要不要去挂个精神科？"

荆瓷不认为自己的精神有什么问题，但他觉得如果再这么下去，自己反倒可能会被逼出一些毛病。

因为吃饭原本是应该令人感到幸福的一件事，但现在却变成为了维持身体机能正常而必须机械地摄入食物。

很快，秘书梁京京也发现了不对。

"您不再吃一点吗？"梁京京露出了不解的神情，"您压根就没怎么动筷，而且这一整周都是这样，您根本就没好好吃过饭。"

荆瓷没办法和她解释其中的原因，只能一边将餐盒合上，一边对她笑着说："没关系，我只是不太饿。"

直到那天忙完手头上的工作，荆瓷走出办公室，就看到梁京京正对着电脑屏幕发呆。看到荆瓷站在门口，她慌忙抬起手，飞快地抹了抹自己的眼睛。

荆瓷愣了一下，问她："你怎么了？"

梁京京含糊了半天，最后才嗫嚅着开了口："荆总，是不是我哪里做得不好？您是不是对我有些意见？"

在荆瓷来之前，梁京京一直都是跟着李宇珀工作，小姑娘做事卖力又仔细，准备午饭也是她之前固定的任务之一。

然而现在这位新来的上司虽然看着温柔客气，却一直不愿意吃自己买来的饭，梁京京忍不住开始多想，她战战兢兢地以为是自己做错了什么，而对方又不愿意明说出来。

荆瓷原本是想将自己的病情保密，却没想到会间接地对别人造成这么大的困扰。

他哭笑不得，知道自己再找别的借口梁京京可能也不会相信，于是犹豫了一下后还是告诉了她事情的始末。

得知真相的梁京京心情顿时变得喜忧参半。她庆幸问题不是出在自己的身上，但也不由自主地替荆瓷担忧起来："怎么会一直吃不下饭啊？您有没有去看医生？"

荆瓷摇了摇头，无奈道："看过了，也吃了不少的药，作用不大。"

梁京京"啊"了一声，脑回路却和医生的不太一样："那您有没有试过一些偏方，比如说找一些下饭的视频看？"

荆瓷愣了一下："下饭？"

梁京京说："对啊，我平时自己一个人吃饭的时候，总得看点儿什么视频才能开胃，您要不要也试一下？"

于是在梁京京的推荐下，荆瓷观看了几个风格不同的吃播视频。

视频播放完毕，梁京京试探着问："这些都是最近最火的几个吃播博主，您感觉怎么样？"

荆瓷犹豫着给出评价："……我感觉他们看起来很痛苦。"

这些博主为了博流量涨热度，总是在吃一些用大量食用色素"堆砌"出来的甜品，又或者是看起来就辣得不行的食物。明明已经吃得很不舒服了，却还要努力做出虚假的、仿佛正在享受的神情，荆瓷忍不住隔着屏幕替他们感到难受。

梁京京看起来很气馁。

荆瓷知道她是好心，便反过来温声安慰她："没关系，慢慢来，先休息一下吧。"

荆瓷准备去食堂打一份汤喝，为身体提供一些基础的热量。他发现粥和汤这种流食会相对好入口，至少不会产生难以下咽的感觉。

他其实对自己的未来感到有些茫然，这个怪病令他的生活质量变得非常糟糕，也让他的精神状态变得无比疲惫，但药物却无法起到任何作用，他甚至不知道能不能痊愈。

食堂应该是荆瓷见过员工笑容浓度最高的地方，他找了一个角落坐下，注视着人流，缓慢地喝起碗中的汤。喝着喝着，荆瓷注意到了一个人。

倒也不是因为别的什么，而是因为他已经端着碗从荆瓷的面前经过了很多次。

那是一个眉眼深邃、容貌俊朗、看起来健康而有朝气的高个子青年。如果荆瓷没记错的话，他已经续了至少有三次的面了。

此时此刻他正站在盛饭的窗口前，指了指自己碗里的面，笑眯眯地对打饭的师傅说了些什么，应该是些嘴甜的话。

然后荆瓷看到食堂师傅又给他加了满满当当一大勺的卤子。这个青年捧着山一样高的面，回到了自己的座位上。

荆瓷看到他先是把袖子郑重其事地挽起来，然后低头拿起筷子开始大口大口地吃起了面。

荆瓷其实很少见到吃饭能吃得这么用功的人。可能是因为赶时间，他吃得很快，所以吃相也算不上雅观，但是莫名地，荆瓷有一些移不开视线。

眼前的这个青年不像梁京京给自己看的视频里的那些人，他是在发自内心地、满足地享受碗里的食物。

荆瓷就这么一直坐在那里，注视着他吃完碗里的最后一口面。他看到青年将碗放到了回收的餐架上，然后和同事们有说有笑地一起离开。

回到办公室后，梁京京又立刻兴冲冲地跑了过来："荆总，我又在网上找了一些菜谱，给您打印出来了，这些菜听说都比较下饭，您可以自己做做看！"

荆瓷心里很清楚这些方法并不会奏效，但他还是冲这个热心的小姑娘笑了一下，说："谢谢你，我回去会试试的。"

将菜谱接过来的那一刻，荆瓷听到了一阵奇怪的声音。

他一开始并没有反应过来，只是脑海里突然浮现起刚才食堂里的那个青年，还有他吃的那一碗面。

面里都放了些什么呢？肉丁，黄瓜丝，可能还有一些胡萝卜。明明就是很普通的炸酱面，而且面看起来已经坨了的样子，但是他却好像吃得很开心。

然后荆瓷突然听到梁京京激动地问："您……您是不是饿啦？"

荆瓷抬起头，发现梁京京脸上的表情又惊又喜。他有些困惑，因为他没有明白梁京京究竟在高兴什么，也不明白为什么她会这么问。

然后荆瓷又听到了那个很怪的声音。他呆了一下，低下头，将手缓慢地覆盖在自己的腹部，这才后知后觉地意识到，这个声音好像是从自己胃里发出来的。

半晌荆瓷抬起了头。

他有些迟疑地对梁京京说："我好像……找到我的下饭菜了。"

～5～

陶明灼本人现在处于一个极度慌乱的状态。

他万万没有想到，自己在荆瓷的心中竟然有着如此重要的地位。

陶明灼原本就感到奇怪，只是为了和自己吃上一顿饭，荆瓷竟然愿意做出这么多的妥协，甚至将自己的姿态放得很低。

在私底下，他甚至还会为自己的筷子用得舒不舒服、有没有感到不自在这种微小的细节而操心。

陶明灼不知这份关心的原因是什么。他很慌乱，也很无措，他不知道自己该如何面对荆瓷，也不知道荆瓷接下来又会对自己采取怎样的行动。

这几天的午饭陶明灼吃得非常心惊胆战，但是荆瓷就如他之前承诺过的那样，并没有刻意地和陶明灼进行对话，给了他完全自由的用餐时间。

荆瓷会安静地和陶明灼一起吃饭，并时不时地抬起头，无声地对着他看一小会儿。

只是这一次，在得知了荆瓷对自己的看法后，陶明灼的潜意识里总是会觉得他的眼神里多了很多不一样的内容。

今天是他们在一起吃饭的第七天，荆瓷选择了广式茶点。茶点的种类非常丰富，琳琅满目地铺了一整桌，陶明灼愈发地感到不安。

陶明灼闷头连吞了两个流沙包，才犹豫着开了口："荆总，其实以后真的不用买这么多种类，我饭量确实大，但是我不挑的，只要肚子能吃饱就可以，这样下去我害怕咱们会浪费……"

荆瓷抬起头看向他，弯了一下眼睛，说："没关系，你觉得好吃才是最重要的。"

陶明灼："……"

现在的陶明灼完全不知道怎么接话，只能僵硬地干笑一声，又咬了一大口包子。

荆瓷盯着陶明灼看了一会儿，低下头，也跟着咬了一口流沙包。

外皮绵软，内馅咸香，果然是好吃的。

在此之前，荆瓷从未预想到自己生活中最重要的幸福感来源，会出现在一个陌生人的身上。

但事实就是如此不可思议，荆瓷发现自己只要看着陶明灼吃饭，就会很神奇地跟着一起产生食欲。

他会开始感到饥饿，同时也会觉得，只要是陶明灼正在吃的食物好像都格外美味。

自从在公司食堂发现陶明灼的存在后，荆瓷就可以每天通过观察他，吃到至少一顿有滋有味的饭菜，而不是顿顿味如嚼蜡了。

在梁京京提供的资料里，荆瓷也了解到了陶明灼的基本背景：油画专业毕业，目前负责项目里的角色原画，工作态度积极认真，同事对他也都是类似于"小陶没有用梯子就可以帮忙换好灯泡""小陶哪儿都挺好的，就是经常会和食堂阿姨斗嘴"这样不错的评价。

荆瓷感觉对方应该是个比较热情开朗的小伙子。

他也曾尝试着在晚饭的时候回想陶明灼吃饭的样子，发现效果远不如亲眼看到陶明灼吃饭时的好。而且如果周末连续两天没有看到陶明灼吃饭的话，自己便又会重新陷入那种食不下咽的状态。

于是在食堂观察了将近一个月后，荆瓷觉得自己可以试着邀请陶明灼和自己共进午餐。

其实一开始的发展还是很顺利的，只是不知道为什么，最近两天一起吃饭的时候，陶明灼好像总是有些心不在焉。

陶明灼的情绪起伏也会间接影响到下饭的效果，所以此时此刻，他的心不在焉便导致了他吃饭时的状态不尽如人意。

荆瓷思考了一下，觉得可能因为两人职位之间的差距，陶明灼还是有些放不太开。

他意识到，现在最重要的事情就是和陶明灼拉近关系，将这种距离感消除，陶明灼才能恢复之前和同事们一起吃饭时的自在。

荆瓷今天准备了很多点心，他希望陶明灼能多吃一些。但是陶明灼总是在出神，他一直在闷头吃摆在面前的包子，所以荆瓷有一些担心，因为角落里还有很多没有动过的点心。

想着需要拉近关系，荆瓷问陶明灼："你想吃烧卖吗？放得好像有些远，我可以帮你拿近一些。"

陶明灼原本是神游天外的状态，闻言僵了一下，说："谢谢荆总，我自己一会儿夹就可以了，我先把这个包子吃完再说。"

他的语速很快，荆瓷怔了一下，轻轻地"嗯"了一声。

"其实你不用这么见外。"荆瓷说，"事实上我们的年龄相仿，而且已经一起吃了很多次饭了，所以如果你不介意的话，可以把我当作你的朋友，直接叫我的名字就好。"

荆瓷的本意是希望两人可以不再如此客套，相处得自然放松一些。

但是在说完这句话后，他看到陶明灼反倒僵了一下，随即猛地咳嗽了一声，像是被嘴里的东西给噎到了一样。

陶明灼一边咳嗽一边摆手，断断续续地说："好……好的……"

荆瓷不知道为什么，在自己说了这一番话后，荆瓷感觉陶明灼好像更心不在焉了。

而且他明明承诺过吃完手头的流沙包就会去吃烧卖，但是因为状态恍惚，荆瓷感觉他应该是忘记了自己说过的话，又慢吞吞地拿起了一只新的流沙包。

荆瓷有些担心这么下去陶明灼会吃饱，那么别的点心就会被浪费。可现在对他来说，只有陶明灼吃过的东西才会有下饭的效果，如果陶明灼不去动其他的点心，那么荆瓷自己也是吃不进去的。

权衡利弊之后，荆瓷还是选择站起了身，主动夹起了一只放在远处的烧卖。

荆瓷正准备将烧卖放到陶明灼的面前，但是刚一凑近，陶明灼就猛地抬起头，像是受到了惊吓。

荆瓷也没预料到他竟然会有这么大的反应，手一个不稳，筷子就没夹住，圆滚滚的烧卖掉落在了陶明灼的腿上，然后打着圈儿地滚落到了地上。

掉落的烧卖在陶明灼的裤子上留下了一小片油渍，荆瓷怔了一下，连忙说："抱歉，没有烫到吧？"

这种油渍不太好处理，荆瓷赶紧抽了几张纸巾，微弯下腰，替陶明灼擦拭起了那片污渍。发现油渍擦不掉后，荆瓷感到懊悔，他觉得自己好像有些弄巧成拙了。

他抬起头，刚想说自己可以帮忙干洗并进行赔偿，陶明灼就有些磕磕巴巴地开了口："没……没事的，我回头洗一洗就好。"

荆瓷看着陶明灼尴尬到通红的脸，怔了一下，说："……好。"

陶明灼回家后洗了半个小时的裤子。

他拿着洗衣皂，一点点地将那片油渍搓掉，然后关掉水龙头，看向镜子里的自己，缓慢地吐出一口气。

如果说在这顿饭之前，陶明灼还是处于半信半疑的状态，那么此时此刻的他，就是十分笃定荆瓷对自己有所图谋了。

陶明灼回想起荆瓷之前和秘书说过的那些话，再联想到荆瓷瘦弱的身体，还有每天好吃好喝地投喂自己……难道真如杨可柠说的那样，荆瓷生了什么病，而自己可以救他一命，所以他现在才在吃喝上格外关心自己，生怕自己吃得不好，影响了健康……

陶明灼知道这个假说放到现在听起来仍然很扯，但现在能被用来解释这一切情况的，似乎真的只有这一个看似不可能的理由了。

但现在棘手的是，荆瓷似乎非常能够沉得住气，他从来都没有主动地去说他想要什么，也没解释过这些行为的原因，只是一直在对陶明灼单方面地示好。

中午的这顿饭吃到最后，胃里装了十个包子八个烧卖的陶明灼简直是心乱如麻，他真的需要花两天时间来理清自己的思绪。

于是在两人分别前，陶明灼转过身开口道："荆总……"

荆瓷原地站住，看着陶明灼，但是并没有说话。

陶明灼停顿了一下，最后还是犹豫着喊了他的全名："……荆瓷，我明天要把夏日皮肤的设计终稿改出来，可能到吃饭的时候就只能随便扒拉几口了，所以应该是抽不出时间和你一起吃饭了。"

荆瓷愣了一下，问："忙到连吃午饭的时间都没有吗？"

陶明灼："倒也不是……就是快做完了，想着早点结束早点轻松，不想再继续这么拖下去了。"

荆瓷沉默少时，说："好。那就等你忙完之后，我们再约。"

陶明灼对天发誓自己真的没有过度解读，但他当时清楚地在荆瓷的脸上看到了难以掩饰的失落。

于是他的心情变得更加复杂了。

❦ 6 ❦

想要逃避是真的，但是陶明灼倒也没有撒谎，他这一阵子确实是为了皮肤设计献出了自己的所有时间。

终稿敲定后，所有画师都跟着松了口气。

杨可柠抱怨道："谁能懂我？我现在的网页记录全是各种海边小短裤的参考图，那天不小心被我妈给看见了，之后她老人家一直用很复杂的眼神看着我。"

"知足吧。"陶明灼说，"还记得去年'夏虫语冰'系列吗？当时可是找了一个月的虫子参考图，睡觉都感觉有蚂蚁在我胳膊上爬。"

"谢谢您，已经在痒了。"杨可柠忍不住抖了一下，她的思绪向来跳得飞快，又问，"对了，你今天不用和荆总……"

陶明灼感到头痛，他装作没听见，直接打断道："你不是一直说你想喝附近新开的那家果茶吗？正好今天也没什么可忙的了，你快去问问大家喝不喝，我来请客。"

为了给自己和荆瓷共进午餐的事情找个合理的借口，陶明灼对杨可柠说的是因为自己是油画专业的，而荆瓷正好对油画收藏很有兴趣，想要拓展相关的知识，所以每天中午吃饭只是为了和自己谈作品聊艺术罢了。

杨可柠当时半信半疑，陶明灼只装作没有看见。

无论如何，陶明灼是绝对不会让杨可柠知道她之前真的猜对了。这丫头保守秘密的能力值为负数，如果她知道了，她的那群小姐妹也会知道，那么全世界就跟着都知道了。

好在杨可柠向来抵挡不了甜品的诱惑，闻言立刻精神抖擞，招呼起周边的同事："快来，小陶今天请客，大家随便点，我一定要喝到他们家的绵绵杞果、翠翠葡萄还有绝绝蜜桃！"

谁知打开外卖软件的五秒钟后，杨可柠兴高采烈的声音转变成哭腔："他们家今天暂停营业了！"

旁边的许奕也感到奇怪："他家不是十二点才开门吗？这好像还没开两个小时啊？"

陶明灼还没来得及接话，前面的办公区域便传来一阵骚动。

他抬眼一瞥，就看见几个同事的手里都拎着一大袋一大袋的果茶，其中还有几个小姑娘在旁边一句接一句地喊"荆总大气"。

荆瓷则是直接被包围在了人群之中。

"最近工作强度不小，辛苦大家了，喝点东西休息一下吧。"陶明灼听到荆瓷的声音隐约从人群中传来，"有几个袋子里是半糖和三分糖的，你们可以自己挑一下……"

杨可柠定睛一看："哇！绵绵杧果、翠翠葡萄和绝绝蜜桃！甚至还有新出的可可奶绿！"

几个小姑娘开始对着口味挑选起来，陶明灼是有喝的就行，随便接过许奕递过来的一杯喝了两口。

不得不说，荆瓷请喝饮料的方式非常大手笔，照这种买法，估计是根本没算人头，直接把那家果茶店给榨干了。

荆瓷站得很远，有几个同事正在围着他聊着什么，陶明灼就看到他耐心地倾听着，时不时弯起眼睛，笑着进行回应。

趁着谈话的空隙间，荆瓷转头向周围扫视了一圈。

和荆瓷对上视线的瞬间，陶明灼拿杯子的手顿了一下。然后他看到荆瓷又微笑着和那些同事说了些什么，随即便转身向自己走来。

荆瓷最后在陶明灼面前站住，说："好久不见。"

陶明灼："其实……其实好像也就一天没见。"

"好像是这样。"荆瓷回想了一下，笑着说，"抱歉，总感觉这一天的时间好像是过得要慢一些。"

陶明灼现在是真的很想喊救命，哪位职场人不害怕上司在众人面前表达对自己的青睐，简直是吸引众人的关注力。

杨可柠和她的几个小姐妹站在旁边，一边吸溜着果茶，一边盯着陶明灼这边，时不时地面面相觑、窃窃私语。

陶明灼觉得现在最好的策略就是不要和荆瓷产生过多的对话。于是他拿起手边一杯还没开封的果茶，把吸管插好，塞到了荆瓷的手里。

"葡萄味的，"陶明灼说，"我刚刚尝了尝，很好喝，就是甜了点，你试试吧。"

荆瓷接过了果茶，盯着杯身看了一会儿，又看了一眼陶明灼手里已经快喝完的那杯，低头也跟着喝了一口。

"是很甜，可能因为是全糖。"荆瓷抿了抿嘴，抬起头，反问陶明灼，"你喜欢葡萄味的饮料？"

陶明灼一愣："算是吧。"

荆瓷点了点头："我明白了。"

陶明灼不知道荆瓷究竟明白了什么，但周边这么多同事盯着，他只想赶紧结束和荆瓷的话题："不过今天就是周五了，回去之后，我们终于可以好好地休息一下了。"

"是啊。"他听到荆瓷喃喃道，"要到周末了啊。"

假期明明应该是令人感到憧憬的，但是说到"周末"这两个字的时候，荆瓷的眉头却微微蹙起。

像是想到了什么，荆瓷的表情紧接着又略微舒展了一些，他抬起眼，对陶明灼说："对了，其实我一直想要问你一件事。"

两人面对面站着的时候，荆瓷需要微仰起脸才可以和陶明灼对上视线。

荆瓷每次以类似"我有一个请求"，又或者"我想问一下"这样的句式开头，基本上后面接的话对陶明灼的冲击都很大。

陶明灼直觉感到不对，犹豫道："……你说。"

荆瓷点了点头。

"我感觉经过这几天的来往，我们之间的关系已经亲近了很多。"陶明灼听到他认真地问，"所以我在想，你可不可以把你的私人微信给我呢？"

陶明灼差点把嘴里的饮料原封不动地吐回杯子里。

他觉得自己猜的没错，荆瓷对自己肯定有所图谋，还是不好开口的请求，只好借着不断和自己吃饭拉近关系，等自己放下戒心再提出。

荆瓷却并没有觉得哪里不对，他只是垂下眼又想了想，半晌后抬起头，对陶明灼温和地笑了一下，说道："而且不知道在周末的时候，我可不可以以一个朋友的身份，偶尔约你出来吃饭呢？"

陶明灼顿时汗如雨下，荆瓷说的是"以一个朋友的身份"，陶明灼觉得自己如果拒绝了，那么在旁人的眼里更可疑了。

所以当时他呆呆地说了一句"好的"，就拿出手机把自己的微信号给出去了。

微信加完，果茶喝完，到家之后，陶明灼终于缓过来了。

他赶紧拿出手机飞快敲字，决定提前一步把路堵死，减少和荆瓷的见面，不给自己为难的机会。

他直接编辑了一串话发给荆瓷："荆总，不好意思，这周末我需要帮家里人处理一些事情，所以可能就抽不出什么时间了。"

过了一会儿，荆瓷回复道："没事，我们有机会再约。"

陶明灼吐出一口气。他随便翻了翻，发现荆瓷给的应该也是他自己的私人微信。他的朋友圈很干净，目前允许查看的只有一个视频，配文是"真羡慕你"。

陶明灼点开视频，发现是一只巨大号的阿拉斯加，正欢快地摇着尾巴，呼噜呼噜地吃着狗盆里的饭。

陶明灼有点不解，狗吃饭有什么可羡慕的，但他也没有多想，只是合上了手机。

～7～

陶明灼还真没有对荆瓷撒谎，他周末确实是有事儿要忙。

陶明灼的父母是开小餐馆的，近水楼台先得月，陶明灼从小天天抱着饭碗坐在自家餐馆的收银台前，一边往嘴巴里塞新出锅的饭一边写作业，营养这块是一点都没落下来过。

陶明灼有个大他三岁的亲姐——陶雪，俩人从小吵架吵到大，不过姐弟俩在小时候就同时展示出了过人的艺术天赋。

学艺术烧钱快，但他们的父母倒也开明，觉得既然家里也供得起，孩子喜欢的话那也值了。他们琢磨了一下，要是姐弟俩以后有出息，可以当个小有名气的画家开开画展，不太行的话去当老师教别人画画也挺好的，对外说起来也有面子。

结果大学毕业后，热爱美妆打扮的陶雪直接开了家小美甲店。

陶明灼的父母当时就有点后悔，但还是盼望着陶明灼这个老二能稍微争口气，却没想到陶明灼对游戏设计很感兴趣，他的作品集受到多家大厂青睐，毕业后转头就去画游戏里的小人儿了。

当时二老的心情属于是逢年过节看到他们姐弟俩回家，都想把他们俩一脚一个踹出门的程度。

好在这几年陶明灼参与的游戏项目做起来了，陶雪美甲店的生意也做得红红火火，看到俩人既然都能养活自己，他们便也不再说什么了。

去年年末陶雪换了个大一点的店面，还开展了一些新的业务，一店两用，大厅用来做美甲，里面的两个小屋子用来当画室，教顾客画一些简单的小油画。这样的店铺很适合消遣时间，也非常受各个年龄段的女性欢迎。

店子生意很好，但是两年前结了婚的陶雪前不久刚刚怀孕，面对这么多顾客难免照顾不过来，她又不忍心看着客源白白流失，于是最近陶明灼每个周末都会去她的美甲店帮忙。

陶明灼今天刚一进店，就听到陶雪扯着大嗓门在那儿嚷嚷："快，快，小胡，给这个美女做个渐变款的猫眼延长！"

转头看见了门口的陶明灼，陶雪立刻舒了一口气，嗒嗒嗒地跑过来，把他往店里面推："你小子可总算到了，李姐来了，一直问你人在哪儿呢。"

陶明灼看她挺着肚子乱跑乱跳只感到心惊胆战："祖宗，您快别操心别人了，先自己坐着歇会儿行不行？"

陶明灼自然是不会做美甲的，他每周末来店里，主要是帮忙接待一些选择油画项目的客人。

这些顾客大多是零基础，所以除了给出一些基本的指导外，陶明灼还有一个非常重要的作用，那就是帮她们在最后浅浅"润色"几笔。大部分情况下，这几笔不是锦上添花，而是起到了"起死回生"的作用。

陶雪嘴里的"李姐"叫李岚，算是店里的熟客，也是位富有的阿姨。

这位阿姨性格爽朗豪放，曾抱怨过为什么店里的充值卡上限只有8888，做美甲只选最贵的甲油胶，油画也只选一对一 VIP 专人辅导。总之是个脾气火暴，但说话也很好玩的客人。

陶明灼今天一进屋子，就看见她身着浅粉色小套装，拿着笔洋洋洒洒地在画布上乱涂乱抹。

陶明灼眼皮一跳，赶紧先拿了条小围裙给自己套上，然后又拿了一条，一路小跑到李岚的旁边。

"姐，算我求您。"陶明灼说，"衣服您不心疼我心疼，快穿上吧。"

李岚有些不太情愿地穿上围裙，说："这有啥，脏了就再买新的嘛，快帮我看看，我今天画得怎么样？"

李岚今天选择画的是枫树与河，陶明灼定睛一看，差点以为自己看到了传说中的血池。但他还是脸不红心不跳地开夸："画得真有氛围感，枫叶的红全在湖水上体现出来了，您的色感一直都很不错，就是有些小细节我可以帮您再处理一下，怎么样？"

李岚对这段话很受用，把笔抛给他："你画吧，我正好休息一会儿。"

"你要不今天帮我多改几笔吧，我感觉我画得有点太艳了。"李岚想了想，又说，"今天我的小儿子会来接我，我打算让他回头挂在自己家里，这孩子前一阵子刚回国住，家里还挺空的。"

陶明灼笑着说："保证完成任务。"

李岚每次一提起自己的孩子，声音都会跟着柔和起来，她开始以半抱怨半炫耀的语气对陶明灼说："我和你讲，我小儿子的眼光还挺挑的，不只是画，他平时总说我穿得太花哨，他哪里知道，只有这么穿才显气色嘛。"

陶明灼憋笑："嗯嗯，显气色，显气色。"

李岚又说："但你别说吧，我今天身上这身就是叫我小儿子给我选的，素是素了点，但是确实还挺好看的，是吧？"

陶明灼："嗯嗯，好看的，好看的。"

李岚心满意足，低头刷了会儿手机，突然"哎呀"了一声："我儿子到了，应该就在你们大厅。"

李岚看了一眼陶明灼改完的画，高兴地说："我先给画拍个照，正好卡里的钱应该剩得不多了，你去大厅找我儿子，让他先给我充满吧。"

走去大厅的路上，陶明灼满脑子还都是李岚的"我儿子""我儿子"，他在心底默默地为这位倒霉的小儿子祈祷了几秒。

然而拐了个弯，陶明灼刚走到大厅的美甲区域，就看到荆瓷站在门口，正若有所思地盯着墙上粉红色的价目表看。

店里目前有呼吸的男人只有他们两个，所以两人目光交会的那一刻，穿着粉色小围裙的陶明灼直接原地傻掉："……你就是小儿子？"

荆瓷："嗯？"

荆瓷明显也有些错愕。陶雪这边刚送走一位客人，看到他们两人隔空对峙，好奇道："怎么了？是认识的人吗？"

陶明灼这边还未说话，荆瓷便温和地开口："是朋友。"

陶明灼："是李姐的儿子，我公司的……同事，荆瓷。"

陶雪惊讶道："好巧哦。"

陶明灼故意没说荆瓷是自己的上司，就是怕按陶雪这个脾气，她知道后会过度热情地拉拢荆瓷。

结果陶雪的脑回路本身就与众不同，她看荆瓷年轻英俊且家境不俗，觉得自家倒霉弟弟多交些这样的朋友也是好的。又想起李岚总是光顾店铺的生意，陶雪一时间更热情了："欸，小荆，你吃饭了吗？我们正好要点外卖来着，不介意的话，要不要一起吃顿午饭啊？"

听到那句"小荆"的瞬间陶明灼真的是要疯了，更让他惊慌的是，他清楚看到荆瓷的眼睛微微亮了一下。

陶明灼很想告诉陶雪，自己在此之前就已经和荆瓷吃了很多顿午饭，而且目前情况特殊，再吃下去可能真的就要出事儿了。

他头痛欲裂，试图打断陶雪："姐，人家是过来接人的好吗？一会儿有事儿就要走了……"

荆瓷："好啊。"

陶明灼沉默了。

陶雪经过陶明灼的点拨，才后知后觉地意识到了自己的自来熟："没关系吗？不会耽误你的事情吗？"

"没关系，司机可以送我妈先回去。"荆瓷微笑道，"那就麻烦你们了。"

陶雪高兴道："不会，不会！不麻烦！"

陶明灼感觉自己的呼吸都快停止了。他犹豫了一下，赶紧把荆瓷拉到一边，佯装好心地劝道："没事儿的，你不用因为是我姐说的话就不好意思拒绝她，我姐这人就是自来熟，再说你在这店里也没事儿干，硬等外卖也怪无聊的是吧……"

果然，他看到荆瓷摇头，说："没关系的，不会无聊。"

陶明灼："……所以你在这能做什么？"

陶明灼也意识到自己的语气好像有点冲，但是经过这几天的层层冲击，他已经开始觉得事情能有这样的发展，其实也不是那么不合理了。

陶明灼顿了一下："我没有别的意思，就是……"

荆瓷倒是没有生气，他只是思考了一下，便看向陶明灼，温声问道："你们这里的油画项目还有空位吗？我妈之前提过很多次，所以我也想尝试一下。"

陶明灼咳嗽了一声："我们这边的油画项目是要预约的，因为颜料都要提前准备，而且今天是周末，客人比较多，所以应该是没有空位了。"

荆瓷安静了一瞬，点了点头。

他看起来好像有些失落，但最后还是脾气很好地对陶明灼说："没关系，你们的生意很好，我理解。"

陶明灼舒了一口气，他感觉自己应该是把所有的可能性都给堵死了。只是不知道为什么，他感觉荆瓷明明已经很失望了，但是和自己说话时的语气依旧柔和平缓，心底顿时又感到有些愧疚。

"不过我看你们柜子里的指甲油好像还有很多，"然而下一秒，陶明灼就听到荆瓷说，"那我做一次美甲好了。"

午哥炸串

Wu Ge Zha Chuan

CHAPTER 2

第 二 章

午 哥 炸 串

WU GE ZHA CHUAN

1

荆瓷的周末原本是过得非常糟糕的。

周六那晚他去看了李岚，李岚很高兴，并和保姆阿姨一起给他做了一大桌子的菜。

没有了陶明灼的"吃播"，一切食物都重新黯淡了起来，鱼看起来就很腥，鱼汤看起来就很油腻，就连蔬菜看起来好像也有些发蔫。

荆瓷知道这些其实只是自己的错觉，可是他完全不想动筷。

可能是因为陶明灼的下饭效果太过显著，短短一段时间下来，荆瓷感觉自己可能已经对这个行为产生了某种程度上的依赖。

荆瓷勉强地喝掉了一碗鱼汤，将饭碗里的饭拨了一下，做出已经吃过的样子，然后对李岚说："我吃饱了。"

李岚正在看电视，随口应了一声："明天上午我要去一个地方学油画，你下午来接我一下，然后送我去和你徐姨喝个下午茶，顺便让她见见你。"

荆瓷感觉李岚的行程比自己的排得还满。

他笑了一下，问："之前不是在学钢琴吗？怎么又变成了油画？

而且为什么不请人来家里教？"

李岚"哼"了一声，说："你不懂，家里请来的老师只知道挑我的毛病，这家店里有个小伙子人特别好，每次不管我画成什么样子都乐意夸我，所以我就乐意给他们充钱。"

荆瓷看了眼李岚发给自己的地址，发现是一家美甲店。美甲店里的小伙子教别人画油画，听起来就有一些不太靠谱。但看李岚喜欢，他也只是笑着说："好。"

第二天早晨醒后，李岚留下了她亲手做的蛋饼，荆瓷依旧没什么胃口，他犹豫了一下，最后把蛋饼喂给了李岚养的阿拉斯加。

到了那家美甲店后，他恹恹地站在店内的价目表前，想着一会儿把李岚送到聚会的地方后，自己可以找个工作的借口离开，然后回家睡觉。说不定可以一直睡到第二天早晨，也就是周一，然后就可以在中午找陶明灼继续和他吃午餐了。

但是荆瓷没有想到，在这个美甲店工作的小伙子竟然会是陶明灼本人。

陶明灼姐姐的邀请算是某种意义上的意外之喜，荆瓷觉得自己要把握住这个机会，自从得病，他深知能吃一顿美味的饭有多么不易。哪怕付出的代价是自己的指甲，荆瓷觉得只要能拖一些时间，让自己能和陶明灼一起吃饭就可以。

陶明灼当时的表情十分复杂："你真做啊？"

荆瓷点头："不可以吗？"

陶明灼的个子很高，此时却穿着一条粉色的围裙，围裙在他的身上显得很小巧，荆瓷觉得这是一种很有趣的反差。他有些想笑，但是还是忍住了。

陶明灼似乎有些无可奈何，他低下头，叹息道："这样吧，我再帮你看看还有没有剩下的颜料，说不定还能画一幅小尺寸的画。"

荆瓷由衷感谢道："那太好了，辛苦你了。"

陶明灼有些含糊地"嗯"了一声，转身闷头往前走。

荆瓷望着他的身影，发现他的耳朵有一些红。荆瓷感觉陶明灼好像是很容易脸红的体质，也许是因为入春天气回暖，又也许是因为他平时吃得好所以气血旺盛，自己以后可以试着给他多点一些清淡的菜。

而这边的陶明灼确实感觉自己快要尴尬死了。他是没想到就为了和自己在周末多相处这么一会儿，这位上司的底线甚至可以突破到连美甲都能做的程度。

这边刚拍完照的李岚也收拾好了，听说荆瓷也想体验油画项目，直接让他用自己的会员卡折扣，随后便风风火火地坐车离开了。

陶明灼一边将小画架支棱起来，一边说："墙上挂着的小画你都可以选，或者你有没有自己想画的图，简单一点的也可以。"

荆瓷想了想，在手机上翻找了一下，然后展示了一张图："这个可以吗？"

陶明灼一愣："你要画个汉堡？"

荆瓷点头。

可以倒是可以，就是平时的顾客大多选的是风景或者动物，陶明灼是真没见过哪个客人想要画汉堡的。

陶明灼把颜料给他配好，说："能画，你自己对比着图，先勾个大致的轮廓出来。"

荆瓷接过笔，对着手机上的图看了一会儿，然后有些笨拙地蘸了一些颜料，在画布上小心勾画起来。

陶明灼站在他的身后，看了一会儿就看不下去了："那个……你要画的是个圆的东西，你不觉得你定的轮廓有点方吗？"

荆瓷连忙说："那我改改。"

荆瓷又画了几笔，这回陶明灼的眼珠子都快掉出来了："汉堡确实是圆的，但是它不是完全的球体，你这个是要画个西瓜吗？"

荆瓷的脾气倒是很好，他对着画布思考了一会儿，仰起脸，对陶明灼弯了弯眼睛："抱歉，我不是很会画。"

陶明灼顿了一下："……没事，你起来吧，我帮你定个形。"

陶明灼接过画笔，从基本结构上帮他改起画来。荆瓷看得出来，他利落的几笔下来，直接把原本的结构比例全部调整过来了，就连画面的颜色层次也变得不一样起来。

荆瓷称赞道："你很厉害。"

陶明灼手上的动作停了一瞬，但没说话。

这时陶雪出现在了门口，笑眯眯地问："点外卖啦，今天吃米粉，你们想吃哪一种？小荆你多点点，平时李姐总给我们点奶茶喝，你也不用和我们客气哦。"

陶明灼："我要吃酸汤肥牛粉，全辣，加个煎蛋。"

荆瓷微笑："和他一样的就好。"

陶明灼皱眉："你不去看一眼有什么别的口味，万一我喜欢吃的你不喜欢呢？"

荆瓷回答得也很快："不会不喜欢。"

这是什么程度的示好？！陶明灼这回是真的快要连笔都拿不稳了。

看着刚刚画抖了的那一笔，陶明灼深吸一口气，上手在画布上轻轻抹了一下，然后用别的颜色重新覆盖上。

炸鱼汉堡的雏形已经浮现在画布中央，陶明灼同时也意识到，绝对不能再这样下去了。

虽然仍然不知道荆瓷的请求到底是什么，但是陶明灼觉得，自己不能再这样和他相处下去，也不能总是平白无故地白吃人家的饭了。

有些话，还是要说清楚一点好。

只是现在问题在于，荆瓷并没有挑明什么，所以陶明灼并不能直说。加上对方是自己的上司，所以他要采用一些迂回的，又令人无法拒绝的说法。

荆瓷正盯着画看，就听到陶明灼喊了一声自己的名字，他转过了头。

陶明灼清了清嗓子："荆瓷，就像你之前说的，我们已经算是朋友了，那我也和你聊一个比较私人的事儿。"

"主要是这个秘密我也没办法和办公室的同事讲。"他这样说道，"所以我也憋了挺久，就一直想找个人倾诉倾诉。"

荆瓷其实有些诧异，但又觉得陶明灼愿意和自己亲近一些也是一件好事，便点了点头："你说。"

然后荆瓷就看到陶明灼先是抬头看了自己一眼，犹豫了一下，说道："其实，我已经有一位心上人了。"

荆瓷愣了一下。

他没有料想到陶明灼会和自己分享如此私密的事情，一时间有一些错愕。

荆瓷等了一下，以为接下来陶明灼会继续和自己描述他这位心上人的性格样貌又或者是两人相识的故事，却没想到陶明灼并没有再开口，反而是有些苦恼地低下了头。

于是荆瓷安静了一瞬，试探着给出回答："好的？"荆瓷思索了一下，觉得自己给出的回应不够热烈，便犹豫着追问道，"所以呢？你向她告白了吗？"

陶明灼好像被问住了："目前，还……还没有这个打算。"

荆瓷温和道："那么也就是说，你们现在还没有在一起？"

陶明灼结结巴巴："也……也确实是没有。"

荆瓷感觉自己再问下去好像会涉及过多的隐私，于是便不再作声了，耐心地等着他继续说下去。

然而陶明灼却突然陷入了漫长的沉默之中。

荆瓷有些困惑，以为他是提到了自己心仪的人所以害羞，想了想，还是比较体贴地换了一个话题："对了，明天是周一了，你想吃什么菜系呢，川菜还是日料？"

"如果你喜欢的话，我们可以试试一家新的粤菜，他们家的点心做得应该比之前那一家的要好吃一些。"他补充道。

陶明灼深吸一口气，终于将铺垫了半天的理由说出了口。

"其实，我……我喜欢的人，就是之前经常和我吃饭的那些同事之一。"陶明灼不敢看他，只能硬着头皮继续瞎编，"我想和那个人多产生一些工作之外的交集，午饭算是比较重要的时间点。也就是说，以后我应该是……不能再和你一起吃午饭了。"

空气在一刹那突然变得寂静。

陶明灼抬起头，就看到荆瓷怔怔地盯着自己的脸，脸上的笑意一点一点地淡了下去。

半晌他看到荆瓷缓慢地眨了一下眼睛，轻轻地问："你说什么？"

❧ 2 ❧

公司食堂的饭菜质量起伏一直都比较大，香的时候是真香，难吃的时候也是真的难吃到突破碳基生物所能承受的极限。

今天中午食堂的柠檬烤鱼盖饭可以直接酸掉一排牙，于是陶明灼一行人选择了在公司楼下的便利店里买午饭。

"下下周的漫展要和我一起去吗？"等电梯的时候，杨可柠哀求道，"我求求你们了，一个人扮演很孤独、很尴尬的，你们俩来陪陪我嘛！"

杨可柠当初递简历的时候，想进的其实是公司的另一个游戏项目，但当时那个团队的美术人员已经相对饱和，她的画风反倒是被现在的项目美术负责人看中，也算是某种意义上的阴差阳错。

尽管如此，如今的她在网上依旧会为自己热爱的那款游戏作品进行产出，并偶尔扮演一下自己喜欢的角色。

许奕面露难色："小柠，不是我们不愿意陪你，主要我们也从来都没做过这种事情啊……"

杨可柠说："你们也可以不出，就站在旁边陪着我呀！"

陶明灼悠悠开口："那我们两个穿着正常的男生站在你的旁边，你不会觉得更尴尬吗？"

杨可柠理所当然道："不会啊，而且你们俩可以帮我拿包啊。"

陶明灼："这才是你的真实目的是吧？"

杨可柠看他们俩一直不松口，又知道他们最受不了自己玩撒娇的那一套，于是便开始晃陶明灼的胳膊，夹起嗓子故意恶心他："求求你嘛……"

陶明灼头皮发麻，正准备说些什么，电梯门突然打开，他下意识地抬起了眼——荆瓷和秘书正站在电梯里面。

二人的视线在空中微妙地碰撞了一秒，陶明灼的喉结上下动了一下。

荆瓷没有说话，只是平静地注视着陶明灼的脸，随即视线微微下移，落在了身后杨可柠拉着陶明灼的那只手上。

陶明灼心虚地缩了一下胳膊。

杨可柠也看到了电梯里的荆瓷，她自然地把手松开，打了个招呼："荆总，下午好啊！"

荆瓷对着她淡淡地笑了一下，说："下午好。"

与平时简约随和的穿搭不同，荆瓷今天穿的是一套正式一点的浅色西装，身后的秘书也穿着小礼服，像是准备去出席什么场合的样子。

荆瓷在笑，但是陶明灼却觉得他的气色好像不是很好，整个人看起来好像有一些疲倦。

陶明灼有些出神，然后就看到荆瓷一步一步地走到了自己的面前，顿时喉咙又跟着有些发紧。

他以为荆瓷要说些什么，然而荆瓷只是微仰起脸，对他说："借过。"

陶明灼这才反应过来，自己此时正直挺挺地挡在电梯门口，便手忙脚乱地错开了身子："不好意思。"

荆瓷摇了摇头："没关系。"他语气温和而客气，继续向前走去，就这么与陶明灼擦肩而过。

陶明灼走进电梯，转过身，看着电梯门缓缓地关上，荆瓷的身影就这么一点一点地消失在了自己的视野之中。

"荆总看起来好像连熬了三个大夜的样子。"杨可柠感叹道，"不过他一穿西装，显得他的腰真的好细哦，名画，真的是名画程度……"

陶明灼有些心不在焉。

其实自从用谎言拒绝了荆瓷的午饭邀请后，陶明灼这几天就莫名地过得有些不太自在。

荆瓷那天的神情陶明灼直到现在都记得很清楚，他的神色是极其明显的失落，甚至是连眼底的光也跟着暗淡下来的程度。

明明已经失落至极，荆瓷最后依旧教养良好地问："那如果……

每周我只请你吃一天午饭呢？哪怕只是一天也不可以吗？"

其实陶明灼当时真的有点撑不住了，但他觉得既然已经走到了这一步，那么就应该拒绝到底。

最后陶明灼对荆瓷说："抱歉。"

那幅小小的汉堡油画，陶明灼最后并没有收荆瓷的钱。

他们两人的职位差距很大，原本就没什么共同相处的时间，于是自从那天开始，他们在生活中自然也就没有了交集。

陶明灼预料到了再次见面时应该会有些尴尬，只是他没有想到，不过是不到一周的时间没见，荆瓷竟然会看起来憔悴了这么多。

可能是因为心里存了事儿，陶明灼一整天的工作效率非常低。

下班后，同事们都陆陆续续地走了，陶明灼又多赶了一会儿画稿，抬眼看表，发现已经是晚上八点了。

犹豫了一下，陶明灼站起了身，决定下楼买便利店的饮料和便当，今晚在公司稍微熬久一会儿。

拎着东西从便利店出来，陶明灼就看到一辆车停在了公司门口。

车门打开，他看到荆瓷从车的一侧走出来，而荆瓷的秘书则从另一侧下车，小跑了几步，过来搀扶住了他。

陶明灼记得中午的时候，荆瓷虽然看起来神态疲倦，但至少人是清醒的状态。然而此时此刻，他好像连走路的脚步都有些踉跄，身旁的秘书想搀扶他，他摇头拒绝了，像是在示意自己没事。

然后他又指了指后面的车，说了些什么，好像是让秘书赶快回去。秘书的表情明显有些迟疑，但荆瓷的态度很坚定，于是秘书犹豫了一下，最后还是转身上了车。

陶明灼拎着便当站在便利店门口，看着荆瓷在原地发呆，随即慢慢地转过身，脚步有些滞缓地向公司的大门走去。

回到工位后，明明这回也没有人再盯着自己了，但是陶明灼的便当吃到一半就有点咽不下去了。

他放下塑料叉子，站起身，准备上楼。

回想起刚才荆瓷的样子，陶明灼觉得自己有必要和他聊一下。至少陶明灼需要确定一下他现在这样的状态，不是自己周末的那番话导致的。

电梯到了荆瓷办公室所在的楼层，门一打开，陶明灼直接愣住了。荆瓷就站在走廊里，他微弯着腰，单手扶着墙，脸色看起来非常不好。

走廊的灯光有一些暗，但是陶明灼还是可以看到荆瓷的唇色有些发白，整个人冷汗涔涔，明显是已经站不稳的样子。

离办公室还有几步的距离，但是他好像已经完全走不了了。

陶明灼直觉不对，加快步伐走到他的身侧，一把搀扶住了他。

刚一靠近，他就在荆瓷身上闻到了比较重的酒气，再加上荆瓷的手温度冰冷，以及一身的冷汗，这些应该是醉酒后低血糖的症状。

陶明灼连忙问他："你晚上吃饭了吗？"

荆瓷已经没什么力气说话了，只是低着头微微地摇了摇头。

陶明灼感觉到他的状态不好，急忙将人扶进办公室，安置到了角落的沙发椅上，正准备跑下楼去拿点吃的救急一下时，就听到荆瓷喘息着开口："桌子上……快递盒里……有糖。"

陶明灼一愣，快步走到荆瓷的办公桌前，果然在一个快递箱里发现了很多糖，都是葡萄和青提口味的。

陶明灼的手顿了一下。然而现在并没有时间给他多想，陶明灼最后拿起了一盒葡萄味的水果糖，手忙脚乱地拆开了包装。

把糖给荆瓷喂下去后，陶明灼赶紧跑下楼把自己刚买的果汁拿了上来，又给他喂下去了小半瓶。

五分钟后，荆瓷终于缓了过来，他有些吃力地睁开眼睛，看清是陶明灼后，他说："……抱歉。"

"你是空腹喝的酒？"陶明灼皱眉，"晚上什么东西都没吃吗？"

像是回忆起了不太好的事情，荆瓷皱眉，他抬起手，捂住自己的胃，最后给出一个有些含糊的答案："好像是忘了。"

陶明灼诧异道："为什么会忘？"

荆瓷这样的身份，参加酒会或者饭局的经验肯定要比自己多得多，怎么会粗心到空腹去喝酒呢？

似乎是酒精让荆瓷从平时那种客气的、温和的待人风格中短暂地脱离了出来。他很久都没有说话，只是盯着陶明灼的脸看了一会儿，半晌眨了一下眼，错开了视线，自顾自地喃喃道："都是因为你……"

荆瓷的声音越来越轻，陶明灼根本就没听清："什么？"

荆瓷似乎才反应过来自己刚刚说了些什么。他怔了一瞬，身体缓慢地缩进沙发椅里，不说话了。

陶明灼有点急了："你说清楚！"

陶明灼的音量提高了一些，荆瓷的眼睫也跟着轻轻地颤抖了一下。可能是醉了的缘故，荆瓷的眼睛有一些红。

莫名地，陶明灼觉得荆瓷看起来好像有些生气。

荆瓷撑着沙发椅的扶手，艰难地坐起身。

陶明灼听到荆瓷轻轻地问自己："你不是问我，为什么会忘了吃饭吗？"

"我刚刚想说的是，"他缓慢而又清晰地在陶明灼的耳边说道，"因为不知道你吃了什么，所以我根本就吃不下饭。"

陶明灼倏地睁大了眼睛，随即便听到荆瓷有些含糊地笑了一下。

"现在你，听清楚了吗？"他问。

～3～

荆瓷度过了浑浑噩噩的一周。

荆瓷其实并不愿意拿这样的词汇来描述自己的生活，但是眼下好像也只有浑浑噩噩最能够形容自己的状态。

高强度的工作原本就让荆瓷的精神高度紧张，更加糟糕的是，因为无法见到陶明灼，他又重新回到了食不下咽的状态。

其实如果一直都是这种状态的话，也许未必会如此难受。

但因为自己曾经短暂地体验过正常进食的幸福，所以现在的鲜明落差才让荆瓷感到难以忍受。

他就像是一株干渴至极的植物，一直在努力地伸长根茎来汲取水分，但是现在却反要克制着自己不要向水源处生长。

因为感觉不到饥饿，荆瓷需要设置闹钟来提醒自己吃饭。

他将那幅陶明灼帮自己画的汉堡油画挂在了办公室里，吃饭的时候他总会抬头去看，希望自己可以产生哪怕一点的食欲。

但是画终究也只是画，荆瓷还是吃不下饭。

荆瓷其实可以理解陶明灼的选择，他也不希望别人的社交生活因为自己受到影响，更何况是感情生活这样重要的部分。

他也并不会向陶明灼坦白自己的病情，因为一旦坦白，自己就像是在道德绑架陶明灼，一起吃饭这件事对于陶明灼来说就会上升到"他病了，所以我必须陪他吃饭，我拒绝了就是没有同情心"这一层面。

这对陶明灼其实是不公平的，无论如何，荆瓷觉得不应该把治疗自己的病变成强加给别人的负担。

更糟糕的是，荆瓷在晚上的酒会上遇到了一位旧人。

"荆瓷？"姚连琛喊出了他的名字。

在海外读书的那几年，荆瓷也曾参与制作了一些游戏项目，并遇到了同样是学计算机出身，对游戏研发颇感兴趣的姚连琛。

两人在工作上比较合拍，后来姚连琛主动向荆瓷提出了工作邀请，于是荆瓷和他曾经短暂地共事过一段时间。

但是一段时间相处下来，荆瓷认为两人并不合适共事，他选择及时止损，最后离开了姚连琛的公司。

晚上的酒会里大多是从事相关领域的人，所以荆瓷并没有太过惊讶会和姚连琛相遇。

可能因为荆瓷的状态是肉眼可见的糟糕，姚连琛的眼神里充满了探究："所以你拒绝了我，选择跟着李宇珀，就是为了将自己熬成这样？"

虽然最后人没留住，但姚连琛依旧欣赏荆瓷过人的天赋和能力。他后来邀请荆瓷一起在国内研发新的项目，但是最后被荆瓷婉言拒绝了。

姚连琛提到的李宇珀，就是荆瓷所在的这家游戏公司名义上的总裁。但大部分人不知道的是，追根溯源，公司真正的创始人其实是荆瓷的父亲荆魏松，而李宇珀是荆瓷同母异父的哥哥。

李岚之前离过一次婚，她在三十五岁的时候带着九岁的李宇珀嫁给了荆魏松，并在婚后三年生下了荆瓷。荆魏松是个老实少言的人，他生命里最爱的只有编程和李岚，对李宇珀也像对亲生儿子一样好。

而李宇珀和荆瓷之间的相处也像亲兄弟一般，李宇珀开朗大方的性格和李岚很像，而荆瓷温和、谨慎、细致的脾气则更多是随了荆魏松，一家人在性格上形成了完美的两两互补，相处得非常和睦。

不幸的是，荆魏松在荆瓷十三岁的时候因为癌症去世，而那时候他的公司才刚刚起步。

当时荆瓷还小，大他十二岁的李宇珀便接管了公司，并打理得井井有条。

李宇珀做事大胆，小公司在他的手中成长得飞快，后来荆魏松生前参与研发的一款游戏终于大爆，整个公司也跟着有了知名度。

那时候团队里注入了很多的新鲜血液，于是在外人眼里，李宇珀就是公司的创始人。

几年过后，荆瓷从大学毕业。李宇珀果敢大胆，荆瓷细腻严谨，兄弟两人都属于能力卓越、头脑聪明的那一类人。按道理来说，故事发展到这里应该就到了传统豪门狗血剧中，兄弟为了争夺家产而钩心斗角，斗得头破血流的时候了。

然而真实的情况是，荆瓷毕业的时候，因为李岚一直不敢坐长途飞机，所以当时是李宇珀百忙之中推掉无数会议，特地从国内飞了过来，以家人的身份出席了他的毕业典礼。

毕业典礼结束后，两人一起去学校旁的牛排店吃饭。

李宇珀吞吞吐吐半天，说："小瓷，我要和你聊一件事。"

李宇珀啰嗦地说了一大堆，最后总结道："公司本来是荆叔的，你也长大了，所以哥现在也应该还给你了。"

荆瓷摇头："公司是你做起来的，这几年都是你在花费精力来打理，我不能要。"

李宇珀摇头的频率是他的两倍："你姓荆，怎么看不该要的人都应该是我，你来。"

荆瓷说："你是我的哥哥，你来。"

最后推来推去，李宇珀挠了挠头，说："要不这样，咱俩一人来一阵儿，你来三年我来三年，你觉得怎么样？"

荆瓷说"可以，但是提醒你一下，你刚刚往牛排上撒的是肉桂粉。"

举着瓶子的李宇珀傻了眼："你不早说？"

今年是两人约定好的第一个三年结束之期，于是李宇珀美滋滋地带着女友去别的国家度假，刚刚回国的荆瓷则接手了公司的管理权。

外人虽然知道荆瓷和李宇珀的关系很密切，但也只以为他们是雇佣关系，荆瓷也不想将这件事告诉姚连琛。

"我觉得我还是选对了。因为你现在看起来轻松，说明你的项目进展得很顺。"荆瓷语气平和地回复道，"所以如果当时我跟你一起干的话，现在就什么都锻炼不到了。"

姚连琛无可奈何地道："我有的时候真想知道，你这人是怎么做到话里带刺，但同时还莫名中听的？"

他看出荆瓷的兴致不高，便识趣地换了个话题，半开玩笑似的问道："回国的感觉如何？"

听到这个问题的时候，荆瓷甚至有些想笑。

其实回国前，荆瓷也曾对自己未来的生活抱有过期待，起码在饮食上肯定是有非常多的憧憬的，毕竟祖国可是著名的美食之国，但谁知道回国后不久，自己便得了这样的怪病。

现在生活中对他而言最大的烦恼，竟然会是吃饭这样简单的事情。

但这些话他也不会和姚连琛说，荆瓷便自然地将话题转到了他正在研发的新项目上。两人聊了很久，加上姚连琛有意灌他酒，所以荆瓷喝了不少。

酒会结束后，荆瓷的酒意其实已经有些上头，但还是想着要回公司拿一份资料，准备回家后有时间再看一眼。

但荆瓷远远高估了自己的酒量，他中午到晚上都没有吃饭，胃里本来就是空的，于是酒劲上来得比想象的要快很多。

他没想到自己会低血糖，也没想到自己会碰到陶明灼。

第二天酒醒过后，荆瓷的记忆变得非常模糊。醉酒加上低血糖，使得他当时非常昏沉，只隐约记得陶明灼帮自己打车送自己回了家。

他也记得两人当时在办公室待了一会儿，陶明灼给自己喂了一颗糖，似乎还问了自己一句"为什么不吃饭"。

但是荆瓷不记得自己是如何作答的，也不记得后面还发生了什么，他只记得，因为这一周过得都很不舒心，自己当时的状态是非常烦躁的。

◌ 4 ◌

荆瓷醒得晚，到公司的时候已经是下午了。

出了电梯后，荆瓷向办公室走去，随即便看到站在走廊里的陶明灼，陶明灼正对着自己的办公室探头探脑。

其实从见到陶明灼的第一面起，荆瓷就从他的身上感受到了一股很独特的生机。荆瓷感觉他就像是一株挂着露水、生长得很高的向日葵。

他并不圆滑，很爱脸红，而且从他吃饭时刻苦认真的劲头就可以看出，他是个单纯的、心思很透明的大男孩。

和陶明灼的相处让荆瓷很轻松，所以其实哪怕他没有下饭的功能，荆瓷也是愿意和这样的人成为朋友的。

只不过荆瓷感觉，可能是因为职位之间的差距注定无法消除，陶明灼和自己相处时总是一种略带仓皇的状态，所以虽然有点可惜，但他也明白不应该再强求。

荆瓷停下脚步，轻声问："你在找我吗？"

陶明灼的身形顿了一下，他转过身，荆瓷发现他的表情有些欲言又止。

荆瓷想了想，也许是自己昨晚喝醉后心情不佳，对陶明灼说了一些不是很礼貌的话。

"抱歉。"荆瓷说，"我的酒量一直不是很好，如果昨晚说了一些不太得体的话，希望你不要放在心上。"

"还有，"他对陶明灼笑了一下，"谢谢你昨晚帮我。"

陶明灼看着他，有些含糊地"嗯"了一声。

荆瓷感觉陶明灼的脸色好像还是有些不对，他望着自己，像是在酝酿着什么，却又迟迟说不出口的样子。

荆瓷问："还有什么事吗？"

陶明灼顿了一下，说："没什么，我就是来……来确定一下你的状态。"

荆瓷温和道："我已经没事了，谢谢。"

陶明灼看着他，沉默少时，突然有些没头没脑地来了一句："其实人生并不是永远都能顺心如意的，但是无论遇到什么事情，都不应该……不应该去伤害自己的身体，尤其你现在这么特殊的情况……"

荆瓷有些困惑："……什么？"

陶明灼的喉结动了一下，有些突兀地换了个话题"你吃饭了吗？"

现在是下午两点，荆瓷醒来后便往公司赶，加上他感觉不到饥饿，所以自然是没有吃午饭的。

荆瓷不知道陶明灼为什么会这么问，但还是实话实说："还没有。"

然后他看到陶明灼露出了一副痛心疾首的表情。

荆瓷看到陶明灼的视线偏移了一下，落在了墙上的那幅油画上，然后又重新看向自己，深吸了一口气，像是做了一个很重要的决定。

"荆瓷，"陶明灼说，"你之前请我吃了很多顿的饭，我知道那都是从一些很好很贵的餐厅买的，所以我一直很过意不去。"

陶明灼的表情看起来很沉重，荆瓷怔了一下，随即感到有些忍俊不禁。

只有荆瓷知道，其实并不存在谁欠了谁这一概念，事实上，陶明灼这段时间给自己带来的体验是根本无法用金钱来衡量的。

荆瓷摇头道："你不用有什么负担，没关系的。"

"不，从今天开始，我可以继续和你一起吃午饭。"陶明灼硬邦邦地回道，"只不过这次，一定要我来请客。"

荆瓷几乎是在瞬间就将那句"没关系"给咽了回去。

有一刹那他甚至怀疑自己听错了，怔怔地望着陶明灼的脸，半晌后问："但是你……不是想和你喜欢的人一起吃午饭吗？"

陶明灼愣了一下，然后荆瓷看到他像是反应过来了什么，又有些慌张地连忙改口道："对，对，所以午饭不行，我指的是……是晚饭。"

荆瓷眨了一下眼睛，陶明灼低下头，有些欲盖弥彰地咳嗽了一声。

"没有什么别的意思，我……我只是想把饭钱还给你而已。"他这样说。

陶明灼陷入了忧虑之中。

他原本的心是比石头还要坚硬的，决定不管荆瓷到底在图谋什么，直接拒绝掉他就不会有心理负担。但陶明灼万万没有想到的是，荆瓷居然会情绪低迷到连饭都吃不进去。

陶明灼从来都没有想过要去伤害荆瓷。

醉酒后的荆瓷不再像平时一样克制着自己的言行举止，当时他的眼睛很红，声音也有一些虚弱，他看起来是那样难过。

陶明灼非常焦虑，与此同时，他还意识到了另一个恐怖的事实。

某天下班后，杨可柠带着陶明灼和许奕去了一家餐厅，说是市里新开的一家私房菜馆。到了地方陶明灼认出了餐厅的 LOGO，这是荆瓷之前中午给自己点过的一家店。

陶明灼全程都心不在焉，只是让他们随便点了几道菜。然而最后结账时，他在账单上看到了一个非常惊人的数字。

陶明灼目瞪口呆："五道菜就这么贵？"

杨可柠说："能不能小点声，不要表现得这么没见过世面？人家是高贵的私房餐厅，不然你以为我为什么要拉你们出来一起平摊？"

陶明灼死死地盯着账单："一只生蚝一百八？"

许奕说："可能是因为品质好吧，个头也确实和普通的生蚝不太一样。"

杨可柠看着呆在原地的陶明灼，露出了狐疑的神情："我刚才问你吃不吃的时候，你回答的可是'随便'，现在摆出这副表情是什么意思，你小子是不是想赖账啊？"

许奕在旁边疯狂流汗："你们不要吵架，不要吵架……"

陶明灼说不出话。

在陶明灼的记忆里，那天荆瓷给自己点的远远不止五道菜。而且他记得很清楚，荆瓷可是点了满满当当一大盒的生蚝，而自己当时至少吃了七八个。

这只是荆瓷请自己吃的午饭之中的一顿，而且还是陶明灼肉眼没有看出来价格的，更不用提那些一眼就知道很贵的大鱼大虾了。

陶明灼意识到，或许荆瓷是真的在尝试和自己做朋友，而自己在这短短的一段时间里，已经从荆瓷的身上占了太多便宜。

他以为自己能坦然地把荆瓷当作免费饭票，但即使吃下去的饭菜最后能消化掉，良心这关他终究还是过不去。

又想起荆瓷现在还吃不下饭，陶明灼在人生中第一次体验到了双倍的负罪感。

去办公室找荆瓷的时候，陶明灼还在墙上看到了自己给荆瓷画的那幅油画。

那只圆圆的炸鱼汉堡在极简风格的办公室里显得非常怪异，但是荆瓷却把它挂在了墙的最中间，那是进门后一眼就能看到的位置。

陶明灼的心里愈发拧巴，于是最后还是决定和荆瓷一起吃饭，等荆瓷说出口他到底要什么。

钱是一定要还的，荆瓷的情绪他也要照顾到，无论如何，他都不能让荆瓷继续这么伤害自己的身体。

与此同时，陶明灼有了一个计划。这个计划有些不太成熟，但是这也是目前唯一一个让荆瓷意识到自己也没有像看起来这么"健康"的方法。

陶明灼觉得，荆瓷目前对于自己的了解也只是基于表象，他还没有让荆瓷了解到自己的生活常态。

～5～

于是星期一的晚上，陶明灼精心挑选了一个非常特殊的地点。

荆瓷仰起脸，念着霓虹灯牌上的字："午哥炸串？"

陶明灼说："其实是许哥，只不过那个偏旁已经三个月没亮过了。"

陶明灼选择了环境"优美"、氛围独特的路边摊。

马路边"清爽"的车尾气可以随时涌入鼻腔，没有靠背的塑料小板凳可以用来矫正坐姿，桌面的油渍则可以当免费小镜子来整理仪容。看得出来，店家将客人的用餐体验考虑得非常周到。

陶明灼清了清嗓子，说："这是我平时最爱吃的一家店，我们普通人的生活是这样的，一周总得吃点不干不净的路边摊、大排档才算完整。"

陶明灼确实挺爱吃这家店，但是顶多两三个月才吃一次，一周一次的话对肠胃的挑战太大。

他故意问了一句："你感觉这里怎么样，环境还能接受吗？"

荆瓷的脸色却依旧如常。

他没有表现出任何的嫌弃和扭捏，而是非常自然地落了座，并将外套脱下叠好，放在了手边的塑料凳上。

然后陶明灼看到荆瓷点了点头，说："这里很热闹，也很有生活气息，你的眼光很好，我已经在期待今天的菜品了。"

陶明灼："嗯？"

服务员走上前，递上了皱皱巴巴的菜单。

陶明灼静默了一会儿，问："你有什么想吃的吗？"

荆瓷低头翻看了一下，不出意料地给出了熟悉的回答："我都可以，和你吃一样的就好。"

陶明灼深吸一口气："可以，那我就按着我的喜好来了哈。"

荆瓷："好的。"

于是陶明灼也没客气，直接把各种动物内脏这些常人不太能接受的食材都点了一份，连蔬菜他也只选了韭菜这种味道冲的。

"然后口味……都给我做成特辣吧。"他问荆瓷，"之前没试过特辣，感觉挺新鲜的，你应该也能接受的对吧？"

荆瓷微笑："没问题的。"

陶明灼又翻了一下菜单，抿了抿嘴，说："饮料都还挺贵的……就不要了，白水就行。"

这回连身旁的服务员看他的眼神里都带了点鄙夷："我们这边只有热水，您确定？"

陶明灼合上菜单，偷瞥了一眼坐在对面的荆瓷，说："热水挺好。"

陶明灼感觉自己今晚的表现"无可挑剔"，他认为自己已经将一个爱吃垃圾食品、极度自我、无比抠门的形象诠释得淋漓尽致。

但是荆瓷依旧只是安静地坐在对面，表情并没有什么变化。

陶明灼觉得荆瓷可能是在忍耐，也许一会儿等菜上来后，就无法再保持这样的平静了。

但陶明灼并没有预料到，最先绷不住的人竟然会是自己。

"不是，"辣得满头大汗的陶明灼看着面色沉静的荆瓷，忍不住一边吸气一边问道，"你……你怎么这么能吃辣？"

荆瓷将手里的竹签仔细地在竹筒里插好，温和道："我妈喜欢吃辣，平时做菜也总会放辣，可能我从小就一点一点地练出来了。"

陶明灼千算万算没有料到这一种可能。

他自己辣得一直发出"嘶哈嘶哈"的声音，但还是不甘心，半晌后忍不住又问："那这些肝脏肥肠什么的你也能吃？你不觉得味道怪吗？"

荆瓷想了想，认真答道："虽然是第一次吃，但感觉本质都是肉，而且它们的味道也有各自的新奇之处，所以接受起来也没什么问题。"

"而且如果不是你，我可能也不会吃到这些东西。"荆瓷甚至有点开心，"我之前很少会尝试自己舒适区以外的食物。"

他对着陶明灼弯了一下眼睛："谢谢你带我体验。"

陶明灼能感受到荆瓷的真诚，他是在很认真地说出这些话。

荆瓷的笑很漂亮，霓虹灯变幻闪烁的光影下，他的眸子像是浸在了一汪温柔的水里，就连睫毛也被覆盖上了朦胧的光。

陶明灼觉得自己就像是一拳打在了棉花上，因为荆瓷并没有给出哪怕一点自己想象之中的反应。

他并不知道陶明灼请这顿饭的真实目的，更不知道陶明灼是故意点了这些怪东西来吃。

他没有对环境挑三拣四，没有表现出任何的不耐烦，看起来反而好像很高兴，甚至还在因为自己请客而真诚地、开心地向自己道谢。

他好像真的是个好人。陶明灼茫然地想。

荆瓷有些困惑地看着陶明灼的脸。吃这顿饭前，荆瓷原本是有些忧虑的，因为他担心陶明灼会请自己吃一些昂贵的餐厅，这样的话，他很快就可以把之前的饭钱都还回来了。

所以看到陶明灼请自己吃的是烤串的那一刻，荆瓷松了一口气，因为这意味着两人还可以在一起吃很多顿晚饭。

因为可以一直看着陶明灼，所以荆瓷再次体会到了吃饭的快乐。

只是不知道是不是有被辣到，陶明灼在这顿饭的后半程就开始走神，他一直低着头，不再开口说话了。

荆瓷觉得陶明灼应该是被辣狠了，因为特辣的辣度确实有些夸张，荆瓷一开始也有些适应不了。他犹豫了一下，站起身向店内走去。

两人在今天之前已经一起吃了很多顿饭，荆瓷已经非常了解陶明灼的饭量，他知道今天点的这些菜，陶明灼肯定是吃不饱的。

荆瓷也不觉得陶明灼小气，他明白每个人的生活条件不一样，能够负担起的东西也不一样，也许请自己吃晚饭，确实会给陶明灼在经济上造成一些负担。

而对于他来说，只要自己可以和陶明灼一起吃饭，就已经足够了。

荆瓷思考了一下，最后在饮料柜拿了一排 AD 钙奶，又叫服务员加了一些菜，并嘱咐只要微辣就好。

然后荆瓷走回到了座位上，将那一排 AD 钙奶放到陶明灼的面前。

"先不要吃这些了，我加了一些不太辣的菜。"荆瓷说，"奶可以解辣，你最好喝一点，不然一会儿胃会难受的。"

他看到陶明灼抬起了眼，有些愣愣地看着自己。

荆瓷想了想，回想起点餐时陶明灼和服务员的对话，以为陶明灼是觉得加了这些东西会超出预算，所以不愿意打开饮料。

"你只需要请我桌子上的这些菜就可以。"荆瓷耐心地向他解释道，"因为我并没有询问你就自作主张地点了新菜，所以新菜和饮料的钱，一会儿我会自己出的。"

见陶明灼还是不说话，荆瓷开始有些担心起来，他怀疑陶明灼是被辣到有些神志不清了。

他犹豫了一下，将 AD 钙奶的包装撕开，吸管插好，然后拉起陶明灼的手，直接塞到了他的手里面。

"先喝一点压一压，好不好？"荆瓷将声音放得很轻柔。

荆瓷抬头看向了陶明灼的脸，然后他感到更加忧虑了。

他甚至怀疑店家用的辣椒粉可能存在一些品质上的问题，因为不过是短短的几秒钟，陶明灼的脸就肉眼可见地又红了一倍。

但荆瓷不知道的是，陶明灼之所以脸红，是因为他在为自己今晚的整个计划感到无与伦比的内疚与心虚。

他在谋划着如何和荆瓷划清界限，用各种行为试图让荆瓷嫌弃自己，但荆瓷不仅没有展露出任何的不耐，反而自始至终都在包容自己的一举一动，甚至此刻他的神情中还带着对自己真情实感的担忧。

荆瓷好像真的是个很好、很有教养的人。

陶明灼恍惚了一瞬，又在瞬间清醒过来。他心中告诫自己，身体发肤受之父母，哪怕对方对自己再亲切再热情，但他不能就真的什么都不考虑，荆瓷要什么他都答应。

梁京京将打印好的资料整齐地码好,转过身就看到了站在门口的高个儿青年。

她被吓了一跳。

"梁秘书。"

"啊。"梁京京愣了一下,"是下……是你啊。"

梁京京庆幸自己反应得及时,将即将出口的"饭菜"二字在瞬间咽了回去。

对于陶明灼,梁京京其实是抱着一种感激的心态的。因为她是唯一一个清楚荆瓷病情的人,也是唯一一个知道陶明灼的出现给荆瓷的生活带来了多么大希望的人。

"你是来找荆总的吗?"梁京京想了想,笑眯眯地问,"荆总马上要开一个会,你要不过一个小时再过来找他?"

她看到陶明灼似乎是愣了一下,摇了摇头。

"其实我是来找你的。"陶明灼犹豫着开了口,"我想向你了解一下,荆总平日生活中……有没有什么格外喜欢或者讨厌的事情?"

梁京京:"欸?"

陶明灼的第一次行动可以说是彻底败北。他总结了一下自己失败的原因,感觉主要是因为自己不了解荆瓷的喜恶,所以没有做出针对性的决策。

他的脾气为什么这么好啊?为什么都这样了还能不发火啊?陶明灼感到不解。

吸完了一整排的 AD 钙奶后,陶明灼觉得自己需要对症下药。

他最后还是决定不要再在吃饭这件事上折磨彼此,人是铁饭是钢,浪费食物是可耻的,他不希望再出现像上次那样的特辣事故。

据梁京京说，荆瓷的脾气很好，平时很少会对事物表现出很明显的喜恶。

"但是硬要说的话，荆总不太爱碰烟。"梁京京想了想，说，"而且他喜欢相对安静一点的环境，爱好的话……他平时会叫我帮他订一些展览的票，应该也就这些了。"

陶明灼决定将这几点逐个攻破。

于是陶明灼的第二个计划，就是当着荆瓷的面狠狠地吞云吐雾。这样不仅可以让荆瓷不再靠近他，还可以让荆瓷误以为自己身体没那么健康，从而换个"治疗"人选，简直是一举两得。

现实生活中，陶明灼对于在公共场合吸烟的人可以说是深恶痛绝。他认为这是一种害己又害人的自私行为，所以最后他也是斟酌了很久才下定的决心。

荆瓷的身上没有烟味，办公室里也没有烟灰缸，所以陶明灼笃定，荆瓷不抽烟，而且应该也不会找烟鬼做朋友。

两人约定的是每晚六点左右一起去吃晚饭，于是当天下班后，陶明灼先去了一趟公司楼下的便利店。

陶明灼其实根本就不懂烟，对着一墙的花花绿绿挑花了眼，最后选择了一包外国烟，做贼似的揣进了口袋里。

站在公司门口又等了十分钟，陶明灼就看到荆瓷出了电梯，走到了自己的面前。

和陶明灼吃饭，已经成为荆瓷生活中的盼头。

今天他们一起吃了炒饭。陶明灼一边扒拉着盘子里的饭，一边说："这家的炒饭很香的，是用猪油渣炒出来的，而且非常大碗，是不是很好吃？"

荆瓷说："很好吃。"

他注视着埋头吃饭的陶明灼，低下头，也缓慢地吃下了一口炒饭。

除了炸串那次出现了一些小小的事故，这几天的晚餐都进行得非常顺利，陶明灼带荆瓷体验了他平时会吃的一些小店。

而且最近吃饭时，陶明灼也很少再莫名发呆，而是恢复了之前吃得很香、很投入的状态。

其实晚上吃饭的感觉和中午在公司吃饭的不同，晚上是私人的时间，两人相处时的氛围好像少了平时在公司时的拘谨。

荆瓷感觉现在很难来定义自己和陶明灼的关系。

不像是上司和下属，也不像是普通的朋友，而是一种有些微妙的，说不太清的关系，荆瓷决定将这种关系暂时地定义为饭友。

按理来说吃完了饭，就到说分别的时间了。

但是很少见地，结完账的陶明灼主动提议道："旁边就是河边，要不要一起走一走，消一消食？"

荆瓷怔了一下，说："好。"

于是他们在河边走了一会儿。

很奇怪的是，荆瓷感觉陶明灼一直在不停地左顾右盼，观察着身边的行人。

河边很寂静，并没有什么行人，身边偶尔会有疾驰而过的车辆。

然后荆瓷看到陶明灼原地站住，转过身，同时将手伸进了口袋里。

荆瓷跟着停下了脚步。

"那个……"陶明灼刚准备说些什么，就有一个推着婴儿车的女人在他们的旁边站住，然后打起了电话。

荆瓷看到陶明灼把手又从口袋中拿了出来，像是有些痛苦地深吸了一口气："……那个，好像还是有点撑，咱们要不再走走吧。"

又走了五分钟，陶明灼终于重新停住脚步，又一次转过了身。

与此同时，荆瓷看到陶明灼从口袋里掏出了一包烟，非常大声地感叹道："啊，烟瘾上来了。"

荆瓷："啊？"

陶明灼是真的很累。他没想到找一个空气流通比较好，同时周边没有行人，特别是没有妇女和小孩的地方能够这么难。

果不其然，看到自己从口袋里掏出烟的那一刻，荆瓷露出了有些诧异的神情。

陶明灼很满意荆瓷这样的反应，他若无其事地说："不好意思，老习惯了，平时画画没灵感的时候就爱来一口，戒不掉了。"

他看向荆瓷的眼睛："你不介意我抽一支吧？"

荆瓷若有所思地盯着陶明灼手中的烟盒看了一会儿。

"没关系。"他听到荆瓷说，"你抽吧。"

陶明灼也料到了这个答案，他低下头，深吸一口气，决定开始自己的表演。

陶明灼没拆过烟，正低头研究着要怎么开盒，就听到荆瓷有些犹豫地问道："所以你平时，一直喜欢抽女士烟吗？"

陶明灼愣住了，他低下头定睛一看，才发现烟盒上虽然印着的都是英文，但是烟盒侧边却有一个高跟鞋的LOGO，似乎真的是专门给女性设计的烟。

陶明灼整个人彻底呆住。

他买的时候压根就分不出不同牌子的差别，加上后面结账的人又排着长队，他也没时间研究。所以最后他只能全凭画师的本能，选了个包装看起来挺好看的。主要是陶明灼觉得浅色系的看起来还挺上流。

陶明灼感觉自己的脸有点僵硬："个人习惯，特殊爱好，不……

不可以吗？"

他害怕荆瓷会看出什么端倪，但荆瓷似乎并没有多想，只是笑了一下，点头道："女士烟入口确实会清新一些。"

陶明灼偷偷吐出一口气。

戏已经开场，虽然道具出现了一些小小的差错，但是陶明灼还是毅然决然地演了下去。

陶明灼笨手笨脚，取了半天才拿出来一根，荆瓷注视着他手中的动作，安静地没有说话。

陶明灼说："我……我可真抽了啊。"

荆瓷其实没明白，抽烟这样的小事，陶明灼为什么要一直询问自己的意见，但他还是点了点头："抽吧。"

然而像是想起了什么似的，陶明灼并没有进行下一步的动作，而是举着手中的烟，就这么在原地僵住了。

荆瓷不明所以地望着他的脸。

空气微妙地凝固了一瞬，半晌荆瓷试探着开了口："你是不是……没有带火？"

十五分钟后，陶明灼从附近的便利店里走出来。

今晚丢脸两次的陶明灼已经彻底麻木，他现在只想快点把这根该死的烟抽了，早早地把这出戏演完。

河边的风有些大，陶明灼有些笨拙地摁着打火机，火苗摇摇晃晃，他半天才颤颤巍巍地把烟给点着了。

然后陶明灼夹起烟，故作镇定地吸了一口。

虽然女士烟的口味比普通香烟的口味清淡一点，但是陶明灼是第一次抽，还是直接被熏得眼睛一痛，整个人都打了一个激灵。

但他还要做出若无其事的姿态，问："咳……咳，你……你喜欢抽烟的人吗？”

荆瓷望着他的脸，笑了笑，说："不太喜欢。"

陶明灼一听到荆瓷说"不太喜欢"，就觉得自己的目的已经达到了，他立刻精神抖擞起来。

他忍耐着喉咙里的痒意，有感情地朗诵起了自己提前准备好的台词："啊，那真是不好意思啊，我是对烟草有瘾的那一类人，怎么说呢，我知道确实是有点没素质，但是就是戒不掉……"

荆瓷望着陶明灼，温和道："偶尔抽一支的话没关系的，而且我感觉，我之前好像并没有怎么见你抽过。"

陶明灼警觉地抬起眼："那是……那是你没看到而已，我私底下抽得很凶的，而且完全不在乎周边的人的感受，非常自私的。"

荆瓷愣了一瞬，不解道："可是，你不是已经特意找了没有人的地方吗？"

陶明灼："……我完全听不懂你在说什么。"

烟雾散开，陶明灼自己闻着都已经有点难受了，还得硬着头皮继续抽下去。

荆瓷也没有多说什么，只是望着河水斑驳的光影，安静地站在他的身侧等着他抽完，并没有表露出任何的不满。

陶明灼决定放出自己的大招。

他顿了一下，重新从口袋中掏出烟盒，递到了荆瓷的面前："站着无不不聊，怎么说，要不也陪我来一根，体验一下新东西？"

荆瓷转过头，看着陶明灼的脸，没有说话。

陶明灼感觉这回就算是换了脾气再好的人，估计也会感到火大。

毕竟荆瓷已经明说了不喜欢抽烟，但自己还是不顾他的感受在旁边吞云吐雾，甚至现在还胆大包天地邀请他一起加入。

荆瓷太久没说话，陶明灼感觉自己可能做得有点过分了，便把手往后缩了一下："算了，你——"

陶明灼正准备把烟盒放回口袋，荆瓷就突然伸手接了过来。

他听到荆瓷说："谢谢。"

陶明灼看到荆瓷低下头，利落地从烟盒中抽出一根烟，夹在指间，端详了一会儿。

有一刹那，陶明灼突然感觉，只是一个简单的取烟的动作，荆瓷表现出来的，却是自己没有的娴熟和冷静。

陶明灼直觉不对，他的喉结上下滚动了一下："你不是……不喜欢抽吗？"

荆瓷轻轻地捻了一下手中的烟，他的手指纤细修长，而女士烟也偏细长，在他的手中看起来更加适合。

"与其说不喜欢抽烟的人，倒不如说是不喜欢抽烟这件事。"荆瓷很轻地叹息了一声，"至于不喜欢的原因，可能主要还是以前的我自制力不强，所以戒掉的过程比较艰难。"

陶明灼睁大眼睛，似乎已经听不懂荆瓷在说什么了。

"不过现在的我已经能够管住自己了。"荆瓷将烟夹在了指间，微笑道，"所以偶尔试一试，应该也没关系。"

陶明灼看到荆瓷低下头，他的发丝被风温柔地吹拂起，眉眼被挡住了一些，脸上的神色也有些看不太清。

他咬住了那根烟，微微偏了下头，声音有些不太清楚："可以借个火吗？"

可能是因为此时荆瓷的气质与平时的反差很大，陶明灼半天才反应过来，说："……好。"

陶明灼磨磨蹭蹭地摁开打火机，还在犹豫间，荆瓷却突然咬着烟直接凑近了火苗。

　　他的动作非常流畅自然，长而柔软的睫毛颤着，发丝随着风的节奏微动，整张脸被橘色的、明灭的火光照亮了起来。

　　荆瓷抬起了眼，宁静夜色下，他眸子里的光却好像比夜空还要更干净一些。

　　火光微亮，烟燃烧起来。

　　荆瓷缓慢地站起了身，将烟重新夹在指间，对着陶明灼淡淡地笑了一下，随即轻柔而慵懒地吐出了一口烟雾。

　　"谢啦。"他对陶明灼说。

团子冰激凌

CHAPTER 3

第三章

团 子 冰 激 凌

T U A N   Z I   B I N G   J I   L I N G

陶明灼感觉自己真的已经筋疲力尽了。

他尝试了无数个办法想让荆瓷讨厌自己，但是每次都不知道是哪一步出了问题，导致结局总是向他不曾预料过的方向发展。

陶明灼在脑海中无数次回放两人在桥边抽烟时的场景，悲哀地意识到自己又一次在"让荆瓷讨厌自己"这件事上一败涂地。

他盯着屏幕出神，身后杨可柠突然喊了他的名字："陶明灼，周末要不要去做一些有氧运动，锻炼锻炼身体？"

陶明灼这才回过了神。

他完全无法把"运动"这个词和一天三杯奶茶的杨可柠联系在一起，愣了一下："……您哪位？"

"好吧。"杨可柠也懒得继续演了，"其实是小许这周末想去酒吧，但是一直拉不到人，再加上来个男生会安全一点，所以你来陪我们一下嘛。"

陶明灼："不去。"

杨可柠使出激将法："今天是乖宝宝陶明灼是吧，告诉姐姐今年多大了，明年是不是马上就要上六年级啦？"

陶明灼懒得和她斗嘴。

"唉，为什么大家现在都这么没有活力？"杨可柠痛心疾首道，"稍微吵闹一点的地方都不愿意去，一点年轻人的样子都没有……"

听到"吵闹一点"这四个字，陶明灼突然一顿，他抬起了头。

"等等，我能去。"陶明灼说，"我不仅能去，也许我还能再给你拉个人来。"

第二天，在得知陶明灼成功邀请了荆瓷一同前往后，杨可柠以瞳孔放大的状态在工位上呆滞了整整五分钟。

然后她的脸上浮现出了微妙的笑容。

"小陶，你是我的恩人。"杨可柠说，"你信不信，那些说自己周末没空的大骗子姐妹们，日程会突然不约而同地空了出来？"

周六晚上，他们在酒吧门口集合。

正如杨可柠所预料的那样，她的几个小姐妹不仅一个不差地全部到场，而且一个个妆容精致，就连神色也是一致的腼腆。

荆瓷到得稍微晚了十分钟，他说："抱歉，路上有些堵车。"

杨可柠大度地摆手："没关系的荆总，不是您的问题，明明是红绿灯太不懂事了！"

陶明灼看到荆瓷轻轻地笑了一下。

不知道是不是陶明灼的错觉，他感觉杨可柠和她的小姐妹们一直在似有似无地偷看荆瓷，并且非常频繁地用眼神进行着无声交流。

荆瓷今天的穿着简单干净，相比于酒吧里精心打扮的大部分人，他游刃有余且气质不俗，在人群中显得格外出众。

而且进了酒吧之后陶明灼才发现，今天荆瓷的右耳上戴了一只小小的耳钉。他之前从未注意到，荆瓷原来是有耳洞的。

那只耳钉是纯银的，设计得很低调，金属的光泽若隐若现，衬得荆瓷的皮肤很白。

荆瓷表示因为自己迟到，所以今天一定要给他一个请客的机会，并直接招呼来了服务员，大方地点了很多酒。

有几个姑娘大起胆子，邀请他一起去舞池里玩，荆瓷微笑着婉拒道："你们玩得尽兴，我在这边休息一下，帮你们看包就好。"

温和礼貌的语气，无可挑剔的好教养。

杨可柠扭扭捏捏地搅弄着手指："哎呀，这多不好意思啊荆总，那就麻烦您啦……"

陶明灼一听到她这样的语气头皮就开始发麻，赶紧把她往舞池里拉。

酒吧的氛围很热闹，陶明灼之前也陪他们来玩过不少次，但是今天不知道为什么，陶明灼一直控制不住自己向荆瓷所在的方向偷偷看去。

荆瓷一个人安静地在卡座里坐着。

他低头看着手机，恬静的气质与周遭的喧闹格格不入，就好像桌面上摆着的酒是热茶，沙发是竹席，而他本人正在一所宁静的茶室里面读书一样。

陶明灼的心里其实有些别扭，因为他知道，荆瓷肯定是不喜欢来这种地方的。

他当时问荆瓷要不要一起来酒吧，也只是想向荆瓷表达出"我爱熬夜""我爱喝酒""我的身体没有看起来这么健康"的意思而已，并不觉得荆瓷会真的答应。

但是陶明灼没有想到荆瓷竟然毫不犹豫地答应了下来，哪怕要去的是他并不喜欢的地方。

～2～

陶明灼心不在焉地和杨可柠他们在舞池玩了一会儿。再次抬起头时，陶明灼看到一个陌生的男人站在了荆瓷的面前。

那人似乎和荆瓷说了些什么，荆瓷微微皱了一下眉，随即陶明灼看到那个男人直接坐在了他的旁边。

荆瓷今晚的心情原本是很好的。虽然他很诧异陶明灼会邀请自己来酒吧这种有些伤害耳膜的地方，但荆瓷也理解每个人有不同的缓解压力的方式。

其实他今天会出现在这里，还是为了在活动结束之后，和陶明灼一起去吃一顿消夜。

难得陶明灼主动提出在周末时见面，那么荆瓷自然也不会放过这个宝贵的进食机会。

荆瓷心想，一会儿陶明灼想喝粥的话，离这个酒吧不远的一条小巷里就有一家粥铺，两人去那会很方便。如果他想尝试别的食物的话，那么也可以打车去别的餐厅。

专心筛选餐厅的时候，荆瓷眼前的视野暗了下来，然后他听到了一声："又见面了。"

荆瓷抬起眼，看清了站在自己面前的人，他怔了一下："……是你。"

姚连琛向他颔首，转过身和身后的朋友打了声招呼，然后就非常自然地坐在了荆瓷身旁的座位上。

他上下打量了一番荆瓷，有几分惊奇地笑道："没想到能在这儿遇见你，我以为你早就不爱来这种地方玩了。"

荆瓷说："陪朋友来而已。"

这一次，他们相遇的地点不再是上次那样正规的酒会，荆瓷闻到了姚连琛身上很浓厚的酒气。甚至他感觉姚连琛说话的声音也有一点沙哑，像是已经有些喝多了的样子，话语间也明显没有像清醒时候那么有分寸感了。

姚连琛的酒品不太好，荆瓷并不想在这种时候和他展开对话。

早在两人在海外工作时的相处过程中，荆瓷就发现，姚连琛虽然能力出众，但却是一个心胸狭窄、高傲自负的人，且他的自尊心很强。

荆瓷知道对于自己之前的回绝，姚连琛虽然面上表现得无所谓，但心底一定是有些耿耿于怀的。

果不其然，姚连琛无视了荆瓷语气里的疏远，自顾自说道："为什么一个人坐在这么偏的角落，要不要去我们那桌一起喝一杯？"

荆瓷摇头："不必了。"

"你猜猜……为什么你坐在这么偏的地方，我还能在人群中一眼看到你？"姚连琛看着荆瓷的侧脸，笑了笑，自问自答道，"因为你在这里显得格格不入。"

荆瓷皱了皱眉，并没有接话。

"其实我一直都想不明白，我觉得我开出的薪酬待遇已经很有诚意了。"姚连琛自顾自地说，"工作时我们的沟通相处明明也很合拍，为什么你就是不愿意继续在我的公司发展？"

荆瓷知道像姚连琛这样的人，是永远无法接受别人指出他们的缺点的。并且他们又从事同一个领域，以后难免会有再碰面的时候，所以有些话，荆瓷不能直接说出口。

于是荆瓷选用了最常见的借口，他说："不是你的问题，而是我有一个很重要的朋友在这个公司，我想和他一起工作。"

姚连琛哼笑了一声，显然并不相信这样的说辞。

"是真的，"荆瓷冷静回应道，"而且他今天也在这里，所以如果可以的话，我希望你可以早点离开，我不希望让他看到我与前公司的人来往，从而产生一些不好的猜忌。毕竟我和他现在在工作上非常契合，而且我对我们现在的状态非常满意。"

这话其实已经说得非常直白且难听了。

姚连琛望着荆瓷，脸色也变得很差，醉醺醺地凑近似乎想追问什么。

荆瓷感到有些厌烦，不动声色地微微错开了身子。

他抬起头，正犹豫着如何脱身的时候，就看到陶明灼正站在不远处，愣愣地盯着自己和姚连琛看。

两人视线相会后的几秒，荆瓷看到陶明灼慢慢地向自己走来。

姚连琛顺着他的视线看过去，也注意到了陶明灼，他观察荆瓷脸上的神情，问："是他吗？"

荆瓷只想快速结束掉这段对话，便干脆顺着他说了下去："是。"

陶明灼的个头与气势其实在人群中显得非常优越。身高突出的同时，他的眉眼生得深邃，骨相极佳，是很俊逸的大男孩长相。

他穿着件宽大随意的卫衣，脸看着干净，一看就知道，应该是个阳光单纯的年轻人。

姚连琛对着陶明灼打量了一会儿，回过头，似笑非笑地说道："小伙子长得不错，就是看起来不太像我们这个圈子的人，不太像是你会来往的朋友类型啊。"

"这么看来，应该是有一些别的过人之处吧。"他有些恶意地揣测道，"难道是……哪家的公子哥？"

"他人很单纯，没什么心眼，也没什么背景。"荆瓷的语气冷淡了下来，"这就是我的答案，请问你可以走了吗？"

荆瓷愈发感到烦躁，因为陶明灼还在继续朝他们的方向走来，而他并不想让这件事情变得更加复杂。

但姚连琛却迟迟没有起身，于是陶明灼最终还是走到了他们的面前。

陶明灼看着姚连琛，犹豫着问道："荆总，这位是？"

"我是荆总的旧友，碰巧在这里遇到了，所以来聊聊天而已。"姚连琛眯了眯眼睛，"这位小哥，你和荆总是？"

因为姚连琛用的称呼是"荆总"，陶明灼以为姚连琛是荆瓷生意上的朋友，犹豫了一下，选择诚实答道："他是我的上司。"

荆瓷深吸了一口气。

姚连琛若有所思，故意说道："那真奇怪啊，因为荆瓷刚刚和我说，他有一位非常好的朋友，简直算得上是……他的知己，可是怎么现在听起来，又好像只是普通的上下级关系呢？"

他故意露出了一副好奇的神情："所以你们两个，到底是谁在说谎呀？"

荆瓷早就知道姚连琛的本质是个睚眦必报的小人，但是他也没想到，姚连琛竟会当着陶明灼的面直接说出这种添油加醋的话。

酒吧里的灯光昏暗，但是荆瓷清楚地看到，陶明灼倏地睁大了双眼。

好像被姚连琛的这番话证实了什么猜想，他有些不知所措地站在原地，怔怔地盯着荆瓷的脸看。

荆瓷深吸一口气，有些怒道："姚连琛，你走不走？"

荆瓷是教养和脾气都很好的那一类人，一般如果他用这样的语气直呼对方全名，就意味着他的忍耐已经到了极限。

姚连琛的脸上浮现出了得意的笑容，又朝荆瓷的身边靠近了一些：

"咱俩认识这么久了，你撒没撒谎，我一眼就能看得出来……所以，愿赌服输吧。"姚连琛指了指远处的另一桌，"去我那桌陪我喝一杯酒，然后我就再也不来打扰你了。"

荆瓷皱起了眉。

其实荆瓷完全没有理由去喝这杯酒，因为愿赌服输的前提是要有"赌"，而姚连琛刚刚只是证明他撒了一个谎而已。

但荆瓷不想让姚连琛继续这样纠缠下去，因为他怕陶明灼被卷进这件事里，毕竟大家都是一个工作圈子里的人，以后陶明灼有什么样的发展，会不会和姚连琛有接触，这都是说不准的事。

荆瓷知道不能再拖下去了，谁都不知道姚连琛会不会说出更过分的话。他想，只有自己喝了那杯酒，让姚连琛在他朋友的面前赚到一些面子，才能让他彻底消停下来。

就在荆瓷轻轻地吐出一口气，准备站起身时，身旁沉默了很久的陶明灼却突然上前了几步。

他径直挡在了荆瓷的面前，并用自己的手轻轻地将荆瓷向后护了一下。

荆瓷怔怔地抬起眼，只能看到陶明灼有些紧绷的侧脸，还有他微微泛红的耳根子。

陶明灼就这么一动不动地，直挺挺地挡在了自己和姚连琛的中间，然后荆瓷听到他很大声地说："没错——"

荆瓷一时间还没有反应过来，就看到陶明灼深吸了一口气，对着姚连琛继续说道："我就是荆瓷的知己……不对，是非常好的朋友！"

陶明灼站得很直，他的声音听起来中气很足，但是说到"朋友"这两个字的时候，似乎又微不可察地磕巴了一下。

下一秒，荆瓷就看到陶明灼抿了抿嘴，看向姚连琛，语气有些生硬地问道："所以，你要找我的好朋友喝什么酒？"

～3～

陶明灼当时差点儿没缓过来。

因为一早就知道荆瓷对自己抱有着不太单纯的目的，所以他一直想与荆瓷拉开距离，想借此把让自己为难的请求彻底堵死。

正常人遇到这样强行拉近关系的事情，可能会感到很不舒服，但是当时的陶明灼只是感到自己有点不知所措。

强迫自己冷静下来后，陶明灼又听了一会儿荆瓷和那个陌生男人的对话，察觉到事情并没有自己想象的那么简单。

荆瓷和那个男人之间的氛围很紧张，而且陶明灼很少会看到荆瓷皱眉，并用如此冷硬的语气说话。

随即陶明灼意识到，"朋友"好像是荆瓷用来搪塞这个男人的一种借口，而自己刚才说的那句"他是我的上司"则与他找的这个借口产生了冲突，从而间接地导致荆瓷陷入了此刻的困境之中。

陶明灼其实也不清楚自己当时究竟是怎么想的。

他只是觉得本来就是自己拉着荆瓷来到的这种地方，而且此刻的荆瓷看起来好像很困扰，那么无论如何，自己也要帮他把场子找回来。

所以最后陶明灼硬着头皮，说出了"我就是荆瓷的好朋友"这样的话。

陶明灼的开口无疑让情况小小地反转了一下，姚连琛脸上的表情顿时变得僵硬起来。

因为陶明灼已经亲自开口证实，所以哪怕心有不甘，姚连琛也只能讪讪说道："这样啊。"

他明显还是怀疑陶明灼话里的真实性，又有些阴阳怪气地追问道：

"真奇怪啊，既然你们的关系这么铁，为什么你们一起来酒吧玩，你会不管不顾他，让他一个人落单地坐在沙发上呢？"

陶明灼微微张开嘴，正犹豫着要如何作答时，他感受到身后的荆瓷站了起来，走到了自己的身旁。

荆瓷平静地解释道："因为我累了，想自己一个人休息一会儿。但是他一直放心不下我，所以才回来找我。"

荆瓷转过了脸，望向陶明灼的眼睛："正好，我现在也休息好了。咱们走吧，明灼。"

陶明灼的呼吸微微一滞，半晌才僵硬地答应了一声。

其实这是陶明灼第一次被人如此称呼名字。

陶明灼是家里的次子，他爸妈一般会叫他"老二"，陶雪则是直接称他"你小子"。至于杨可柠和许奕这些办公室里的同事，大部分时间都是直呼他全名，偶尔有事相求才会来那么一句"小陶"。

但是荆瓷刚刚喊他的时候，用的是"明灼"这两个字。

声音温润，吐字清晰。

陶明灼的大脑宕机了一段时间，他茫然地跟随着荆瓷走到了舞池另一边的角落。

停下脚步的荆瓷望着陶明灼的脸，眸底含着笑意："刚才谢谢你帮我解围。"

回想起自己说过的那些话，陶明灼感觉自己的脸又控制不住地开始升温，半晌后干巴巴地说："没关系。"

"因为当时他一直在纠缠着我，"荆瓷说，"而你又正好向我走了过来，所以未经你的同意，我擅自用你当了借口。"

"他说的话很无礼，希望你不要放在心上。"荆瓷犹豫了一下，望着陶明灼，又略带歉意地开口，"我不应该随便将你牵扯进来的，抱歉。"

陶明灼顿了一下，摇了摇头："没关系，不过刚才那个人是……"

话音刚落，他看到荆瓷的神色变得有些微妙起来。

"他叫姚连琛，我们之前在海外一起工作过一段时间。"荆瓷注视着陶明灼的眼睛，停顿了一下，犹豫道，"不过后来我想回国工作，所以便拒绝了他的挽留，但姚连琛这个人……"

荆瓷并不愿在背后去讨论别人的人品及性格，哪怕这个人是真的人品有所欠缺，所以他并没有再说下去。

尽管荆瓷并没有把话说全，但陶明灼却在瞬间明白过来了什么，他露出了恍然大悟的神情。

同时他也在心底松了一口气，庆幸自己刚才在舞池的另一端注意到了荆瓷不太对劲的神情，及时过来帮他解了这个围，不然还不知道荆瓷会被这种小肚鸡肠的男人缠上多久，沾上多少未知的麻烦。

陶明灼拧着眉又一次回过头，发现姚连琛竟然还站在不远处的吧台前，神色阴沉地盯着自己和荆瓷看。

陶明灼"啧"了一声，犹豫片刻，往荆瓷身边微微靠近了一下，低下头，做出了一副正在和荆瓷热烈攀谈、关系熟稔的样子。

荆瓷有些意外地抬起眼看向他。

陶明灼轻咳一声，解释道："别多想，只是他现在还在盯着咱俩看，既然刚才都已经说了是好朋友了，那还不如直接装得像一点。"

荆瓷微怔："谢谢你。"

"谢谢"两个字明明是没有重量的，但是在这一瞬间，陶明灼感觉自己的心口好像多了什么沉甸甸、热乎乎的东西。

他清楚地意识到自己今天的"让荆瓷讨厌自己并和他划清界限"计划又失败了。但莫名的，陶明灼发现自己却没有像前几次感到那样的懊恼。

陶明灼安静片刻，开口道："那个人一直看着我们实在讨厌。"陶明灼看了看时间，"时间还早，你想不想换个地方？"

"你的意思是——"

陶明灼生硬地岔开了话题："你……你昨天不是说，想要今天一起吃夜宵吗？"他低下了头，含糊道，"我现在正好肚子饿了，我们走吧。"

～ 4 ～

那天的夜宵他们总共吃了一个小时，陶明灼愣是闷头连喝了三大碗粥。

回到家后，他捂着肚子愣愣地躺在床上，脑海里却是酒吧里发生的事件。

陶明灼感觉自己真的很倒霉。

吃路边摊被辣到的人只有自己，表演抽烟又被反将一军，去个酒吧结果还承认了两人是很好的朋友，他感觉心力交瘁。

他发现自己精心设计的方案在荆瓷身上永远只会起到相反的作用，便决定先暂时地收手一段时间。

陶明灼认为这是因为梁京京给自己的情报有很大的错误，他决定在今后和荆瓷相处的时候仔细观察，再去慢慢地研究出更有针对性的对策。

然而陶明灼没有想到，屋漏偏逢连夜雨，自己比想象中的可能更倒霉一些，而且这次还是物理意义上的，真正的雨。

周一的晚上，陶明灼准备请荆瓷浅尝一下本市新开的小吃街。因为小吃街离得很近，人流量又大，非常容易堵车，所以陶明灼提出了步行的建议。

最主要的是，一想到荆瓷的司机会在小吃街这种地方毕恭毕敬地给自己开车门，他宁愿自己多走几千步。

荆瓷没有提出异议，只是平和地回应道："好。"

然而出了公司大门走了没有五分钟，天上就开始噼里啪啦地往地上砸起了雨点子，两人直接被这瓢泼大雨浇蒙了，最后只能狼狈地找了个公交车站坐下，等雨停下来。

陶明灼被气得有点语无伦次："我对天发誓我出门前看了天气预报，这周明明都是大晴天……"

荆瓷比陶明灼淋得更严重，但却没有埋怨什么，只是温和地安慰道："没关系的，天气预报也不是百分之百的准确。"

他笑了笑，又说："等一等估计就会停了。下雨时的空气很好，我已经很久都没呼吸过这么新鲜的空气了。"

荆瓷的情商很高，可能是看出了陶明灼的不安，他看似随意地说出了这几句话，却让陶明灼心中的负罪感一下子轻了很多。

雨还在下，而且丝毫没有要停下来的迹象。

陶明灼正准备说些什么，就看到荆瓷突然偏过了头，捂住嘴和鼻子，打了一个喷嚏。

荆瓷蹙起眉头，缓了一会儿后，声音微哑地开口道："抱歉。"

荆瓷的鼻尖有一点红，他的睫毛幅度很小地抖了一下，陶明灼看到他抬起另一只手，揉了一下自己的眼睛。

陶明灼怔了一下，这才注意到，和自己的情况不同，荆瓷几乎是被浇透了的状态。

因为刚刚入春，天气回暖，加上两人要去的是小吃街这种地方，所以荆瓷并没有穿西装外套，只穿了件单薄的衬衫就出来了。

而陶明灼出门的时候穿了件外套，所以哪怕刚才淋了雨，也只是头发湿得严重，至少他的身子整体还是一个暖和的状态。

他……是不是有点冷啊？陶明灼有些迟疑地想。

陶明灼偷偷地盯着荆瓷看了一会儿，就发现荆瓷垂下眼，又将手微微向衬衣的袖口里面蜷缩了一下。

望着自己身上的外套，陶明灼陷入了沉思。

他想不明白，为什么遇到这种送命题的人总是自己？

陶明灼想做的事情很简单，那就是把饭钱还给荆瓷的同时，尽量和他保持一段如普通同事般疏远客气的社交距离。

当然在这期间，如果能让荆瓷觉得自己的身体没那么健康就更好了。

然而此时此刻，如果自己主动把外套给了荆瓷，那么他就要向荆瓷说"自己身体很好，一点都不冷"这样的话。

但是不给外套……万一他是真的很冷呢？

陶明灼忍不住又扭头偷瞄了一眼身旁的人。

万一因为自己没有把外套给荆瓷，导致他着了凉加重了那未知的病情，那么作为唯一可以避免这件事情发生的人，陶明灼感觉自己因此会一辈子良心不安。

荆瓷正安静地观察着雨在马路上积累起的小小水洼。

虽然雨来得突然，但是荆瓷的兴致依旧是高涨的，因为他很期待今晚的行程，毕竟他已经很久没有品尝过当地的特色小吃了。

荆瓷注视着水洼表面泛开的层层涟漪，正思考着下雨天会不会影响小吃街上的一些店铺营业时，就突然听到身旁的陶明灼问了一句："你……你冷不冷？"

荆瓷回过神来。

他感觉现在的温度还算可以忍受，只是刚才有风吹过，带走皮肤上的水分的那一刻有一些冷，所以才会打了个喷嚏。

于是荆瓷说："还好。"

陶明灼此时坐的位置要更靠外一些，荆瓷想了想，以为是陶明灼感觉有些冷，所以才会这样问自己。

于是荆瓷没有犹豫，直接站起了身，柔声说道："你那边风好像会更大一些，这样，咱们换一下位置坐吧。"

陶明灼的瞳孔骤然放大。

荆瓷明明已经冷到不行了，第一反应却是反过来担心自己的状况，这让陶明灼感到不可思议。

陶明灼茫然地想，他为什么可以对我这么好啊？

他难道是怕我感冒吗？

他就这么担心我的健康吗？

一旁的荆瓷有些困惑，因为在自己提出换座的想法过后，陶明灼沉默了很长的一段时间。

过了一会儿，荆瓷才看到他缓慢地站起了身。

荆瓷正准备错开一些身子，给陶明灼腾出一些走动的空间，便听到他有些生硬地说："你……你等一下。"

荆瓷一愣，他看到陶明灼低下了头，有些手忙脚乱地将自己外套的拉链拉开，然后将整件外套脱了下来。

陶明灼将衣服抱在手里，对上了荆瓷茫然的视线。

然后荆瓷听到他讷讷地开了口："我……我其实感觉有点热。"像是怕荆瓷不相信似的，陶明灼补充说道，"下雨天太闷了，我这人从小就这样，一下雨就……就喘不过气，所以你帮我拿一会儿吧。"

怕荆瓷拒绝，陶明灼抿了抿嘴，直接抬起手，将那件外套有些笨拙地、小心地披在了荆瓷的肩上。

外套里面的布料还是有些温热的，荆瓷怔住了。

发现陶明灼里面穿的是一件短袖后，荆瓷反应过来，下意识地就要将外套脱下还给他，却被陶明灼直接摁住了。

荆瓷："你——"

陶明灼的力气很大。

他甚至还没有等荆瓷将手从衣服中抽出来，便直接帮荆瓷将外套的拉链拉上，就这么笨手笨脚地，把荆瓷给裹在了外套里面。

高个儿青年的脸颊有一些红。

"我……我只是懒得自己拿而已。"他这样对荆瓷说。

将拉链拉好后，荆瓷看到陶明灼有些慌张地松开了手，然后转过身，直接迈着大步走向了身后的雨里。

"……雨好像小了点儿。"青年的声音发闷，混合着淅淅沥沥的雨声，有些缥缈地传进了荆瓷的耳朵里，"走吧，我想吃饭了。"

～ 5 ～

大雨也无法阻止人们向美食奔赴的心，雨夜里的小吃街依旧人潮汹涌。

雨棚搭了起来，暖橘调的街灯亮起，空气中弥漫着食物的香气，混着淡淡的雨水气息，令人食欲大涨。

两人先去了陶明灼强力推荐的烤猪蹄摊位排队。

等待出餐时，荆瓷听到陶明灼问自己："你有没有什么比较想吃的东西？我一会儿帮你去排队。"

荆瓷摇头道："我之前没来过这里，可能还是要麻烦你给我推荐一下了。"

陶明灼语气里充满了惊诧："真有本市人没来过这条小吃街吗？"

荆瓷耐心解释道："因为在我出国前，这里还只是一个免费对外开放的公园。"

陶明灼了然地道："没事，那你跟着我走就好了，这里好吃的东西有很多。"

荆瓷温和地笑了一下："谢谢。"

因为两人体形上的差距，陶明灼的外套在荆瓷的身上显得有一些宽松，尤其是袖子的部分，几乎覆盖过了荆瓷的手掌。

荆瓷犹豫了一下，担心一会儿食物上的酱汁会沾在袖口上，便将袖口小心地挽起来了一些。

在荆瓷的眼里，陶明灼是一个有些不太一样的存在。

因为他在自己面前表现出来的状态，一直都是别别扭扭的疏远，但好像又忍不住时常会来关心自己。

就好像一直在克制着什么情绪一样，陶明灼在表露关心的时候，看起来总是笨拙而又窘迫的。

脸皮也有些薄，总是结结巴巴地没说两句话，脸和耳朵根就跟着一起红了。

荆瓷望着走在前面的陶明灼。

青年的身材高而壮实，手里拿着热气腾腾的小吃，因为把外套给了自己，此时他只穿着一件单薄的短袖 T 恤。

荆瓷错开了视线。

其实在荆瓷一开始的计划里，他只是想在公司里和陶明灼保持简单的饭友关系而已。

之所以不告诉陶明灼自己的病情，首先是因为荆瓷不想用所谓的"病"来绑架对方，他不愿让陶明灼将陪自己吃饭当作一种必须履行的责任，而是可以用最为轻松的状态来吃饭，从而来达到最佳的下饭效果。

而且考虑到陶明灼身边的同事朋友不少，或许会将自己的病情泄露出去，这也是荆瓷不想看到的情况。

荆瓷从未预想到除了吃饭之外，两人会在私人生活中有更多的交集。

出神时，他听到陶明灼问自己："你能吃旋风大土豆吗？"

荆瓷回过神，答道："可以。"

陶明灼又问："再来个热狗棒？"

荆瓷："好的。"

陶明灼似乎对这一片新开的小吃街很了解，他带着荆瓷熟练地在人群中穿梭。

他的进食速度可以说是天赋异禀，几乎在走到下一个摊位之前，他就能把上一个摊位买的小吃吃完。

荆瓷注视着陶明灼的侧脸，努力地跟着他的节奏去吃，虽然吃得确实很香很满足，但是比起陶明灼的速度，他始终还是慢了一些。

不一会儿，荆瓷的手里就堆满了食物。

陶明灼刚在摊位上买了两碗新鲜的烤冷面，转过身才看到荆瓷手里抱着很多的东西，已经没有手再去接这碗烤冷面了。

陶明灼愣了一下，后知后觉地反应过来"我是不是吃得太快了？"

荆瓷摇头："是我吃得太慢了。"

陶明灼的身形顿了一下，他有些欲言又止，犹豫道："荆总……荆瓷，其实你不用总是迁就我的。

"如果你觉得我走得太快了，又或者吃得太快了，你可以直接和我说，不用总是考虑我的感受。"

荆瓷怔了一下。

然后他看到陶明灼深吸了一口气,再次开口道:"而且我们每次一起吃饭,你永远都是在问我喜欢吃什么,总是叫我去点我喜欢的东西……"

陶明灼的声音有一些发闷:"既然我们是朋友,那么我们就是平等的身份……你不用总是照顾我的。"

荆瓷其实从来都没觉得自己做了什么"迁就"陶明灼的事情,他的出发点永远是希望陶明灼可以吃得开心,所以他愿意做出一些妥协,让陶明灼吃得更香一些。

但是让荆瓷没想到的是,自己过多的妥协,反而让陶明灼感受到了负担。

荆瓷犹豫了一下,尝试地开口道:"那你可以……帮我拿一些东西吗?"

陶明灼沉默了一会儿,点点头,上前接过荆瓷手中一些已经凉掉的小吃。

荆瓷轻声道谢,想了想,第一次向陶明灼提出了食物上的请求:"可以给我买一个团子冰激凌吗?"

团子冰激凌算是这条小吃街里比较受欢迎的网红食品之一,顾名思义,就是正常的冰激凌上面插了一串糯米团子。

刚刚排队时,荆瓷看到不少经过的路人手里都捧着这样满满当当的一杯冰激凌,他认为应该是其味道做得比较不错的缘故。

其实荆瓷对冰激凌一直都不太感冒,真正吸引他的,是冰激凌上面插着的糯米团子。

滚圆而小巧的糯米团子被竹签穿成一串,黄豆粉的点缀也使其看起来更加诱人,再加上陶明灼可以在旁边陪着自己吃,荆瓷觉得,自己应该会很享受这一份甜品。

陶明灼愣了一下，说："好。"

十分钟后，陶明灼抱着两杯团子冰激凌向荆瓷走了过来，两人在休息区找了一个长椅并肩坐下，安静地吃着冰激凌。

陶明灼的进食速度依旧卓越，荆瓷看到他吧唧吧唧地一口一个团子，不出一会儿，整杯冰激凌就下去了一大半。

荆瓷犹豫了一下，准备这一次努力跟上陶明灼的速度，便也跟着低下头，一口气吞了两个糯米团子。

好吃是好吃，但是咀嚼了一会儿后荆瓷发现，糯米团子韧性很足，加上干燥的黄豆粉吸干了嘴里的水分，一时半会儿根本就咬不开。

口腔被黏糊糊的糯米团子占满，荆瓷皱起了眉。

努力吞咽时，荆瓷突然感觉自己的手背传来一股凉意，才发现因为吃得太慢，冰激凌已经化开了一些。

陶明灼这边已经把手头的冰激凌吃完，刚把杯子扔进垃圾桶里，转过身，就发现荆瓷正在微蹙着眉。

哪怕陶明灼已经帮自己分担了一些，荆瓷手里的东西也实在是太多了，而且冰激凌化开的速度要比他想象的快。

荆瓷含糊不清地开口："你……可不可以……帮我……"

嘴巴里的东西太多，荆瓷只能艰难而模糊地吐出几个简单的词汇，他想说的是"帮我要一点餐巾纸"，但最后也只发出了几个含糊不清的音节。

荆瓷犹豫了一下，将手里的那杯冰激凌凑得离陶明灼的脸更近了一些，试图让他看到流淌在自己手背上的奶油。然而不知道为什么，荆瓷发现陶明灼的神情在瞬间变得有些复杂。

荆瓷有些疑惑，以为是陶明灼没有明白自己的意思，便用另一只拿着小吃的手勉强指了一下那杯冰激凌，同时用眼神看向了远处的冰激凌店，示意他可不可以帮自己找店员去要一些餐巾纸。

然后荆瓷看到陶明灼的神色在瞬间变得愈发惊疑不定起来，他回头看了看冰激凌店，又看了看荆瓷的脸，问："你确定？"

荆瓷点头，陶明灼说："……好吧。"

荆瓷松了口气，他看到陶明灼转身向冰激凌店重新走去，和店员热烈攀谈起来，指了指菜单，随即拿出口袋里的手机，扫码……最后他捧回来了两杯新的冰激凌。

"我以为我胃口已经够大了，没想到你今天竟然比我还能吃啊。"端着两杯新冰激凌重新走到荆瓷的面前，陶明灼有些惊奇看着荆瓷的脸，说，"不过他们家的奶油质量确实很不错，确实吃完一个之后还有点意犹未尽。"

荆瓷彻底陷入失语的状态，完全没有想到陶明灼会把自己的话误会成这样的意思。

陶明灼没有注意到他神色上的复杂，而是低下头，拿起勺子，专心致志地吃起了第二份团子冰激凌。

青年吃东西的时候总是很大口，冰激凌上面有些化掉的部分被他直接一口咬掉，变成了一座顶部平平的小山丘。

夜市的灯光温暖而明亮，照亮了青年鼓起的脸颊，还有手上那份已经化开了一些的冰激凌。

半晌后，荆瓷看到陶明灼的嘴动了动，随即又听到"咕咚"一声，是他将嘴巴里面的冰激凌咽了下去。

第二份冰激凌陶明灼吃得依旧很香，而且速度也完全没有降下来，于是荆瓷最后还是没有戳穿他原本只是想要一张餐巾纸的事实。以荆瓷对陶明灼的了解，得知真相后的他怕不是脸和耳根都要熟透了。

好在新买来的第二份冰激凌外面裹了几层餐巾纸，荆瓷终于将手上化开的奶油擦掉。

他盯着手中的两大杯冰激凌看了一会儿，意识到这对自己的胃口算得上是一个不小的挑战，无奈地摇了摇头。

身旁的陶明灼注意到他停了下来，略带迟疑地开口道："你怎么不吃了？是饱了吗？那你刚才为什么还要让我去买第二杯？"

荆瓷找了个借口："我还能吃，只是胃有些凉，先缓一缓。"

陶明灼了然："哦，好，那还是慢点吃吧，不着急。"

"不过冰激凌这种东西确实是太凉了，偶尔可以这么放纵一次，但大部分时间还是要注意适量。"陶明灼语重心长道，"我记得上次你参加酒会之后，不是还胃痛加上低血糖了吗？像你这样的体质更要注意，明白吗？"

荆瓷终于将嘴里的团子艰难咽了下去，努力忍住脸上的笑意，须臾后轻声说："我知道了。"

◦～6～◦

胃口是饱胀的，冰激凌是微凉的，但荆瓷的心口是暖的。

荆瓷从未预想到，他会来到一条这辈子可能都不会踏进的廉价小吃街，和另一个人并肩坐在长椅上，吃着两份巨大的团子冰激凌。

明明做的都是自己舒适圈外的事情，但这样的氛围却莫名地让荆瓷感到舒服。

他发现陶明灼这个人很神奇，虽然总是会做出一些意料之外的举动，可和他相处时，荆瓷发现自己总会感到很轻松。

原本荆瓷确实是带着目的才来接近的陶明灼，但现在他却突然想多了解一下这个好玩又热情的年轻人了。

荆瓷清楚地记得，之前陶明灼亲口和自己说过，他已经有了一位"心上人"，这也是他之前拒绝和自己一起吃午饭的原因。

之前的荆瓷一直认为，陶明灼的心上人应该是公司里那个总和他出现在一起的，跟他说笑打闹的小姑娘，于是他犹豫着开口道："对了你之前和我说过——"

陶明灼先是"嗯"了一声，然而好巧不巧的是，他裤兜里的手机也同时跟着振动了一下。打开手机一看，是杨可柠发来的微信，再点开两人的聊天框，陶明灼看到了一条长达六十秒的语音。

陶明灼头痛欲裂，不明白有手有脚的人为什么一定要发语音。

他正准备点开语音转文字，却不小心碰到了屏幕，直接将语音给点开了。

杨可柠故作可爱的声音极具穿透力："小陶哥哥，下周有没有时间呀？如果有空的话可不可以帮妹妹看一眼漫展的……"

陶明灼的瞳孔瞬间放大，赶紧把语音给关上。

转过头，对上荆瓷投过来的探究的目光，陶明灼有些惊慌，自己的上司该不会误会自己有办公室恋情吧。

陶明灼有些口干舌燥："我……"

荆瓷放下了手里的冰激凌，笑道："你们的关系好像很好。"

陶明灼一僵。

荆瓷的表情很平静，眼底的笑意也很平和，看不出什么端倪，但陶明灼却总觉得哪里不对。

陶明灼斟酌着开了口："不是的，这死丫头一直没大没小，只有有事求我的时候嘴巴才甜。"

荆瓷沉默了一下，说："这样啊。"

"她平时说话不是这样的，大部分的时候还是很正常的。"陶明灼也不知道自己在解释什么，但总感觉自己应该说点什么。

荆瓷微笑着点头，他看出陶明灼不太自在，所以并没有再接话。

两个人并肩坐着，安静了一会儿，然后又同时开了口。

陶明灼："其实——"

荆瓷："下周——"

陶明灼咳嗽了一声："你先说。"

荆瓷犹豫少时，点了点头："下周我需要去 U 国出差一周，所以可能暂时无法出来和你一起吃晚饭了。"

陶明灼感觉有点突然，惊诧道："一周？"

荆瓷轻轻地补充道："其实准确地来讲，一共是六天，不过我会尽快赶回来的。"

陶明灼沉默半晌，干巴巴地应了一声。

可能是相处的时间久了，陶明灼甚至有时会忘了荆瓷是自己的上司，他的日程要比自己忙碌得多。

其实刚才陶明灼想问的是，荆瓷下周有没有什么特别想吃的菜系，因为这几天的晚饭时间，好像一直是他在自作主张地安排，带荆瓷去吃一些自己喜欢的店。

走神时，陶明灼听到荆瓷喊了自己的名字。

陶明灼转过头，看到荆瓷的神色难得有些犹豫，他问："不知道你可不可以……帮我一个忙？"

三天后，陶明灼的家里迎来了一位毛茸茸的客人。

荆瓷当时是这么说的："因为我要去 U 国出差，我妈又和她的朋友们一起去度假了，所以她养的狗暂时没有人可以照顾，不知道你愿不愿意帮我照看一下狗？

"当然，不方便的话也没有关系的。我可以把它送到专业的狗舍去寄养，请你不要有任何的负担。"

陶明灼这才回想起来，好像陶雪在前不久和自己说过，李岚已经有两周没来光顾美甲店的生意了。

陶明灼只恨自己的心肠实在是太好。他也不知道自己当时是怎么想的，只是望着荆瓷的眼睛，拒绝的话到了嘴边却怎么都说不出口。

他心想，把小狗送到狗舍听起来就很可怜。于是最后，陶明灼就这么稀里糊涂地答应了下来。

此时此刻，陶明灼和眼前的阿拉斯加面面相觑。

这其实不是陶明灼第一次见到这只阿拉斯加，他记得很清楚，荆瓷之前在朋友圈里发过这只狗吃饭的视频。

阿拉斯加咧着嘴，对着陶明灼欢快地摇着尾巴。

第一次听到这只狗名字的时候，陶明灼甚至怀疑自己的耳朵坏了："你再说一遍，它叫什么？"

"温温。"荆瓷耐心地重复了一遍，"我妈说这是她最喜欢的一部电视剧里的角色，不过我并不是很了解那部剧的剧情。"

回忆到这，陶明灼叹息着蹲下了身子。他抬起手，摸了摸阿拉斯加的脑袋瓜，问："怎么说，咱俩要不要去御花园小走一下？"

阿拉斯加仰着头"嗷呜"了一声。

陶明灼带着温温去附近的公园遛了遛，他不知道狗的心情如何，他只知道自己追在狗屁股后面跑得是真的挺累的。

温温的性格活泼且顽皮，在公园的草坪转圈圈的时候，他们遇到了一只凶巴巴的吉娃娃。

陶明灼不知道那只吉娃娃是怎么想的，一直千方百计地凑到比自己大几倍的温温面前挑衅，温温最后被它激怒，"嗷呜"一声便发起了进攻。

陶明灼和吉娃娃的主人只能同时狂拉狗绳，才勉强把两条狗分开，最后还得尴尬地给对方鞠躬道歉。

回到家后，陶明灼先是给自己点了个外卖当晚餐，然后又按照荆瓷给的食谱，将温温的晚饭准备好。

满满当当一大盆的狗粮，有肉有菜有钙片，比人吃得还有营养。然后陶明灼突然意识到，他已经很久没有一个人吃过饭了。

每天和荆瓷一起吃饭，好像在无形之中成为陶明灼生活中的一个固定习惯。

无论是在安静偏僻的小店，又或者是喧闹的小吃街，陶明灼好像已经习惯了有那么一个人坐在自己的对面，吃一口饭就抬一下头，用宁静的目光注视着自己。

陶明灼发了一会儿呆，随即定了定心神，强迫自己不再去想。

然而他刚把食盆放在地上，突然发现温温有些不对。

温温倒是和平常吃饭时一样雀跃，但是陶明灼眼尖地发现，它的右前爪上沾了一些暗红的污秽，像是已经干涸了的血迹。

陶明灼当场呆住，他自己从来没有养过宠物，一时间不知道该如何处理这样的情况。

他刚轻轻地碰了一下温温的爪子，想要进一步仔细地检查时，温温就呜咽着将爪子往后面缩，怎么也不让陶明灼伸手去碰。

陶明灼觉得它应该是刚才在公园时，和那只吉娃娃打架落下了伤。

反应过来后，陶明灼第一时间就给荆瓷打了个视频电话，但是荆瓷所在的国家此时是在上午，应该正是忙碌的时候，所以荆瓷并没有接。

陶明灼深吸一口气，告诉自己要冷静，至少温温现在还能乐呵呵地吃饭，就说明问题应该不大。

他打开手机，正准备寻找附近还在营业的宠物医院，手机突然振动起来，是荆瓷打回来的视频电话。

接通后，他听到荆瓷问："怎么了？"

看得出来，这个电话他打得很急，都还没来得及吹干头发。

陶明灼意识到，荆瓷应该是刚刚洗完澡。

视频的画面微微晃动，陶明灼看到荆瓷坐了下来，看他的穿着以及背景的装潢，应该是在酒店里。

"不好意思，我刚刚没听到电话。"荆瓷问，"温温出什么事了吗？"

陶明灼盯着荆瓷的脸心虚地看了一会儿，半晌后才小声开了口："没什么大事，就是……就是温温的爪子可能擦破了。"

电话另一端的荆瓷一愣："什么？"

陶明灼的喉结动了一下，正要好好解释一番时，突然听到电话的那一端传来一个略微低沉的男声："小瓷，还没准备好吗？怎么连衣服也没换？"

陶明灼看到荆瓷似乎是怔了一下，半晌后他叹了口气，对陶明灼说："抱歉，稍等一下。"

荆瓷转过头，看向手机屏幕外的方向。

他的神色很无奈，但是开口的声音里却含着笑意："昨天我和你说了多少遍，是一点半不是十一点半，你就不能长点记性吗？"

荆瓷和那个没有露脸的男人似乎关系非常熟稔，陶明灼很少见到他用这种轻松的、开玩笑的状态和谁说话。

视频外那个低沉的男声似乎轻轻地笑了一声："嘁，我这脑子你还不了解吗？那正好，我就在你这儿多躺一会儿吧。"

陶明灼始终没有看到那个男人的脸。

他只看到荆瓷的神色依旧有些无奈，但最后也只是摇了摇头，并没有多说什么。

荆瓷转过脸，重新看向陶明灼，他弯了弯眼睛，轻柔地又问了一遍："抱歉，你刚才说什么？"

～7～

这一次来到 U 国，荆瓷有很多的事情要忙。

这次行程的主要目的，是要和一家当地的游戏公司洽谈新项目的合作。

而和女友周游世界的李宇珀恰好也到了 U 国，兄弟两人几个月没见面，当然也是要聚一聚的。

六天已经是荆瓷能压缩到的最短时间了，这段时间说长不长，但足以让一段刚刚建立起来的友情迅速冷却掉。

李岚和一家专业狗舍的老板有很深的交情，其实荆瓷原本的计划是要把温温安置在那里的。但荆瓷最后选择将温温交给陶明灼照看，是为了给两人之间留下一个可以保持沟通的纽带。

经过这段时间的相处，荆瓷觉得，陶明灼是一个奇怪却有趣的人，让他体验到了很多他从未经历过的事情，所以他现在是真的非常想和陶明灼做朋友，甚至成为知己的。

落地到 U 国后的第一顿晚饭，荆瓷依旧没有任何胃口，他开始怀念自己和陶明灼一起吃饭的时光。

其实他也有些分不清，自己现在思念的究竟是可以吃一顿好饭的感觉，还是和陶明灼一起吃饭时轻松而舒服的状态。

荆瓷下榻的酒店是李宇珀安排的，第二天下午他与合作方有一场会议，李宇珀闲着没事可干，便决定也跟着一起参加。

李宇珀脱离工作的状态已经很久了，没有秘书后的他在生活上马马虎虎，完全是金鱼的记忆力。

"小瓷，会议约的是后天下午一点半，对吧？"

荆瓷敲击键盘的手顿了一下："是明天。"

没过了一会儿，李宇珀忍不住又问了一遍："会议是明天下午三点半，对吧？"

荆瓷叹气："是下午一点半。"

最后离开房间时，李宇珀又问："最后确定一下，会议约的是后天下午五点，对吧？"

荆瓷不想说话了。

会议当天的中午，荆瓷先是洗了个澡，走出浴室后，他正准备吹一吹头发，却发现自己的手机屏幕亮着。

打开手机，发现是陶明灼的几个未接来电。

荆瓷感觉陶明灼应该是遇到了什么急事，匆忙穿上浴袍，打了个视频电话回去。

两人还没说上几句话，李宇珀便大大咧咧地直接刷卡进了门，荆瓷有些无奈，但也不意外，毕竟他们从小到大的相处模式便是如此。

几句话将李宇珀敷衍过去，荆瓷转过了头，对陶明灼说："抱歉，你刚才说什么？"

然而屏幕另一边的人却沉默了很久。

就当荆瓷以为是信号不好时，陶明灼才重新低沉道："今天下班后，我带温温在家附近的公园遛弯，它和一只吉娃娃玩闹了一会儿，可能把爪子给弄破了。"

荆瓷一怔，问："可以给我看一下吗？"

陶明灼连忙将镜头视角切换，给到了趴在地上的阿拉斯加。

荆瓷比较了解自家的狗，他盯着温温爪子上的那处红色看了一会儿，说："你可不可以找一张湿巾，先试着把血迹擦掉？"

陶明灼点点头，跑走了。没过一会儿，屏幕另一端传来了窸窸窣窣的声响。

"……全擦掉了，爪子完好无损。"紧接着陶明灼震惊的声音传了过来，"我不理解，所以说破的不是它自己的爪子，难道说沾着的是那只吉娃娃的血？"

荆瓷若有所思："可不可以麻烦你去检查一下，装冷冻莓果的那个袋子？"

陶明灼一愣，连忙又跑走了。

荆瓷在临走前留下了温温一周所需的伙食，每顿饭都是提前配置好的生肉、蔬菜，以及一些冷冻的袋装莓果。

果不其然，几分钟后，陶明灼一脸震惊地拎着彻底空掉的莓果袋子回来："我真的只是放在外面解冻了一会儿。"

荆瓷笑道："最近天气回暖，它很爱在这种时候偷吃冷冻莓果，莓果化开后的水就是刚才那样的红色，我之前有过类似的经历，所以不是你的问题。"

陶明灼还是难以置信："那为什么刚刚我碰它爪子的时候，它的声音好像很难受？"

荆瓷思考了片刻，说："你是不是在它吃饭的时候碰的它？"

陶明灼一愣："你怎么知道？"

"它吃饭的时候是不会让人碰的，主要是怕你动它的食物。"荆瓷有点歉意地道，"我应该早点告诉你的，这是我的疏忽。"

陶明灼呆住了："原来是这样。"

气氛突然安静了下来。

荆瓷看了眼时间，又看了眼躺在床上已经呼呼大睡的李宇珀，轻声开口："抱歉，我这边一会儿还有一个会议，所以需要先准备一下了。"

"不好意思，这一阵子就先麻烦你了，"荆瓷温声向他道谢，"还有什么事吗？"

陶明灼看起来有些欲言又止，他微微张开了嘴巴，像是有些犹豫着说："你……"过了一会儿，青年又低下了头，含糊地道，"没，没事了。"

这几天，陶明灼一直有一些心不在焉。

情绪上的低迷很快地在他的工作状态上反映了出来：他一上午涂涂改改了半天的颜色，怎么配都感觉不对，最后好不容易配出来一个顺眼一点的，才发现竟然和一开始配出来的颜色一模一样。

杨可柠："您这是在做什么？有什么火气能不能不要往画板上撒？笔都快磨出火花来了，我看着心疼。"

陶明灼半天才回了一句嘴："我乐意。"

杨可柠和他拌嘴已是常态，也不在乎，只是又问："之前问你漫展的事考虑得怎么样了？真的不麻烦，你和许奕换身衣服陪我走一天就行，这次的出片对我来说真的很重要，算我求你……"

陶明灼心不在焉："随便吧。"

杨可柠终于得到自己想要的答案，高兴得跳了起来："那就约好了，一言为定！"

下班后，陶明灼带着温温去公园遛弯。

荆瓷之前说过他一共出差六天，所以今天是陶明灼和温温相处的最后一天，他就带着温温在草坪上多玩了一会儿。

陶明灼从来没养过动物，难得体验了一把养动物的快乐，还真有点舍不得。

突然陶明灼听到有人喊了声自己的名字，转过身时，他还以为自己出现了幻觉。

初春的黄昏时分，天际烧开了一片漂亮的橙粉色。公园里的樱花已经开了一阵子了，花瓣轻易地就被风吹散，像是一场粉色的，带着香气的雪。

荆瓷穿着一件卡其色的风衣，手里拎着一个纸袋，安静地望着自己。

温温看到荆瓷，立刻乐颠颠地朝他跑过去。

大型犬的体型不小，荆瓷被撞得连连后退，然后他轻轻地笑了一下，抬起手，揉了揉温温的脑袋。

陶明灼不解地看着他："你不是明天才回来吗？"

荆瓷抬起眼，温和地解释道："合作谈得比想象中要顺利，所以就提前回来了。"

陶明灼还是没缓过来："那你又是怎么知道我在这里的？"

"那天你在电话里说，你是在下班之后带着温温来公园遛的弯。"荆瓷笑着眨了眨眼，"我感觉时间差不多，又正好路过这边，就顺便碰了碰运气。"

荆瓷将手里的礼品袋递到陶明灼的面前。

"谢谢你帮我照看它。我在 U 国给你挑了一份小礼物，希望你会喜欢。"

荆瓷远远地就看到了牵着狗的青年。

温温的精神状态看起来很好，所以荆瓷知道，这一阵子陶明灼应该是非常用心地在照顾它。

然而不知是不是荆瓷的错觉，他看着牵着狗绳的高个儿青年耷拉着头，看起来好像有些没精打采。

荆瓷将礼物递给陶明灼，看见他的眼睛倏地就亮了起来。

荆瓷挑选的礼物不是什么特产或者是纪念品，而是一大盒颜料。

这个牌子的颜料原产地就在 U 国，是大师级别的颜料，据说其中还添加了矿物色粉，极具收藏的价值，荆瓷觉得陶明灼一定会喜欢。

果不其然，前一秒还有些低落的青年立刻变得高兴起来，他看起来很惊喜，但是好像又在努力克制着自己的表情。

陶明灼抿了抿嘴，说："谢谢你，但是这份颜料实在是太贵重了，而且我现在根本就没有什么机会能够用到这些了。"

经过这一段时间的相处，荆瓷感觉自己可以对陶明灼的情绪进行一些基本的阅读理解。

荆瓷知道，陶明灼应该是很喜欢这份礼物的，只是出于一些未知的原因，非要在自己的面前展现出来一种满不在乎的状态。

不知怎么的，荆瓷突然就起了一些逗逗他的心思。

于是荆瓷笑了一下，露出了一副有些遗憾的表情，伸出手，直接将陶明灼手里的袋子又接了回去。

荆瓷温声说："抱歉，看来是我考虑不周了。"

陶明灼的手悬在空中，很明显地愣住了："我——"

"回去之后，我会再给你准备一份谢礼的。"荆瓷先是轻轻地叹了口气，想了想，又说，"这盒颜料的话……我自己留着也没什么用，那就送给我妈吧。"

"正好她最近也一直在学油画，应该能用得上。"荆瓷说。

果不其然，他看到陶明灼微微睁大了双眼，表情甚至有点莫名的委屈。

荆瓷忍着笑意，与他对视。

过了一会儿，陶明灼没忍住结结巴巴地开了口："但是……但是我突然想起来，我其实平时也会画一些油画来保持手感。

"而且李阿姨是初学者，用这样的颜料实在是太……"说到这儿，陶明灼顿住，应该是把嘴边的"暴殄天物"四个字给咽了回去，"她其实可以先拿我姐店里的那些颜料多练习一下。"

荆瓷若有所思地"哦"了一声，微笑着将手里的袋子又重新举到了陶明灼的面前。

"那么……"

陶明灼几乎是在瞬间就接过了袋子。

青年将袋子抱在怀里，不好意思地用咳嗽掩饰道："咳咳……我刚才又想了想，我可以拿这些颜料画一些示范画放在我姐的店里面，所以也不是完全用不到。"

荆瓷笑盈盈地说："那很好啊。"

陶明灼涨红了脸，不说话了。明明他一直想和荆瓷拉开距离，不再一味地接受荆瓷给的好处，但好像每一次都被荆瓷的诚意给打败了。

荆瓷眼底含着笑意，他垂下眸，又伸出手摸了摸温温的头顶。

空气安静了那么一瞬间。

陶明灼先将装颜料的袋子小心地放在草坪上，然后蹲下了身子。

黄昏时分的草坪被覆上了暖色，空气中夹杂着温热的花香，风大了一点，有零星的樱花花瓣被卷到了空中，悠悠地打着转儿落下。

荆瓷看到陶明灼半蹲着，低头调整温温的狗绳。

莫名地，荆瓷突然觉得眼前青年的头发看起来，好像也很蓬松柔软，就像一只阳光温暖的大狗狗。

陶明灼刚把狗绳的长度调整好，就感觉有什么东西突然地覆在了自己的头发上。

那力度很温和，轻柔到几乎让陶明灼无法察觉，紧接着他意识到，那应该是一只手。

不知道是不是陶明灼的错觉，那只手虽然停留的时间不久，但是在离开的那一瞬间，似乎又很快地揉了一下自己的头发。

陶明灼一呆，他茫然地抬起眼，刚好看到荆瓷将手收回的动作。

荆瓷的神色很平静，他将手收回到身侧，并在对上陶明灼视线的那一刻，露出了一个自然而从容的笑。

"刚刚有花瓣落在你的头上了。"

水果冰棒

Shui Guo Bing Bang

CHAPTER 4

第四章

水 果 冰 棒

SHUI GUO BING BANG

❧1❧

荆瓷真是个好人啊，陶明灼想。

他发了一会儿呆，低下头，将颜料的外包装小心地拆开。

他其实有些舍不得用，毕竟颜料这种东西用一次就少一点，尤其是这么贵重且稀有的颜料。于是陶明灼最后决定，自己要用这盒颜料画一些特别的、有纪念意义的东西。

他准备画自己刚入职时，独立设计的第一个游戏角色。

然而陶明灼刚草草地起了个形状，对着画布沉吟着看了一会儿，却觉得哪里差了点儿感觉。

片刻后他深吸了一口气，重新抬起了手。

既然这个礼物是荆瓷送的，他决心让荆瓷用另一种方式参与到作品当中。

陶雪从画室门口路过，就看到陶明灼拿着刮刀，正在画布上仔细地涂抹。

陶雪对着画布定睛一看，和陶明灼平时给客人们画的风景示范画不一样。这回陶明灼画的是一幅非常能够展现他本人风格和技巧的人像画。

陶雪觉得画上这人看着有些眼熟，但一时半会儿又说不上来。

"今天怎么画了个帅哥？"陶雪随口问道，"画得这么细致，是有原型吗？"

陶明灼不想说太多引起更多的询问，只随口答道："不是，是一个原创人物，我只是随便画画。"

"怎么可能？"陶雪莫名其妙地看着他，"我又不是傻子，你画得随便还是认真我能看不出来？"

陶雪看他一副不想多说的样子，也没多想，说明了自己的来意："画完了就别站着了，赶紧给我去把大厅的地扫了。"

陶明灼还担心陶雪问太多，平时他的嘴皮子就没陶雪厉害，加上陶雪现在又怀着孕，他更是一句嘴都不敢顶回去。

临走前，陶雪看到陶明灼把那幅画从画架上取了下来，小心地放在了画室的角落。

陶雪盯着那幅画儿，心想这么漂亮的作品一定能招揽不少客人，便决定叫人裱起来，放到画室最中间的位置。

～2～

两人依旧保持着这种微妙的饭友关系。

陶明灼的疏远计划已经搁置了很久。不知为什么，他完全没有重新拾起的兴趣，也失去了一开始那种斩钉截铁的，想要和荆瓷划清关系的心态了。

算了，反正目前荆瓷的请求就是吃饭而已，一个人是吃，两个人也是吃，能有什么太大的区别呢？

周一下班后，陶明灼快速收拾了一下桌面，准备下楼和荆瓷会合去吃晚饭。

刚站起身，他就看到坐在工位上发呆、魂不守舍的杨可柠。

这种场面并不多见，因为杨可柠永远是下班跑得最快的那一位，所以陶明灼愣了一下，关心道："怎么回事，你这是什么情况？"

"许奕跑了。"杨可柠喃喃道，"我的生活还有什么意义？人生在世，一切不过都是虚无罢了……"

陶明灼感觉现在和自己对话的杨可柠不再是她本人，而是一具没有灵魂的空壳。

他回想了一下，随即意识到，杨可柠指的应该是去漫展扮演她心爱的角色的事情。

杨可柠一直迷恋公司早期制作的另一款游戏，那款游戏公司投入不多，内容更偏女性向和剧情流，其实并不如他们现在所在的项目组发展前景好。

但是那款游戏的忠实玩家很多，杨可柠就是其中之一。

她这次想要扮演的角色是个美艳动人的女吸血鬼，陶明灼和许奕被她折磨了好一阵子，才勉强答应扮演游戏剧情中她的两个弟弟。

陶明灼不太了解具体的游戏剧情，只是听杨可柠提过几嘴，但是他感觉这丫头有变相占自己和许奕便宜的嫌疑。

然而今天午饭时，许奕突然给杨可柠疯狂道歉，说是他的妈妈逼着他小长假必须回老家一趟，所以没有办法去赴约了。

杨可柠当时就要晕厥过去了。

"您不至于吧。"陶明灼安慰她说，"况且我不是已经答应了吗？一个弟弟没了没关系的，这不是还有一个吗？"

杨可柠喃喃道："你懂什么，这两个角色缺一不可的，你根本就不明白我的心情……"

陶明灼压根没明白她在嘀咕什么，正准备追问时，就听到温润的一个声音。

"晚上好。"

陶明灼愣了一下，抬起头，对上了荆瓷的眼睛。

他意识到了什么，连忙低头看表，才发现不知不觉已经超过自己和荆瓷约定见面的时间了。

荆瓷估计是在公司楼下没有等到自己，所以才重新上了楼，找了过来。

杨可柠也愣了一下，似乎是没想到荆瓷会出现在这里："荆总好！对不起，我嗓门是不是太大了……"

荆瓷摇了摇头："没事，和这个没关系。"

可能是因为杨可柠脸上的抑郁情绪太过明显，荆瓷停顿了一下，轻声问道："这是怎么了？"

荆瓷说话的神色里充满了关切，看起来是一个温和而又体贴的倾听者。

或许荆瓷只是想简单地客套一下，但他不知道的是，站在对面的人是脑回路与众不同的杨可柠。

杨可柠天生外向，本来就一腔酸楚无处释放，看着荆瓷温柔的侧脸，顿时鼻头一酸，把事情的前因后果一口气地吐了出来。

荆瓷就站在原地，耐心地听她讲完了全程。

最后他点了点头，安慰杨可柠道："我明白，已经期待了很久的事情突然就落了空，心里一定是很难受的。"

杨可柠："呜呜，荆总只有您懂我，原本这会是非常快乐的三天，我都快在家里把买好的假发盘坏了，结果现在啥也没有了……"

陶明灼原本在旁边幸灾乐祸。但是就在杨可柠话音刚落的那一刻，荆瓷却无声地抬起眼，看向了努力憋笑的陶明灼，然后他声音很轻地重复了一遍："三天？"

陶明灼的笑意凝固了一瞬，莫名地心头一颤，随即反应过来："不是，你等一下，怎么是三天？"

杨可柠奇怪地看着他："因为漫展在 A 市啊，咱们下周小长假的时候去，飞过去就要一天，扮演参加活动要一天，飞回来又要一天，所以一共是三天。"她满脸狐疑地问道，"我之前给你发了那么多次行程的消息，你不会一次都没认真看吧？"

陶明灼："……"

别说认真看了，陶明灼根本是连点都没点开过。

杨可柠观察着陶明灼的脸色，瞬间转变成了哭腔："陶明灼，你这臭小子是不是也要离我而去了？我就知道你们这些臭男人都不靠谱……"

杨可柠的情绪非常激动，并没有注意到自己已经在不知不觉间，把站在一旁的顶头上司也一起骂了进去。

陶明灼感觉大罗神仙都救不了她这张嘴，头痛欲裂道："我劝你注意一下分寸，在场的男人可不止我一个。"

站在旁边的荆瓷似乎是轻轻笑了一下。

他倒也不生气，只是问杨可柠："你想要演绎的，是哪一款游戏里面的角色？"

杨可柠抽噎了一声，说出了游戏的名字。

荆瓷露出了然的神情："这个项目的制作我虽然参与不多，但是也听说过玩家二次创作的积极性一直很高，现在来看，果然如此。"

"我最喜欢的角色是尤利粟。"杨可柠萎靡不振地说，"今年是她正式上线的第三年，我就想着给她拍一套照片，刚好上个版本推出了两个新角色，是她的两个弟弟，我就想着凑一个全家福，和和美美的很有纪念意义。"

荆瓷点头道："我知道，两个弟弟分别是尹斯和赫蓝，一个是亲生的，另一个是没有血缘关系的。"

杨可柠没想到荆瓷了解得这么细致，顿时提起了一些精神："对，原本我的计划是，让陶明灼这小子当我亲生的弟弟，许奕当领养的弟弟。"

陶明灼越听她说话越觉得不对："谁是谁的弟弟，你把话说清楚？"

"您应该能理解我的心情吧。"杨可柠完全无视了陶明灼的存在，继续愁眉苦脸地对荆瓷大吐苦水，"我摄影师都约好了，结果现在跑路了一个，全家福变成了三分之二家福，我上哪里找一个对角色稍微有些理解，而且是我认识的熟人来顶替许奕这小子呢……"

空气安静了一瞬，杨可柠突然抬起了头，直勾勾地盯着荆瓷的脸。

陶明灼立刻反应过来这丫头要干什么："你别——"

"荆总！"杨可柠气儿都不带喘地吐出了一大长串的话，"我知道我现在说的话听起来像是吃了熊心豹子胆！但是我想问一下，您有没有兴趣和时间来演一下我的弟……来演一下原本许奕要演的这个角色呢？"

荆瓷似乎也没想到杨可柠会问得如此直接，怔在原地。

半晌后他才缓过来，温声婉拒道："抱歉，我之前从未涉及摄影以及角色扮演相关的领域，也并不专业，所以可能没有办法帮到你。"

杨可柠也知道自己的话有多么唐突。

她快速捡回理智："对不起，您一定很忙吧，是我昏了头，您就当什么都没听见，我……我和小陶两个人应该也可以拍好的……"

荆瓷的视线短暂地在陶明灼的身上停留了一瞬，随即又转向了杨可柠，陶明灼听到他温和地对杨可柠说道："但是也不是不可以一试。"

杨可柠被突如其来的惊喜震惊到丧失了言语功能，而陶明灼则是被震惊到呆住了。

荆瓷说："你可以先告诉我具体是哪三天，我叫秘书帮我看一眼那几天的行程，再给你一个准确的答复。"

杨可柠喜出望外，连忙道："就是小长假的前三天！"她的眼里又重新燃起了光亮，"而且我感觉您对角色的了解已经很充分了，到时候摆摆动作就好了，我可以给你们现场指导的，所以不用担心演绎不好的事情！谢谢您！哪怕最后您来不了也真心谢谢您！"

荆瓷淡淡地笑了。

陶明灼仍处于一个完全失语的状态："……"

他完全想不出为什么日程这么忙碌的荆瓷愿意去参加漫展活动。

他只知道自己明明铁了心的要和荆瓷保持距离，想要维持正常的上下级关系，但却总是越走越偏。现在的陶明灼已经能够勉强接受一起吃饭的事儿了，却没想到荆瓷的"野心"却远不止于此，甚至连杨可柠提出这么离谱的要求都愿意答应下来。

陶明灼感觉自己已经看不透这个世界了。

❀3❀

没过几天杨可柠期盼已久的小长假就到了，三人如约抵达 A 市。

漫展开办在 A 市的郊区，地理位置非常偏僻，杨可柠为了第二天去的时候更加方便一些，便选择预定了附近的一家小酒店。

因为这次漫展的热度很大，参与的玩家也很多，加上小酒店里管理交接比较混乱，所以三人到了现场才得知有些订单发生了重合，只余下了两间房。

在三人出发前，荆瓷原本提议到 A 市中心的高级酒店下榻，第二天一早再让司机开车一小时将他们送到展区，但是当时这个提议被陶明灼否决了。

陶明灼觉得自己已经亏欠荆瓷很多顿饭和人情了，而且现在还在缓慢偿还的过程中，绝对不能再拉着杨可柠一起下水，占荆瓷更多的便宜了。

杨可柠是订酒店的人，出了这样的岔子，她愧疚万分，号啕道："对不起，荆总，都是我不好，我本来就欠你一个天大的人情了，今晚……今晚我去睡马路吧……"

荆瓷看杨可柠真有拉着行李往酒店外走的架势，赶紧把人拉住，哭笑不得道："哪有让你一个女孩子睡马路的道理。"他温声安慰道，"况且是酒店的失误，又不是你的问题，没事的。"

杨可柠吸着鼻子，左看看荆瓷，右看看陶明灼，开始对手指："那你们俩可以将就睡一间房吗？"

"我们可以的，没关系的。"荆瓷转过头，看向了陶明灼，"对吗？"

陶明灼错开视线，僵硬地点头。

好歹两人已经吃过这么多顿饭了，也算是很熟悉的人了，共用一间房也不是不行。

杨可柠变脸的速度很快，问题得到解决后，她立刻高高兴兴地将行李箱原地摊开，取出了两个包得仔细的大包裹，一个直接丢在陶明灼的怀里，另一个则毕恭毕敬地双手递到荆瓷的面前。

"辛苦荆总了。"杨可柠朝气十足地说，"这是你们明天要穿的衣服，发型我到时候会再帮你们处理，希望你们今晚可以休息得很好！"

从电梯到房门前的路程总共不到五分钟，陶明灼不断缓解自己内心的尴尬情绪，他的睡相不太好，所以从未和谁一起睡过，如今却要在自己的顶头上司面前丢脸了。

　　"杨可柠这丫头，平时就不太靠谱。"他镇定道，"但是谁能想到，她这回是让咱们俩连觉都不能好好睡了。"

　　荆瓷用房卡打开了房门，他并不想去责怪杨可柠，因为在某种意义上，杨可柠算是自己的恩人。

　　这是第一次，自己和陶明灼可以在一起吃完整的一日三餐，而且不是一天，是连续的三天。

　　但是荆瓷注意到，在得知要和自己睡一张床的消息后，陶明灼似乎感到很尴尬。

　　荆瓷思索片刻，估计陶明灼是不太习惯和别人共用一间卧室，便主动说出了自己去睡沙发的想法。

　　陶明灼明显有些惶恐，表示自己也可以去睡沙发，但荆瓷很坚持自己的提议，他也只能同意了。

　　陶明灼走到浴室门前，停下脚步，神色晦暗不明地转过了头："你……你真的想睡沙发？"

　　荆瓷回过神，对他微笑："没关系的，我摸了一下，很软，已经足够舒服了。"

　　陶明灼没再说话。他沉默地走进浴室，关上了门。

　　屋内的灯光有些昏暗，过了一会儿，荆瓷听到浴室里传来了水声。

　　将行李简单地收拾了一下后，荆瓷陷入了昏昏欲睡的状态。

　　虽说是小长假，但是今天上午荆瓷有一场和 U 国合作方的线上会议，为了配合对方的时差，荆瓷其实在凌晨就起了床。

　　会议结束后，荆瓷便和陶明灼、杨可柠一起飞到了 A 市，如此奔波了一天，无论是脑力还是体能，消耗都很大。

荆瓷一开始只是想先在沙发椅上简单地躺一会儿。但是当身体放松下来后，荆瓷感觉眼皮变得很沉，他合上眼，整个人就陷入了很浅的睡眠状态中。

不知道过了多久，荆瓷隐约听到浴室里的水声停了下来，紧接着又听到了窸窸窣窣的脚步声。

感受到有什么冰凉的液体落在了自己的手腕上，荆瓷微微睁开了眼睛，看到陶明灼蹲在自己的身旁，正在有些笨拙地将毛毯盖在自己的身上。

荆瓷望着陶明灼的脸，随即明白过来为什么自己的手腕上会传来凉意——因为陶明灼的头发丝还是湿的。

沙发椅有一些矮，陶明灼半蹲在自己的身侧，他的头发很多，看起来就像是一只被雨淋得湿漉漉的大狗狗。

陶明灼的手里还小心翼翼地拿着毯子的一边，看到荆瓷突然睁开眼，他露出了有些无措的神情。

荆瓷笑着对他说："谢谢。"

"没关系。"陶明灼干巴巴地回道，"你今天是不是很累？"

其实如果此时和自己对话的是其他人，荆瓷是不会诉苦的，而是会说出一些客套的话在无形中将对方敷衍过去。

但是看着青年的侧脸，荆瓷却突然有些犹豫，陶明灼在自己心中早已成为自己的好友，自己的生活也和他在无形中绑定。

如果是朋友，那么就应当讲真话，自己就是很累。

荆瓷望着陶明灼的眼睛，说出了实话："是有些累，但是休息一晚应该就好了。"

陶明灼呆呆地"哦"了一声。

荆瓷感觉自己的眼皮又一次变得沉重，他望着蹲在自己面前的青年额上潮湿的发丝看了一会儿，轻轻地说："湿着头发直接睡对身体不好，睡前最好吹一下头发，酒店里的空调有一些冷。"然后笑道，"我有点困了，晚安。"

话已经说到了这个地步，荆瓷感觉自己已经把"我现在就需要睡眠"这个意思较为直接地传达给了陶明灼。但是听到"对身体不好"这五个字的时候，陶明灼整个人似乎在瞬间僵硬了一下，神情变得尤为复杂。

他突然有点没头没脑地来了一句："你很在意……我的身体好不好？"

这其实是一句很奇怪的问句，荆瓷一开始没反应过来，神情讶异地道："当然，身体健康对每个人而言都很重要。"

陶明灼陷入了沉默，荆瓷疑惑地望着他，正想说些什么时，陶明灼突然深吸了一口气，开口道："知道了。"陶明灼点头，又有些突兀地补充了一句，"而且你放心吧，我的身体我比谁都要在乎。"

这话听起来怪怪的，而且荆瓷总觉得陶明灼说"放心吧"这三个字时的语调有点微妙，但他没有多想，温声道："嗯，晚安。"

"晚安。"

两人疲惫地向对方道了晚安，陶明灼重新走进浴室吹起了头发。吹风机发出轰隆隆的声响其实是不小的，然而在沙发上的荆瓷在躺下的瞬间，就感觉身体深处的疲倦席卷而来，他快速进地入了睡眠状态。

荆瓷平时的睡眠质量并不是很好，但是今晚却不太一样，也可能是太累了，在沙发上睡得也没任何不适，睡得很沉。

◦4◦

第二天早上醒来，荆瓷感觉自己的体力恢复了许多，精神也神清气爽。

"杨可柠刚刚发微信给我，叫咱俩赶快把衣服试了。"陶明灼打着哈欠道。

荆瓷点头："好。"

陶明灼拿到的是一套类似骑士设定的欧风制服。

这两个游戏角色好在都是黑发的设定，所以并不用像杨可柠那样佩戴夸张的金色大波浪假发。

杨可柠直接用发胶帮陶明灼梳了一个背头，再加上一身帅气制服，便打造出了眉眼深邃，高挑英气的形象。

杨可柠端详片刻给出评价："人模狗样的，姐姐很满意。"

陶明灼："你信不信我现在立刻就去洗头？"

荆瓷从卫生间走出来时，杨可柠则更是眼睛一亮。

杨可柠感叹道："我的眼睛就是一把尺！不得不说我这双巧手改得简直是完美，当然主要还是因为荆总您的腰就是——"

陶明灼在她说出"世界名画"四个字之前狠狠地咳嗽了一声。

荆瓷很轻地笑了一下。

因为是兄弟的设定，荆瓷和陶明灼的衣服远远看起来是有些相似的。

但细节处还是可以看出不少区别：比如陶明灼的版型是直挺正式的那一类型，用的大多是金属或者是宝石来做点缀；但是荆瓷的这一套则是略微收腰的设计，并在装饰中采用了更多柔软的纱质材料。

荆瓷将一根细长的黑色绸带递到杨可柠的面前，微笑着说："抱歉，我不是很清楚这根丝带的作用。"

杨可柠定睛一看："啊！应该是后腰那里的设计，我来帮您绑一下吧！"

她这么一说陶明灼才注意到，荆瓷的衣服在后腰处做了交叉绑带的小细节。

杨可柠正准备上手，陶明灼提醒道："你不是自己的发型还没整理好吗？快去弄吧。"

杨可柠一想也是，乐呵呵地补充了一句"蝴蝶结系漂亮点哦"便把手里的绸带交给了陶明灼。

到了漫展的场馆后，杨可柠先要进行单人的拍摄，于是荆瓷和陶明灼就像保镖一样跟在她的身后。

杨可柠的裙摆像是婚礼上会出现的多层大蛋糕，拍照时的她会美美地微笑着摆出各种姿势，走路时则要拎着裙摆，垮着脸喘得像只大猩猩。

最后陶明灼实在是看不下去了，只能和摄影师一人一边，上手帮她拎着裙摆，走到下一个拍摄地点。

杨可柠终于开始新一回合的拍摄，陶明灼吐出一口气，回过了头，结果发现在他没注意到的时候，荆瓷被几个陌生的女孩给围住了。

荆瓷的神色似乎有些为难，那几个女生又说了些什么，然后荆瓷抬起眼向自己看了过来。

陶明灼看到荆瓷对着那几个女生点了点头，对着陶明灼招了招手。

陶明灼迟疑了一瞬，走上前，刚准备问怎么回事，下一秒，荆瓷就拉着他一同摆了个姿势，让那些女孩子们拍了几张照片。

等照片拍完，荆瓷微笑了一下，又恢复成了他平时的神态。

他转过头，问那两个女孩子："是这样吗？"

那两个女生激动得都快把快门键摁坏了，赞不绝口道："可以，可以，非常可以，效果真的绝了，谢谢老师，谢谢老师。"

陶明灼大脑宕机，反应过来后的他磕磕巴巴道："你干什么……"

荆瓷解释道："这几个女生是这两个角色的粉丝，她们给我看了一些游戏里面的截图，希望我可以和你一起摆一些这样的动作。我觉得既然咱们已经换上了衣服，帮她们一下也不过是举手之劳。"荆瓷看向陶明灼的眼睛，"你觉得呢？"

陶明灼半天没有说话。

荆瓷盯着陶明灼的脸看了一会儿，似乎明白了什么，便微笑着问道："你是不习惯被拍照所以害羞了吗？"

果不其然，陶明灼头发丝在瞬间都快炸起来了，面红耳赤道："没有！只是你刚才没有提前通知我，我没有预料到才——"

"抱歉，是我唐突了，下次会提前告诉你的。"荆瓷好脾气地道歉道。

陶明灼的表情又变得有些欲言又止。过了一会儿，他含含糊糊地说："倒也不用道歉，我们穿着这些衣服来参加活动，被拍照也是无法避免的。"

举着相机的几个小女生还在偷偷地观察他们的互动。

其中一个穿蓬蓬裙的女孩又一次走了上来，大胆开口道："你们的服饰妆容可能不是我们见过还原度最高的，但是角色的代入感绝对是还原得最成功的！"

"我这里还有一些截图，"另一个双马尾的小姑娘央求道，"不知道还可不可以麻烦你们，做一些其他的动作呢？"

另一个姑娘又补充道："而且不知道可不可以让我们录一些短视频呢？不能来到现场的姐妹们看到一定会很高兴的！"

陶明灼："……"

荆瓷看了眼陶明灼的脸色，明白被拍照应该已经是他能承受的极限了，便主动开口道："抱歉，我们——"

荆瓷还没说完，陶明灼就突然打断了他："我可以看看图片吗？"

两个小姑娘立刻兴奋地将手机递了上来。

荆瓷惊诧至极，茫然地侧过脸，就看到陶明灼的耳根子有一些红。

他安静了一会儿，才有些沙哑地小声开了口："反正就像你说的那样，不过都是游戏里动作和台词，只是举手之劳而已……"

嘴上的话听起来是凶巴巴的。

"那咱们就不如干脆将好人做到底。"荆瓷听到他在自己耳边低低地说，"你说是吧？"

荆瓷怔了一会儿，只是说："没关系，那就帮她们一下吧。"

～5～

好不容易拍完照，陶明灼后知后觉地感受到了不太自在，手足无措的他感觉自己急需喝上三大口水来压一压。

然而刚转过头，陶明灼就和怒气冲冲的杨可柠对上了视线。

"叛徒！"杨可柠将陶明灼拉到了角落里，用荆瓷听不到的音量咬牙切齿道，"你们是我的弟弟，怎么可以随随便便就答应让别人拍照片，还是游戏中最出彩的这段剧情！"

陶明灼不懂这个圈子里具体有什么规则，看杨可柠神色严肃，一时间还真被唬住了，也没来得去计较她话里的那句"我的弟弟"。

"我也不知道不能拍啊。"陶明灼犹豫了一下，试探着开口，"那怎么办，我现在叫她们再删掉？"

杨可柠摆了摆手，咳嗽了一声："那倒也不至于，还有挽救的机会。"

"你能不能再和荆总商量一下，让他和你再做一遍刚刚那几个动作？"杨可柠紧接着表演了一出川剧变脸，腼腆地说道，"人家也想拍，但是人家不好意思再和荆总开口了。"

陶明灼感到很奇怪："这有什么不好开口的？"

杨可柠露出更加疑惑的神情："你说呢，怎么说人家也是我的老板啊，哪怕他真的一点架子都没有，但是上下级关系还是摆在这里的呀。"

"当时我也是伤心过了头，才会头脑一热地去问荆总愿不愿意帮我，也只有荆总这种脾气顶好的人才愿意答应我。"杨可柠幽幽叹息，"回家后我仔细一回想，换个上司早就被我得罪了，下次绝对不能再这么莽撞了，毕竟怎么说工作都还是要比游戏重要。"

陶明灼："原来你也意识到了啊。"

杨可柠假装没听懂他话里面的阴阳怪气。

"以后不会啦，"杨可柠嘻嘻一笑，"不过现在姐姐真的很需要你们再做一次那个动作，所以你能不能替我去问一下呀？"

往回走的时候，陶明灼莫名地有些出神。如果不是杨可柠提醒，陶明灼都已经快要忘了荆瓷是自己上司的这个事实。

与其说是因为荆瓷是一位脾气好、没有架子的老板，倒不如说是他们在私底下相处的时间实在是太多太多了。关系上的熟稔，已经将两人职位上的差距一点一点地模糊掉了。

那么现在的荆瓷，真的值得自己付出那么大的代价去帮助吗？他有些茫然地想着。

荆瓷正在低头整理自己的衣服，抬起头，就看到陶明灼神色复杂地向自己走过来。

他似乎也预料到了什么，停下了手中的动作。

陶明灼硬着头皮说："杨可柠和我说，一会儿想再拍一次那几个动作，不知道荆总可不可以？"

荆瓷看向远处的杨可柠，露出了然的神情，他笑着点点头。

陶明灼朝杨可柠使了个眼色，杨可柠立即心领神会，隔着老远对荆瓷疯狂鞠躬，随即重新和摄影师沟通起来。

陶明灼故作镇定地站在荆瓷的身旁："怎么说，是不是有点后悔答应这丫头来这三天了？"

"不会。平时我关注的内容，主要是游戏自身的运营和制作。"他思索后答道，"这倒是第一次，可以近距离地观察玩家对角色表达喜爱的不同方式，虽然形式都比较特别，但总体而言还是很有趣的。"

陶明灼沉默半晌，点了点头。

摄影师调好了角度，杨可柠冲他们招了招手，示意他们可以开始摆动作了。

毕竟是拍同样的动作，这一次荆瓷要轻车熟路很多，陶明灼也很配合地摆好了姿势。

"等等，视角好像还是不太对。"杨可柠突然开口，"再给我两分钟，很快，主要是陶明灼你这臭小子长得太高了，以后中午能不能少吃点儿饭？"

陶明灼莫名其妙地被人身攻击了一番，感觉比谁都冤枉："不是，你怎么不说是你自己长得太矮？"

荆瓷安静地听着他们的对话，并没有说什么。

杨可柠转过身继续和摄影师沟通，陶明灼和荆瓷为了方便他们重新找准视角就维持着动作没有动。

过了一会儿，陶明灼感觉到荆瓷好像是微微侧过了脸，看向自己，小声问："我记得你之前说过，你一直都有一位心上人。"

他关心道："你们现在发展得怎么样了？"

"你说什么？"由于荆瓷的声音比较小，陶明灼一时没听清。他想凑近一点去听清，左脚却不小心绊住了右脚，直接没站稳朝荆瓷的方向摔了过去。

陶明灼当时脑子一片空白。其实要是他自己一个人在平地摔一跤，倒也没什么大不了的，也许只是在别人眼里看起来比较滑稽，加上会被杨可柠笑话半个月罢了。

但问题是他和荆瓷正在摆拍摄的姿势，陶明灼身子这么一歪，一米九的大个子直接压下来，连带着荆瓷一起朝地面栽了下去。

陶明灼："……"

荆瓷："……"

在落地前的一瞬间，陶明灼用自己的手肘缓冲了一下，才没让自己直接重重地砸在荆瓷的身上。

但是不可避免地，这一下还是摔得不轻，因为在落地时，陶明灼听到了闷且沉重的碰撞声，并同时看到荆瓷因为痛楚而微微蹙起了眉。

陶明灼有些慌了神，他勉强撑起身子，立刻问道："你没事儿吧？

荆瓷缓了很久才开口："没关系，只是有一点头晕。"

陶明灼更慌乱了，他慌手慌脚地想要站起来，但是一时半会儿又不知道该从哪里下脚来起身。

最后还是急匆匆跑回来的杨可柠帮忙扶起了两人。

虽然荆瓷表示自己没有问题，但是陶明灼总感觉他那一下绝对摔得不轻，坚持要带他去医院检查一下。

༺6༻

事实证明，陶明灼的判断是正确的。

在去医院的路上，荆瓷出现了持续头晕的症状，到了医院之后，医生安排他去做了几项检查。

荆瓷坐在走廊的长椅上，陶明灼和杨可柠在他的眼前焦急地来回踱步。

荆瓷其实已经头晕得不行了，又有两个大活人在他眼前不停地走来走去，只感觉晕上加晕。

但他还是好脾气地温声安慰道："应该不会是什么大问题，你们不用着急。"

杨可柠吓得大气都不敢出，带着哭腔说道："荆总我对不起你，下个月我可以不要工资的，我还可以连续加班一个月……"

陶明灼更是焦虑得不行："都怪我，摔的时候怎么都应该避开你的，我比较抗摔。"

荆瓷："……"

检查结果出来以后，医生盯着片子沉吟片刻，问陶明灼："他这是怎么摔的？"

陶明灼没好意思说实话："就……就平地摔了一跤。"

"他这是轻微脑震荡，片子目前看起来没什么问题，但是最好还是住院一晚，留在这里观察一下。"医生推了推鼻梁上的眼镜，"回去之后要静养十天，不要运动，工作也要适量，尽量保持放松的心情。"

看了眼陶明灼胳膊上面的擦伤，医生露出了不解的神情："你这胳膊也需要处理一下，两个大小伙子，怎么平地摔跤还能一起摔成这样？"

荆瓷和陶明灼同时陷入了沉默之中。

出了诊室，陶明灼开始忙前忙后地帮着交费取单子，一直没有去处理自己胳膊上的伤口。

进了病房后，荆瓷先是被陶明灼强制摁在病床躺下，然后又急匆匆地转身向门外走去。

荆瓷犹豫地拉住杨可柠，说："可不可以麻烦你，一会儿先陪着他去把胳膊上的伤处理一下？"

杨可柠这才反应过来，连忙也跟着跑出了病房。

荆瓷笑着摇头，叹了口气。

自从和陶明灼相识以来，荆瓷已经做了不少突破自己底线的事情，比如抽烟，比如去酒吧，这些都是只有留学时候的自己才会去尝试的东西。

只是当时的自己心智尚不成熟，可以这样完全不计后果地去放纵自己，但是现在荆瓷需要承担的后果要麻烦得多。

原本为了这三天的活动，荆瓷就已经对自己的工作计划做了不少的变动，现在医生又说需要静养一段时间，这让他顿时感到有些头痛。

最重要的是，在家里静养十天，就意味着自己又要有十天无法和陶明灼一起吃饭了。

门口传来脚步声，荆瓷抬起头，发现是杨可柠和包扎完的陶明灼一起走了回来。

荆瓷说："你们先回去休息吧。"

杨可柠说："可是……"

"先回去。"荆瓷摇了摇头，"医院这种地方人多了不好，我也需要一个人静静。"

这其实是荆瓷第一次用这样的语气去要求他们，杨可柠虽然明白他的本意是好的，但还是不可避免地胆小了一下。

"好的，荆总，您好好休息。"杨可柠心虚地转过身，对沉默了很久的陶明灼说，"咱们走吧。"

陶明灼抬起眼和荆瓷对视了片刻，点了点头。

注视着杨可柠和陶明灼一起离开了病房，荆瓷垂下了眼。

头依旧有一些晕，同时还有些反胃，他深吸了一口气，强忍着不适掏出手机，给李宇珀发了一条信息过去。

静养十天其实给工作带来的影响并不算大，因为会议可以改到线上，饭局也可以往后推迟。

但是这十天看来是吃不好饭了。

荆瓷原本的目的是多和陶明灼吃几顿饭，却没想到，竟然是把自己未来的机会给透支了。

眩晕感在短时间内还是无法遏制住，于是荆瓷叹息着合上眼睛，躺了一小会儿。

❀ 7 ❀

不知过了多久，门口突然传来了脚步声。

荆瓷睁开眼，和站在门口手里拎着袋子的高个青年对上了视线。

荆瓷怔了一下："你怎么回来了？"

陶明灼也愣住了："我把杨可柠送回了酒店，所以就回来了啊？"

荆瓷愈发疑惑："你都已经到了酒店，为什么还要回来？"

陶明灼露出了难以置信的神情："你为什么会觉得我不会回来？我肯定是要回来陪着你的啊。"

荆瓷眨了一下眼睛。

陶明灼重重地咳嗽了一声，像是为了掩饰自己的心虚，他低下头，从手里的塑料袋中掏出了几根冰棒，塞到荆瓷的手里。

"你刚才说想吃冰棒，"他说，"我不知道你喜欢吃什么口味的，就顺手把所有的口味都买了一支。"

送杨可柠回了酒店，在返回医院的途中，陶明灼刚好又经过了漫展所在的场馆。

他犹豫了一下，还是叫司机停了车。

虽然摔倒这事儿其实分不出谁对谁错，但陶明灼怎么看都觉得是自己的问题。

当时已经是黄昏时分，幸运的是陶明灼发现卖冰棒的摊位还没有收摊。

更巧合的是，陶明灼发现冰棒摊的主题 IP 就是他自己所参与制作的游戏，而且冰棒上面贴着的角色贴纸，有些刚好是去年自己参与绘制的"夏虫语冰"皮肤系列。

冰棒是普通的水果冰棒，只是因为上面贴着不同游戏角色的贴纸，价格就直接翻了几倍。

陶明灼当时甚至怀疑是自己的耳朵出问题了："您再说一遍，这冰棒一个多少钱？"

摊主看他身上穿的是别的游戏角色的衣服，表情顿时也有些不耐："二十元一个，不买我就收摊了，我们卖的不仅仅是冰棒，还有出于对角色的热爱和支持！"

画师本人陶明灼思索了片刻，觉得自己对角色的热爱和粉丝们相比可能还是差了那么一点儿。

但最后他还是老老实实地掏出一百元买了五根冰棒，继续往医院赶去。

这边的荆瓷也没有想到，陶明灼还记得当时自己随口说过的一句话。

他盯着手心里的冰棒看了一会儿，半晌后抬起头，对陶明灼弯了弯眼睛，说："谢谢。"荆瓷将一支冰棒放到陶明灼的手里，"你也吃。"

陶明灼："好。"

他将手里的东西放在地上，坐到荆瓷的床边，和荆瓷一起沉默地吃起了冰棒。

虽说是给荆瓷买的冰棒，但是陶明灼吃得非常专注，他的进食效率依然惊人，冰棒被咬得嘎嘣响，几乎是一口一根的速度。

因为刚刚摔的那一下，荆瓷到现在还有些头晕，胃也并不是很舒服。

但是看着陶明灼大口大口吃冰棒的样子，他也微笑着垂下眼，慢慢地咬了几口冰棒。

冰凉的口感，甜甜的味道，在舌尖上一点一点地化开。

两人相顾无言中，荆瓷先开了口："你先回酒店休息吧。"

陶明灼咬着冰棒，看向他，含含糊糊地说："我不要，你一个人在这里不行的，我肯定要在这里陪着你，万一有什么事我还可以搭把手帮个忙。"

荆瓷思索片刻，放下了拿着冰棒的手。

"陶明灼，"荆瓷喊他的名字，"医生刚刚说，我需要在家里静养一周，对吧？"

陶明灼将嘴里的冰棒咽了下去，摇头强调："是十天，而且不能运动，要减少工作量，保持舒畅心情。"

他将这些细节都记得非常清楚。

荆瓷没想到他这么上心，笑道："嗯，是的。我不知道像现在这样头晕的状况还会持续多久，而且因为我是一个人住，所以生活上肯定还是会有一些不便的。"

"还有温温，它不能在狗舍里住太久。"荆瓷冷静分析道，"可是我感觉以我现在这样的状态，并没有办法天天带它出门散步。"

陶明灼愣愣地点了点头。

就在他以为荆瓷又要把温温托付给自己的时候，荆瓷却语出惊人道："所以不知道你愿不愿意，来我的家里住上一段时间？"

陶明灼整个人直接僵住："什，什么？"

荆瓷看着他，笑了一下："遛狗是一回事，主要是我十天不能出门，加上我妈还在旅行，所以我也希望家里可以有一个人陪一陪我，和我说说话。"

陶明灼这回是连脸上的表情都跟着一起凝固了："陪，陪你？"

荆瓷明白陶明灼也许会有别的顾虑，他想了想，又补充了一些条件。

"因为这次占用你的私人时间比较多，所以我可以付给你一些额外的报酬。你也不一定真的要时时刻刻陪我聊天又或者是怎样，只需要像我们平时晚上相处时的那样，和我一起吃吃饭就好。

"至于其他的时间，我们可以各自忙各自的事情。只不过这回的地点，是在我的家里。"

陶明灼说不出话了。

"所以，我可以给你开双倍的工资。"荆瓷看向陶明灼的眼睛，试探道，"你愿意来我的家里，每天和我一起吃饭吗？"

荆瓷能感受到陶明灼看起来大大咧咧，实则是一个非常有边界感的人，所以他也不确定能不能说服陶明灼，更不知道这样的请求会不会听起来有些冒犯。

但荆瓷斟酌良久，为了未来十天能好好吃饭，最后决定还是先试一试再说。

"在你家住下来的事，也不是不行……"半晌后，荆瓷听到陶明灼结结巴巴地开了口，"只是我需要认真地考虑一下。"

他沉默了一瞬，又补充道："因为我平时也很忙的，而且我爸妈、我姐都需要我来照顾。"

荆瓷了然道："没关系，你不用着急给我答复。"

陶明灼咳嗽了一声："没事，我现在就可以给他们打个电话问问，不过你最好先不要抱任何的希望。"

荆瓷微笑："好的。"

陶明灼几乎是跑着离开的病房。

荆瓷望着他离开的背影，低下头，吐出一口气。

荆瓷不知道陶明灼会给出一个怎样的答复，其实刚才有那么一瞬间，他都已经准备将自己的病情向陶明灼坦白出来了。

荆瓷先是望着病房门口出了会儿神，直到一分钟后，陶明灼重新出现在了病房门口。

"电话打完了。"青年镇定地撒谎道，"我爸妈说没什么问题，他们说让我多帮帮朋友也挺好的。"

见荆瓷半天没有说话，陶明灼又抿了抿嘴，若无其事地问道："所以你觉得，我几号搬去你家比较合适啊？"

白菜肉丸子汤

Bai Cai Rou Wan Zi Tang

CHAPTER 5

白 菜 肉 丸 子 汤

BAI CAI ROU WAN ZI TANG

陶雪的肚子越来越大，她将美甲店的生意大部分都交给了别人打理，自己过上了清闲的养胎生活。

她的生活轨迹非常简单，偶尔去店里面看一眼，其他时候便一个人在家里捣鼓研究不同的菜式。

有的时候菜一不小心做多了，或者做得太砢碜了，陶雪不忍心浪费，就会在晚上的时候把菜给陶明灼送一份过去。

反正她了解自家弟弟，知道他向来什么东西都能吃得很香。

只是不知道为什么，陶明灼这一阵子几乎每天晚上都说自己有事儿，人也总不在家，每次都叫她把菜放进冰箱里就行。

陶雪有陶明灼家的备用钥匙，她没直接问，但是却在某天晚上特意挑了个晚点的时间过去，结果发现人还是不在家。

天天夜不归宿，这小子不会是学坏了吧？陶雪迟疑地想。

今天陶雪的糖醋小排做得火候有点过，变成了糖醋烧炭，她自己吃了两口，着实有点咽不下去，就端着盘子又来到了陶明灼的家。

本来她也没指望能碰到陶明灼，结果端着盘子刚把门打开，就发现屋子里的灯是亮着的。

陶雪愣了一下，说："哎哟，稀客啊。"

陶明灼叹息一声，把她手里的盘子接过来后，就转头继续忙手头上的事，根本没空搭理她的阴阳怪气。

陶雪定睛一看，发现他正在收拾行李："怎么了？你要出差吗？你这工作还有出差的需求？"

陶明灼说："不是，有个挺熟悉的同事病了，我去他家里照顾他几天。"

陶雪点点头，觉得挺合理的，就没多问，打开冰箱把排骨放了进去。

关上冰箱门后，陶雪盯着陶明灼收拾好的行李看了一会儿，突然感觉有哪里不对。

陶雪眼睛尖，从行李的缝隙里拎出来一本厚厚的精装书："这是什么？"

陶明灼的神色顿时变得不太自然，他慌乱地将书从陶雪的手里抢回来："偶尔阅读一些书籍，提高一下自身修养。"

陶雪："你逗我呢？"

陶明灼不想解释太多，低头看了眼手机，说道："时间很晚了，我要走了。"

他急着扯开话题："还有姐，你以后别总自己一个人跑来跑去了。让姐夫接送你啊，我看他总说自己忙，结果打开朋友圈就看见他在外面喝酒……"

陶雪打了一下他的肩膀，解释道："哎呀，他要应酬嘛，你别管我啦，快滚，快滚。"

陶明灼无奈地朝她挥了挥手。

陶雪透过窗目送陶明灼离开。她一开始还以为陶明灼叫的是网约车，结果却看到他拎着行李，上了一辆黑色豪车，甚至还下来了一个司机给他开门。

司机有些眼熟，陶雪一愣，又对着车牌看了一眼，立刻睁大了眼睛。

她喃喃道："这不是……李姐他们家的车吗？"

～2～

在前往荆瓷家的路上，陶明灼收到了荆瓷发过来的微信。

荆瓷：519519，大门的密码是这个。

荆瓷：抱歉，我一会儿有一个会要开，没有办法招待你，你到了之后先输密码进来，可以吗？

陶明灼回复道：好。

他犹豫了一下，总觉得自己回一个字好像显得有些冷漠，万一荆瓷误以为自己对照顾他这件事很勉强怎么办？

可是他又不知道该回复些什么，于是最后又加了一个小青蛙鼓掌的表情包过去。

过了一会儿，荆瓷也回复了一个同系列的表情包。

陶明灼就这样盯着这个表情包直到到达荆瓷的家，下车后，陶明灼深吸了口气，调整了一下自己脸上的表情。

他站在门前，调整为一副满不在乎的镇定样子，然后输入了荆瓷刚才给自己的那一串密码。

大门打开，陶明灼发现荆瓷正坐在大厅的沙发上。

荆瓷穿着宽松的家居服，将电脑放在沙发的扶手上，和屏幕另一边的人正聊着天。

聊天的氛围很轻松，而且说的是英文，语速很快，陶明灼听不太清。

这次的会议似乎不用露脸，因为荆瓷的坐姿很随意。他赤着脚，蜷缩在沙发里，整个人的状态看起来慵懒而略带疲倦。

听到了门口传来的动静，荆瓷抬起眸子，和陶明灼对上了视线。

他先是对着陶明灼弯了弯眼睛，又指了指自己的电脑屏幕，同时用嘴型示意他一会儿就结束。

陶明灼点了点头，指了指在门口围着自己打转儿的温温，表示自己先去给温温喂饭。

荆瓷低下头，又和屏幕对面的合作商聊了一会儿，然后他感觉有一些口渴，于是他单手托着电脑下了地，到厨房给自己倒了一杯水。

喝水时，荆瓷用余光察觉到陶明灼也跟着走进了厨房。陶明灼在自己的身旁弯下腰，似乎放下了什么东西，然后又若无其事地拿起旁边的狗盆走出了厨房。

荆瓷一怔，放下水杯，低下头，发现是一双棉拖。

将水喝完，荆瓷穿着那双棉拖，回到了客厅。

不知道为什么，就在这短短的十几分钟内，荆瓷感觉陶明灼带着温温，一人一狗若无其事地从自己的面前经过了很多次。

荆瓷隐约猜到了什么，他笑着摇了摇头，提前结束了会议。

他抬起眼，径直和正在偷偷看自己的陶明灼对上了视线。

荆瓷说："不好意思，家里的书房这一阵子正在装修，所以只能在客厅开会，不知道有没有吵到你？"

偷窥被抓包，陶明灼似乎有些尴尬："没有，没有，不会吵到我。"

荆瓷微笑着没有再说话，陶明灼抿了抿嘴，犹豫着走到他面前，问："今晚咱们吃什么啊？"

话音刚落，陶明灼的肚子就很巧地跟着叫了一声。

荆瓷愣了一刻，拿出手机："抱歉，我平时并不怎么开火，今晚咱们先点外卖，明天我再去订一些食材送到家里来。"

陶明灼点了点头，有些窘迫地捂住了自己的肚子，同时又疑惑地问道："不过难道你不饿吗？现在已经晚上八点半了。"

陶明灼看到荆瓷咬住了唇，似乎挣扎了一小会儿，最后只说道："我一天都没有出门，并没有消耗什么能量，所以饿得不是很快。"

陶明灼："这样啊。"

荆瓷开始用手机点外卖。陶明灼的肚子实在饿得不行，又觉得荆瓷应该也很饿，便非常自来熟地去厨房逛了逛。

荆瓷家里使用的是豪华的双开门冰箱，但是里面是惊人的空荡，一点属于人间的烟火气息都没有。

陶明灼最后只翻出来了两个勉强能垫肚子的西红柿。

陶明灼感觉有些奇怪，但是也没有多想，只是觉得荆瓷可能和陶雪一样，同为黑暗料理的制造者，而且还是那种喜欢点外卖的人。

他回到客厅，将其中一个洗好的西红柿递给了荆瓷。

荆瓷接过，对他说了一声："谢谢。"

西红柿不大，陶明灼一口下去就直接干掉了半个。

陶明灼感觉荆瓷对着自己看了一会儿，然后低下头，一边用手机点外卖，一边也开始吃起自己手里的西红柿。

这两个西红柿应该放了有一阵子了，都是熟透了的状态，陶明灼看到荆瓷咬了一小口，便有很多的汁水流出，顺着他的手腕蜿蜒着流了下来。

陶明灼赶紧转过头帮他拿桌面上的纸巾。

"外卖点完了。"荆瓷顺手接过纸巾，抬头对着陶明灼轻轻地笑了一下，又问，"说起来，你还没有回答我之前的问题，你和你的那位心上人这阵子相处得如何？我让你过来住，会不会太打扰你们了？"

陶明灼嘴巴里最后的那口西红柿差点没咽下去。

这个所谓的"心上人"原本就是自己用来搪塞荆瓷的借口，于是此刻的陶明灼只能继续绞尽脑汁，用谎言来弥补谎言："相处是相处了，但是她说她暂时不是很想谈恋爱，所以就……没办法发展了。"

荆瓷若有所思地点了点头。他的脸上浮着淡淡的笑意，继续问道："这样啊，所以你小长假的这几天，也没有和她联系吗？"

陶明灼没想到荆瓷会追问下去，只能硬着头皮继续胡编乱造："没有，我也不能把她逼得太紧，害怕会适得其反，就……"

陶明灼的话还没有说完，他就突然意识到有哪里不对。

陶明灼之前和荆瓷说的是，他想要和"心上人"在食堂一起吃午饭，然而经常和自己一起吃饭的只有杨可柠和许奕这两个人。

荆瓷刚才问小长假这几天两人有没有来往，自己又回答的"没有"，也就说明自己已经主动帮荆瓷将杨可柠这个选项给排除了出去。

再加上自己的心上人怎么都不可能是许奕……

陶明灼抬眼望着面色如常的荆瓷，只感觉头皮开始发麻——自己在无形中被荆瓷套话了。

陶明灼深吸一口气，知道自己现在必须要把话题岔开，便生硬地开口道："咳咳……说起来，你家厨房的地，为什么会选择墨绿色的瓷砖啊？"

不知道为什么，陶明灼感觉荆瓷眼底的笑意好像更浓了。

这让陶明灼有一种被完完全全看穿了的感觉，他有些慌乱地别过脸，根本不敢对上荆瓷的视线。

然而荆瓷并没有说什么，只是轻轻地笑了一下，便顺着他的话继续说了下去："是我妈选的，她说用深色的瓷砖，地脏了也不会很明显。"

"哦，原来是这样。"陶明灼害怕被看出更多的破绽，便开始胡乱地找新的话题，"说起来，你最喜欢的颜色是什么？我是蓝色，不过橙色我也很喜欢……"

荆瓷想了想，答道："应该是红色吧。"

陶明灼开始巅峰级别的没话找话："哦，红色吗？是西红柿的那种偏橙调的红色，还是其他色调的红色？"

荆瓷抬起眼看着他，片刻后微笑着说："都不是。"

陶明灼呆了一瞬："啊，那是——"

他的后半句话并没有说完，因为荆瓷放在桌面上的手机突然振动了一下。

陶明灼看到荆瓷露出略带歉意的神情，垂下眼睫，对着屏幕扫视了一眼，说："外卖到了，我去拿。"

陶明灼："哦，好的。"

陶明灼愣愣地站在原地，觉得刚才的自己简直傻透了。

～3～

在荆瓷家住下的第一个晚上，陶明灼睡得不是很好。

第二天是周六，虽然不用上班，但是陶明灼醒得也比较早。一走到客厅，他就看到温温正在扒拉着干净到可以反光的食盆。

温温一看到陶明灼，便"呜呜"地摇着尾巴叫唤。

温温有些超重，荆瓷平时会有意识地去控制它的饮食，但是每次陶明灼一听它这么极具迷惑性地叫唤，就总觉得它是真的肚子饿了。

经过这一段时间的相处，温温和陶明灼已经很熟了，它似乎把陶明灼当成了"一位撒娇就可以从他这里得到很多食物的笨蛋人类"。

喂完温温，陶明灼坐在沙发上有模有样地看了会儿书，荆瓷就下了楼。

可能是因为外面的阳光比较强，也有可能是因为刚刚睡醒，荆瓷的眼微微眯起，他的侧脸被窗外暖色调的光笼罩着。

他摸了摸温温的头，然后抬眸，对陶明灼淡淡地笑了一下，说："早啊，辛苦你帮我喂它。"

荆瓷刚来公司的那一段时间，杨可柠和她的小姐妹们曾用过一些非常大胆的词汇形容他的外貌，哪怕是放到现在，陶明灼依旧感觉有些太过前卫。

不过荆瓷确实是长得很好看，作为画师的陶明灼心想。

不仅仅是皮相上的漂亮，更多的是气质里难得的温润平和，那是一种在一颦一笑间，会叫人的心不知不觉一起变得平静的美感。

他将视线重新放回了书本上，做出一副醉心阅读的样子，然后装似随意地回复道："早啊。"

陶明灼现在无比庆幸自己带了这样一本书，这是他从家里翻了半天，才找到的这么一本看起来还算高雅的书。

当时他还回想了一下，才想起来这应该是家里装修时为了摆着好看，自己在网上随便买来当装饰用的几本书籍之一。

其实陶明灼并没有发觉，他的态度已经从千方百计地要让荆瓷讨厌自己，变成了想成为和荆瓷一样优秀的人。

陶明灼察觉到荆瓷走到了自己的身旁。荆瓷站在沙发后面，弯下腰，盯着书上的内容看了一会儿，半晌后轻轻地笑了一下，问："你对基因学感兴趣？"

完全没看进去的陶明灼身体变得有些僵硬。

这书他其实也就看了几页，只感觉满脑子都是细胞分裂这类的词汇，属于是会越看越困的类型。

但陶明灼当然不会在荆瓷的面前就这么说出来，他清了一下嗓子，说："看简介觉得挺好玩的，就想着拓展一下其他领域的知识……"

荆瓷露出了赞许的神情，点了点头："这本书前面更偏向于科普，可能会有一些晦涩，读到后面会更有意思。"

陶明灼："啊，确实，确实……"

荆瓷直起了身子，温声问道："要不要一起出门，去买一些食材？"

陶明灼恨不得现在立刻把书丢远然后出门，但是他突然想起来一件事。

"可是医生不是说，你现在需要静养吗？"

"可是医生也说了，静养的同时，还要保持舒畅的心情。"荆瓷微笑着问，"出去散散心也不算运动，应该也没有什么问题吧？"

陶明灼犹豫了一下，勉强同意："也行。"

他们一起去了荆瓷家附近的进口超市。

进了门后，荆瓷找了一辆购物推车，正准备推着向前走时，却被身旁的陶明灼直接一把抢过了把手。

陶明灼咳嗽一声："医生说了，你不可以剧烈运动，不可以累到自己，所以今天你只需要走路就好。"

荆瓷怔了一下："好。"

陶明灼的个头本来就高，此刻步步紧跟在荆瓷的身后推着车，就像是一名时刻待命守护主人的保镖。

而且这个保镖一点东西都不让自己的老板拿，哪怕是一盒青椒。

荆瓷有些哭笑不得："青椒也不沉呀。"

陶明灼一脸严肃："不行，就是不行。"

荆瓷只能有些无奈地将青椒放到了陶明灼的手里。

其实在荆瓷之前的社交圈之中，是很难遇到像陶明灼这样性格的人的。

留学时，荆瓷所在的院校虽是计算机相关领域的名校，但是校园整体坐落于 U 国很小的村镇之中，因此社交圈并不是很大。

当时荆瓷也曾试着和其中的一些人交过朋友，但都只能算作是很简单的交往。

文化差异和性格差异，让荆瓷并没有和任何一个人成为交心的朋友。

到后来荆瓷感觉，自己一个人也可以很好，便干脆全心专注于学业和工作了。

一开始荆瓷会接近陶明灼，只是由于单方面的吃饭需求。

荆瓷从来没见过这么能吃和这么会吃的人，吃饭的时候永远都是大口大口的，好像什么东西被他吃过都可以变得让人很有食欲。

青涩笨拙但又很温暖的大男孩，以为在别人面前可以将情绪掩饰得很好，却不知道一开口结结巴巴的全是漏洞。虽然嘴上总是说着相反的话，但是又总是会忍不住关心别人。

荆瓷发现，在陶明灼的身旁，自己总是会感到很安心，也很放松。

而且和陶明灼相处时，荆瓷的心情总是会很好。他经常忍不住地笑，也总是会想去尝试一些新的体验，目的早已不再只是为了进食的需求。

荆瓷停住脚步，抬起眼，注视着正在往购物车里放食材的青年，开口道："买一些餐具吧，我家里的餐具并不是很多，你可以挑一些适合你自己的来用。"

陶明灼傻傻地点了点头。

虽然知道进口超市里商品的价格可能会略微高一些，但是当陶明灼看到一个只是还不错的碗的价格后，他还是感到有些难以置信。

前有二十元的冰棒，后有上百元的饭碗，陶明灼感觉这个世界可能是真的疯了。

最后陶明灼选了一套百元内、偏朴素的白瓷碗碟套装。

然后他听到身旁的荆瓷问自己："好看吗？"

陶明灼转过头，定睛一看，发现荆瓷的手里拿了两只大号的碗。

一白一黑，设计大方，碗的边缘做成了荷叶一样不规则的形状，确实是好看的，也很贴合荆瓷家整体的风格。

陶明灼对着标签端详了一会儿，价格还是一样贵得离谱，甚至标签上写着什么"T国某大师联名设计款"这样的宣传广告。

荆瓷的神情似乎是对价格习以为常，只是仔细端详着碗的设计，说："感觉大小也很不错，适合用来喝汤，你觉得怎么样？"

自己毕竟只是来"还人情"的，等荆瓷身体养好之后就会离开。荆瓷才是房子的主人，陶明灼感觉自己不能自作主张地说要或不要，便咳嗽了一声："设计还是可圈可点的，就是价格我觉得有些贵了，而且我已经选了自己需要的碗，感觉应该也还算够用，不过主要还是看你……"

结结巴巴地长篇大论听下来，意思就是"我可没说我想要啊，但是如果你想买，我当然也不会拦着你"。

荆瓷手里拿着一黑一白的两只碗，看着陶明灼，半晌后点了点头："这样啊，不过我还是很喜欢这个设计的。"

陶明灼也跟着点了点头，大师设计的碗在造型上确实没得说，作为画师和设计师他是很喜欢的，不过总觉得会让荆瓷有点破费。

他感觉荆瓷应该是要将这两只碗买下来了，一想着以后用餐的时候能用上这样设计高级的碗，嘴边的饭估计都会跟着香上几分，心中多少有一些喜悦。

"不过既然你已经有了自己想用的款式，"紧接着，荆瓷声调平缓地开口道，"那么买两只的话，意义应该也不大。"

陶明灼一愣："什么？"

然后他眼睁睁地看着荆瓷将一只碗放回到了货架上，将另一只碗放到了购物车里，紧接着荆瓷对上陶明灼的视线，笑了笑："感觉差不多了，咱们去结账吧。"

陶明灼有些欲言又止。

他先是回头看了眼货架上那只孤独得很突出的碗，又忍不住问："不过两只一起买可以打折，真的不一起买吗？"

荆瓷温和道："如果买了用不到的话，应该会更浪费吧。"

陶明灼说不出话了。

收银台的人不少，他们排队等待结账。眼看着前面排着的人越来越少，陶明灼脸上的神色也越来越焦灼。

他为什么不再坚持一下呢？他呆呆地想着，是不是因为我刚才的话说得有些太过绝对了？还是语气太绝对了导致他以为我是真的不喜欢？早知道当时就不这么说了。

结账的队伍越来越短，很快就要排到他们，陶明灼再也忍不住了。

他对荆瓷说："我……我很快就回来。"

然后就转身向购物区重新跑去。

荆瓷先是盯着他的背影怔了片刻，随即低下头，嘴角微微扬起。

"抱歉。"他温声对开始结账的收银员说，"麻烦您先不要扫描餐具的条形码，先算其他的物品吧。"

过了五分钟，陶明灼抱着那只黑色的碗气喘吁吁地跑了回来。

对上荆瓷的视线，陶明灼的喉结上下滚动了一下，磕磕巴巴地解释道："我……我刚才又想了想，因为我吃饭的时候总是能吃很多，所以可以多买几个碗，一个装饭一个装汤，好像也挺好的……"

荆瓷笑盈盈地看着他："嗯，挺好的。"

陶明灼开始语无伦次："而且正好两只可以打折嘛，所以也不会很亏，而且……"

看着荆瓷脸上的神情，陶明灼的声音不可控制地变得越来越小："……而且摆在餐桌上，还有统一的美感。"

所幸荆瓷没有多问什么，只是温和道："好啊，那你就拿去给收银员吧，我先找一下我的会员卡。"

陶明灼应了一声，赶紧把碗递给了正在结算的收银员。

然后他看到收银员将那两只碗叠在了一起，在屏幕上按了几下。

随后收银员抬起眼，露出了标志甜美的笑容强调道："先生，因为这个款式的碗的特殊折扣只在这几天有，所以如果您想要按照折扣价结算的话，我们是不接受退换的。"

陶明灼愣了一下。

收银员小姐姐继续补充道："所以这边要向您确定一下，是要按照折扣价来结算的对吧？"

陶明灼的身体一僵，目光游移，落在身旁正在低头翻钱包的荆瓷身上，深吸一口气后中气十足地道："确定，确定按折扣价结算！"

收银员愣了一下，似乎不知道为什么买个碗还要下这么大的决心，只能保持自己的职业微笑道："好的，先生。"

陶明灼感觉自己整个人都已经木掉了，他在心里自暴自弃地想，谁让他是真的喜欢这个碗的设计师，谁让荆瓷就像猜中自己心思一样，在货架上的无数之中偏偏拎起了这两只，让自己看过一眼就再也忘不掉了呢？反正他已经欠荆瓷这么多了，以后再慢慢还吧，大不了以后所有的碗都自己洗就好了。

过了一会儿，身旁的荆瓷面色如常地抬起了头，像是并不知道刚才发生了什么一样。

他先是将找出来的会员卡递给收银员，然后轻轻地问："是已经把碗加上了吗？"

他微笑着对陶明灼说："正好。不知道为什么，今晚突然有些想喝汤了。"

～4～

当天晚上，陶明灼做了一大锅的白菜肉丸子汤。

陶明灼家里是开小餐馆的，他爸妈都做得一手好菜，但是正如陶明灼在读的那本书所讲，基因和遗传这两种东西，确实充满了很多的不确定性。

陶雪从小到大都属于厨艺不佳的水准，陶明灼虽然没陶雪这么磕碜，但是也只能勉强做一些日常小菜，属于水平波动较大的选手。

比如陶明灼做的这锅白菜肉丸子汤，肉和菜的比例就有些许失调，基本是六颗丸子只能分配到一片菜叶子的比例。

一黑一白两只碗，摆在一起，每只都装着小山一样高的肉丸子。

陶明灼两手同时高效率运作，一边往自己嘴巴里塞丸子，一边往荆瓷的碗里夹丸子："快吃啊，病人就要多补补身体。"

荆瓷："……好。"

荆瓷刚夹起一个丸子放进嘴里，还没来得及咀嚼，就听到陶明灼装作若无其事地问："好吃吗？"

荆瓷将丸子咬开，咀嚼片刻后认真评价道："很香。"

陶明灼听到这话，看起来有些高兴。他抿了抿嘴，对荆瓷说："我做了很多。"

荆瓷一开始还没反应过来陶明灼这话是什么意思，后来他明白了。

整顿晚饭下来，每当荆瓷吃完一颗丸子，陶明灼就会佯装镇定地偷偷给他续上一颗，哪怕他是去夹别的菜的时候，所以荆瓷碗里的丸子逐渐出现了越吃越多的现象。

因为陶明灼不断给自己夹菜，加上他本人今晚的胃口很好，所以荆瓷一边看着他吃，自己也忍不住跟着吃了很多。

然而荆瓷的胃口还是有限，吃到最后，他不得不剩下了几颗丸子。

荆瓷看了一眼正在厨房里一边哼歌一边拿着饭勺给自己续米饭的陶明灼，觉得如果自己将丸子剩下，他应该会感到有些伤心。

于是趁着陶明灼没发现，荆瓷犹豫了一下，将最后剩下的几颗肉丸子快速喂给了旁边虎视眈眈了好久的温温。

饭后陶明灼和荆瓷坐在沙发上，各自忙了一会儿自己的事。

陶明灼用平板修了一下画稿，荆瓷则是打开电脑，处理了一会儿工作。

画稿改完，陶明灼又读了会儿书，试图将自己新立的文化人人设坐实到底。

五分钟后，陶明灼忍不住打了个哈欠。哈欠打完之后，陶明灼立刻警觉地掀起眼皮，发现坐在对面的荆瓷面色如常，正专注地盯着电脑屏幕办公。

陶明灼这才放下心来，继续翻手中的书。幸好书里还是有插画可以看，然而陶明灼盯着 DNA 双螺旋的画看了一会儿，弯弯绕绕的一环接一环，只感觉更困了。

于是陶明灼又开始走神。他在心底算了算，自己一共会在荆瓷家里住十天，虽然自己昨天已经睡了一晚上，但是因为是晚上到的，所以应该今天才算作正式的第一天。

他呆了一下，又忍不住开始胡思乱想起来。

对了，自己只需要在这里住十天啊，今天却怂恿着荆瓷买了这么贵的碗，搞得自己好像要在这里住很久一样。

正心虚时，陶明灼看到荆瓷合上电脑，微微舒展了下身子问他："要不要看电影？"

陶明灼愣了一下，应道："好。"

荆瓷选了一部口碑还不错的推理电影。

电影开始，荆瓷将电脑合上放在了茶几上，然后坐在了陶明灼的身侧。

一开始谁都没有说话，只专注于电影里的内容，但是陶明灼看了一会儿就意识到，可能不是书太无聊，而是因为自己今天真的有点累，所以他不论看什么都会困。

女主的脸开始在陶明灼的眼里不断出现重影，陶明灼努力睁大双眼，半晌后还是放弃了挣扎。

他偷瞥了一眼身侧的荆瓷，心想，荆瓷看得很认真的样子，眯一小会儿他应该发现不了吧，只要在他说话的时候赶紧把眼睛睁开就好。

这样想着，陶明灼的头微微后仰了一些，他将身体完全沉在了沙发上，缓慢地合上了眼睛。

荆瓷正注视着电视屏幕，突然感觉身边的人一头歪在了沙发扶手上。

他转过头，发现身旁的青年闭着眼睛，呼吸平稳而均匀，人睡得很沉。

荆瓷怔了一下。

下午从超市出来后，陶明灼虽然因为那只碗脸红了一路，但是还是坚持什么东西都不让荆瓷拿。

他一个人拎着两大袋子的东西走了不少路，回来后又立刻忙着做饭，体力上的消耗自然是不小的。

荆瓷感觉自己的心口也变得温暖起来。

他微笑着抬起眼，任由他继续沉睡。

陶明灼不知道自己睡了多久，迷迷糊糊睁开眼时，他先是愣了一下。

"醒了？"荆瓷感受到旁边的动静，轻声问道。

电视屏幕上的光打在荆瓷的脸上，明明暗暗之间，陶明灼面红耳赤地想要坐起身："我不小心睡着了，不好意思，我……"

"刚睡醒的话，别起得太急。"荆瓷说，"慢慢来。"

似乎看出了陶明灼的窘迫，荆瓷又弯了弯眼睛，说："没什么，我看电影的时候也经常会睡着，今天你忙了一天，已经很累了。"

两个人都沉默了一会儿。

"对了，"最终是荆瓷主动打破了寂静，他问了一个有些突兀的问题，"不知道下周二的晚上，你愿不愿意陪我出去吃顿饭？"

荆瓷这样问出来的时候，陶明灼的第一反应是感到有些疑惑。

因为这么多天了，他们已经一起吃了那么多顿饭，还有什么必要问自己"愿不愿意出去"这样的话？答案当然是愿意啊。

"我知道有一家还不错的法餐厅，咱们可以去试试。"荆瓷补充道。

"没问题。"陶明灼想了想，又说，"不过让我请你吧，之前你请我的那几顿饭，我都还没有还清。"

荆瓷摇了摇头："这一顿对我的意义比较特别，所以让我来请你，好吗？"

他的语气很笃定，陶明灼愣了一下，半晌后说："好。"

电影已经播放到了结尾处，他们并肩坐在沙发上，又安静了一会儿。

须臾后，陶明灼忍不住追问道："所以，到底是怎么个特别法？"

荆瓷转过头，轻轻地笑了一下。

他并没有进行更多的解释，而是错开视线，直接站起了身，拿起遥控器，将电视关上。

"到时候再告诉你。"荆瓷对他说，"晚安。"

陶明灼不安道："晚安。"

下周二，下周二……到底能是什么特别的日子呢？注视着荆瓷离开的身影，陶明灼坐在沙发上，依旧有些迟疑地思考着。

沉思片刻后，陶明灼突然睁大了双眼，难道荆瓷觉得时机成熟了，终于忍不住了，想提出那个难以说出口的请求？

◦5◦

陶雪给花浇完水，然后把喷壶在窗台上放好。

随即她瘫在沙发上，舒服地吐出一口气，强迫自己看了会儿前一阵子刚买的育儿指南。

五分钟后，陶雪头脑晕沉地合上了书，想着生完了再看也不迟，自己的心情最重要，总之今天的阅读活动到此为止。

于是陶雪打开了电视，津津有味地看起了自己最近一直在追的家庭伦理剧。

正看到关键剧情，陶雪的手机振动了起来，她不耐烦地打开了手机，一看来电显示，发现竟然是陶明灼发起的视频电话。

陶雪感到新奇，接通了电话，问道："你小子怎么突然想起打电话找我？"还没等陶明灼说话，陶雪想起了什么，又问道："对了，那天我看你坐的是李姐他们家的车，这是怎么回事？"

陶明灼愣了一下，说："对，我那个同事，其实就是李姐家的那个小儿子，你之前在店里见过的。"

陶雪恍然大悟。其实陶明灼的这个同事具体长什么样，陶雪已经记不太清了，只记得是气质很好的帅哥，人也很有礼貌，便也放下了心。

"知道了。"陶雪一边说着，一边忍不住扭过头继续盯着电视屏幕，"人家既然病了，那你要好好照顾人家。"

陶明灼含糊地应了一声，支支吾吾半天没说话，最后憋出来了一句："……我姐夫又不在家？"

陶雪嗑着手边的瓜子，一边盯着电视一边叹气："最近他公司忙，回家也总是在我的耳边抱怨，算了，我自己一个人也清净。"

陶明灼应了一声，又不说话了。

陶雪太了解他，知道他肯定是心里藏了事儿，瞥了眼电视屏幕，又问："快点的，无事不登三宝殿，突然找我，到底有什么事儿？"

屏幕另一边的陶明灼沉默了半天没说话，过了一会儿，他的神色变得纠结起来。

陶明灼："那……那我可就说了啊。"

电视屏幕上的剧情逐渐进入高潮阶段，陶雪的注意力立刻被吸引，压根没听清楚他说的什么，而是目不转睛地锁定屏幕："嗯，你说。"

"就是刚才我和你说的那个同事，"陶明灼停顿了一下，结结巴巴道，"他真的是个好人，要是他有什么疾病，需要我做出一些可能会危害到自己身体的决定，我是不是应该理解他，并救一救他。"

陶雪的眼睛都快黏在电视屏幕上了，因为电视剧终于进展到了最大快人心的剧情，她一帧都不想错过。

于是陶明灼说的话陶雪也没过脑子，开始敷衍："那当然啦，救人一命胜造七级浮屠……"

陶明灼有些怅然地"嗯"了一声。

"对吧。"他低下头，喃喃道，"况且我俩相处这么久了，他对我也是真心诚意的好，所以我觉得我也应该帮他些什么。"

陶雪："嗯嗯，对，对，没错。"

"他这个人是什么样的个性我已经很清楚了。"陶明灼叹息道，"我想这一阵子，他自己应该也特别纠结和挣扎吧，不然也不会迟迟说不出口。"

陶明灼安静了一会儿，又抬起了头，茫然而又无措地对她说："姐，到时麻烦你给爸妈先打个预防针吧，爸妈年纪都大了，我怕他们生气……"

陶雪盯着电视屏幕，一边嗑着手边的瓜子，一边点了点头："哦，多大点事儿啊，之前不都是我们互相打掩护……"

陶明灼半天没说话。

空气静谧了一刹那，陶雪嗑瓜子的手一顿，然后她突然反应过来了什么，猛地转过了头。

"……什么？"她惊疑不定地问道，"你刚才说你要干什么？"

虽然医生当时原话说的是要静养十天，但是在休息了一个周末后，荆瓷意识到自己在家里处理工作的效率实在是不高。

尽管陶明灼当时是满脸的不赞许，但荆瓷还是在周一的时候去了一趟公司。

不过不知道是不是荆瓷的错觉，他总觉得陶明灼这两天表现出来的状态，似乎总是有些心不在焉的。

每当荆瓷偶然抬眼看向陶明灼的时候，总是会发现他也正好在偷偷地看着自己。

陶明灼的神情中带了些欲言又止，会在视线交会的瞬间佯装无事地将目光移开，整个人看起来像是处于一种局促不安的状态。

有的时候，荆瓷会发现他一个人在客厅里呆呆地坐着，低着头，看不太清脸上的神情。

这种状态让荆瓷感到有一些困惑，却又不知道该如何开口去问。

周一晚上吃饭时，陶明灼依旧是神游天外的状态，荆瓷发现他全程只动了自己面前的那一道小青菜。

小青菜全部吃完了后，荆瓷眼睁睁地看着陶明灼继续夹起盘底的调料，然后慢吞吞地往嘴巴里放。

咀嚼了两口，陶明灼的表情逐渐变得扭曲起来。

荆瓷赶紧给他倒了杯水："是别的菜不好吃吗？要不要点外卖？"

陶明灼抬起头看向他，慌慌张张地错开了视线："不，不是。"他的手顿了一下，又赶紧夹了别的菜到自己的碗里，含糊地对荆瓷说，"没事，我还没有吃饱，我继续吃。"

荆瓷看着他，有些迟疑地点了点头。

手机屏幕亮了一下，荆瓷低下头，发现是秘书梁京京发来信息，说明晚的餐厅已经预约好了。

荆瓷抬眼看了一眼正努力往嘴巴里扒饭的青年，低下头，回复了一个"好"。

明天其实是荆瓷的生日。

事实上，荆瓷已经有很多年没有庆祝自己的生日了。

李宇珀是那种喜欢热闹和大场面的人，前几年总是想着飞到 U 国，张罗着给他办派对、办酒会，荆瓷每一次都会非常无奈地拒绝。

一是觉得铺张浪费没有必要，留学生里天天开派对的大有人在，然而表面上弄得热热闹闹，实际上未必有几个是真心来祝你生日快乐的。

二是荆瓷的父亲就是在五月份去世的，虽然已经过了很久，但是每年到了这个时候，荆瓷也确实是没有什么为自己庆祝的心情。

在国外的那几年，每次生日的这一天，李岚都会和他打很久的电话，李宇珀则是会给荆瓷送一些花和礼物。

那天在客厅，陶明灼躺在沙发上呼呼大睡时，李宇珀给他发了几条消息。

李宇珀：小瓷，既然你今年回了国，要不这次的生日我给你小办一下？

过了一会儿，他又补充道：我和你的嫂子已经玩得差不多了，刚好可以飞回来一趟，顺便带点儿好酒给你。

荆瓷回复得也很快：不用。

李宇珀似乎料到了他会这么回答，紧接着又发了一条信息过来：你也真的是，哪有年年生日都是自己一个人过的道理？

荆瓷还没来得及回复，身边的青年突然幅度很小地抽动了一下，嘴里含含糊糊地说了些什么。荆瓷听了半天也没听懂他讲了些什么，只听到他最后吧唧了一下嘴，又重新安静下来。

估计是梦到什么好吃的了，荆瓷无奈地笑道。

不知道为什么，望着陶明灼的侧脸，荆瓷突然感觉，自己最近的病情已经有所缓解，要不趁生日小小地庆祝一下好了。

只要吃一顿饭就好，不用太隆重，如果可以的话，点一个小蛋糕，有一点点的仪式感就更好了。

荆瓷停顿了一下，重新拿起手机，回复李宇珀：不是，今年有人陪。

隔了好久，李宇珀才慢半拍地明白过来他话里的意思：嗯？刚回国就交到好朋友了？

荆瓷不想和他过多解释，给他回复了一个万能的"小青蛙微笑"的表情包过去。

荆瓷最后也没有告诉陶明灼那天究竟是什么日子。因为他知道，像陶明灼这种连一顿饭都要想方设法还给自己的人，如果告诉了他那天是自己的生日，那么他是一定会费很大的心思和精力来给自己准备礼物的。

但是荆瓷只想和陶明灼轻轻松松地、没有负担地相处一个晚上。

荆瓷抬起眼，最后提醒了一下坐在对面的青年："明天晚上咱们要出去吃，还记得吗？"

然后他看到陶明灼似乎僵了一下，喉结上下动了动，半晌后点了点头。

荆瓷"嗯"了一声，又补充道："我明天下午和人约了见面，所以不会在公司，但是我会提前把餐厅地址发给你，咱们到时候直接餐厅见，可以吗？"

过了一会儿，他听到陶明灼小声地说："好。"

陶明灼这两天过得算是混沌至极。

和陶雪打电话的那天晚上，陶明灼可以说是费了老大的力气，才帮助陶雪从半疯狂的状态中冷静下来。

陶明灼一开始以为陶雪是真的无所谓，后来才发现，原来是因为他的亲姐完全没听进去自己刚才讲了些什么。

于是陶明灼模糊了荆瓷上司的身份，将两人之间发生的大部分事情告诉了陶雪。

陶雪："那他为什么还要特地选一个日子呢？平时在家不就能问你吗？"

陶明灼忧郁地道："他应该是觉得这件事太严重了，想要在一个正式的场合和我商量。"

陶雪总感觉还是有哪里不对，但一时间又觉得挺合理的，没办法去反驳他的理论。

陶雪赶紧别过脸连喘了几口大气，拍了拍自己的胸口。

半晌后她冷静下来，转过头，观察着陶明灼的神情，试探性地问："如果我和爸妈都不同意你去救人呢？毕竟这肯定会伤害到你自己的身体，一个和你非亲非故的人，真的值得你付出这么多吗？"

陶明灼望着她，呆呆地说："我也不知道……我只知道，我实在是没有办法亲眼看着他放弃自己。"

陶雪非常了解陶明灼嘴硬的毛病，立刻敏锐地追问道："你确定你答应了他后真的不会后悔吗？"陶雪耐心地说，"我是在帮你想清楚，回答我之前一定要想好了，要明白你自己心里想的是什么。"

陶明灼低下了头。

半晌后，他小声地说："我说不上来，只是感觉……他真的是个好人，对我很够意思，平时总是迁就我。他的脾气很好，不管我做了多么不好的事情，故意让他讨厌我，他都不会生气，总是对我很包容。"陶明灼喃喃道，"我分得清带有目的性的讨好和真正的用心，他……他对我的好，我知道都是真的。"

陶雪说不出来话了。

陶雪闭上了眼睛，深吸了一口气，片刻后叹息道："我先挂了。"陶雪喃喃道，"我得赶紧想想过一阵子该怎么和爸妈开口，这剧情太像电视剧了……"

陶雪直接挂断了电话。

陶明灼原本是想叫陶雪给自己提一些意见的，但是这通电话打完之后，他却感觉自己的心里好像更乱了。

6

周二这天的早晨，杨可柠在办公室和她的小姐妹美滋滋地分享起了这次漫展之旅拍摄出来的成片。

杨可柠得意扬扬地全方位展示着自己的精修照片："各位，杨可柠天下第一美艳动人，同意的请呼吸！"

有人说想看看她那条红裙子的细节，于是杨可柠又重新在手机里翻找起来。

其间不小心滑到了一张偷拍视角的照片，里面很明显不再是红裙子的杨可柠本人，而是两个男人。

杨可柠眼疾手快地赶紧把照片翻过去："哎呀，不好意思，手滑了家人们。"

陶明灼："……"

杨可柠的小姐妹们开始高分贝地惊叫不止，一边不断扭头看向陶明灼一边议论纷纷，陶明灼隐隐约约地听到了类似于"是荆总吗""发我一份"的发言。

但是今天的陶明灼没有什么心情去管她们，他就这么心不在焉地过了一天。

下班后，陶明灼打开手机，找到了荆瓷发给自己的餐厅地址。

虽然这家餐厅的名字陶明灼完全没有听过，他甚至不知道这一串字母组合在一起该怎么念，但是按照荆瓷之前点外卖的手笔来看，这应该也是一家很贵的餐厅。

陶明灼低头看了眼自己身上宽大的 T 恤，犹豫了一下，决定先打车回荆瓷的住宅，换一身稍微正式一点的衣服。

荆瓷的家坐落在安静的别墅区，治安很好，而且平时来往的人和车辆很少。

然而下了车后，陶明灼却在门口遇到了一个来回踱步的快递员。

快递员似乎正因家里没人而发愁，看到陶明灼走过来，就像看到了救星："您是荆瓷先生吗？"

陶明灼一愣："怎么了？"

"有人给您订的东西到了，请先在这里签收一下。"快递员将收据单塞到陶明灼的手里，又给了他一支笔，"我去车上帮您把东西拿下来，稍等啊。"

陶明灼犹豫了一下，觉得帮忙签个快递应该也没什么，便直接在单子上签了荆瓷的名字。

然而转过身后，陶明灼却直接愣住了。因为快递员给陶明灼带来了一大束鲜花，还有一个方方正正的纸盒子。

陶明灼怔怔地抱住了那束鲜花，然后又接过了那个盒子，透过盒子上方的透明区域，他发现里面装着的是一个蛋糕。

一个粉色的，桃心形状的蛋糕。

他疑惑地又看了眼另一只手中的花束，花束上面插着一张精致的卡片，卡片上并没有署名，内容却大咧咧地展现在面前。

"小瓷：
已经给你送了这么多年的花，好像都快要成为一种习惯了。
所以今年自然也是不能少的，主花色还是选了你最喜欢的红色。
对了，蛋糕里面有巧克力，记得不要让温温吃到。"

荆瓷到餐厅的时间要比陶明灼早一些。

今天是工作日，加上这家餐厅一直采取的是预约制度，所以按道理来说，前来就餐的客人应该不会太多。

然而荆瓷进门后却发现，今天的客人比自己预想中要多上不少。

刚在服务员的指示下落了座，荆瓷就收到了李宇珀发来的消息。

李宇珀：不送你点什么东西我心里总是不踏实，所以还是像之前一样，给你订了束花。

李宇珀：哦，对了，经你嫂子的提醒，还给你和你朋友订了个可以一起分享的小蛋糕。

最后他又补充了一句：卡片上忘了写最重要的一句，生日快乐，小瓷。

荆瓷知道，李宇珀是属于不乱花点钱，心里就会一直难受的那一类人。他只能颇为无奈地回复了一句：谢谢。

荆瓷笑着喝了一口水，正准备发消息问陶明灼到了哪里，却突然发现桌面上的装饰看起来有点不对。

不仅装饰的花用的是玫瑰花，餐巾上面绣的是一些暧昧的英文短句，就连烛台的底座形状都是心形的。

荆瓷迟疑了一下，招呼服务员过来，询问究竟是怎么回事。

服务员解释道："因为明天就是 520，当天大部分的座位都已经被提前预订出去了，所以也有不少情侣客人选择在今天晚上就餐。"

"我们这边就提前给所有的双人位都换上了这样的餐具，也算是一种预热。"她观察着荆瓷的神色，说，"当然，如果您有需求的话，我们也可以帮您换回普通的装饰。"

荆瓷怔了一下，但不想再去麻烦服务员，只道："没关系，就先这样吧。"

荆瓷前几年一直都在国外生活，知道的和情侣相关的节日只有白色情人节和七夕，却没想到原来数字的中文谐音也可以使某个日子变

X I A F A N C A I

成一个用来纪念爱情的节日。

出神时，荆瓷看到陶明灼出现在了餐厅的门口。

陶明灼今天穿了一件深色的衬衫。他原本就个高腿长，只要穿上像这样稍微正式一点的衣服，便显得人格外俊逸挺拔，有不少年轻的女孩子都忍不住侧目偷偷地看他。

他在服务员地引导下向荆瓷走来，荆瓷笑着对他说："晚上好啊。"

陶明灼像是有些僵硬地点了点头，在荆瓷的对面落了座，半晌后说："晚上好。"

荆瓷将菜单递给他，温声道："他们这边的套餐比较经典，如果你想单点一些其他的菜式，我们也可以随时加上。"

陶明灼有些心不在焉，胡乱地翻了翻菜单，便将菜单合上说："就要你说的那个套餐好了。"

荆瓷说："好。"

法餐的菜式比较繁复，前菜、汤品、主菜、甜点一道接一道地上，而每桌的服务员都很尽职尽责，基本是桌上的菜刚吃完，就会及时地将下一道菜端上来，并开始热情地介绍菜品所用的原料和厨师的处理手法。

陶明灼一直在埋头吃饭，这就导致这一整顿饭下来，两人基本没有什么可以产生对话的时间。

饭后甜点是很小的一份慕斯，整体直径不超过五厘米，装在小小的一柄玻璃勺子里。

荆瓷看到陶明灼慢吞吞地拿起勺子，端详片刻，然后直接整个塞进了嘴里。

法餐的分量很少，根据荆瓷对陶明灼饭量的了解，他保守估计陶明灼目前应该只吃到了七分饱左右。

正好荆瓷也打算点一个生日蛋糕吃，便直接招呼来了服务员，问："打扰一下，请问你们这边都有什么类型的蛋糕？"

服务员还没来得及开口，等不及想快速进入正题的陶明灼就突然抬起头，有些突兀地说道："我觉得，我已经吃得很饱了。"

荆瓷一怔，有些迟疑地问道："你确定吗？"

陶明灼迟疑片刻，说："我今天中午吃得挺多的，而且我这人也一直不是特别爱吃甜的东西。所以还是不要点了，应该会浪费。"他顿了一下，还是补充道，"如果你想吃的话，可以给你自己点一份。"

荆瓷点蛋糕的目的是和陶明灼一起分享，然后告诉他今天是自己的生日，很高兴可以有他来陪自己一起度过。

陶明灼很少对食物表现出如此坚定拒绝的态度，所以荆瓷感觉，他可能是真的很饱了。

荆瓷也并非那种很传统的人，虽然感到有些遗憾，但是生日有没有蛋糕，对他而言其实并没有特别大的区别。

荆瓷妥协道："那就不点了。"

他们安静了一会儿，荆瓷继续吃着盘子里的甜点，陶明灼则在他的对面沉默着，喝完了杯子里的红酒。

荆瓷总感觉，陶明灼今天的情绪似乎不是特别高涨。

将甜点吃完后，荆瓷放下餐具，招呼来服务员，要来了账单。刷完卡后，荆瓷轻声问道："我们回家吧？"

陶明灼正盯着酒杯发呆，闻言愣了一下，下意识地开口问道："现在就回去吗？"

荆瓷也怔了一下："你还想做些什么吗？我们也可以一起去外面走走。"

陶明灼很久都没有说话，荆瓷总觉得，他的神情看起来有些奇怪，就好像是在等待自己开口说些什么。

荆瓷问："怎么了？"

陶明灼抿了抿嘴："你——"

他像是有什么憋了很久的话，但是看着荆瓷茫然的脸色，陶明灼的嘴巴微微张开了一下，最后还是低下头，说："走吧。"

荆瓷觉得今天陶明灼的状态非常奇怪，就连下车后，走向住宅大门的脚步都比平常要拖拉上不少。

打开门后，荆瓷看到摆在客厅茶几中央的巨大花束，顿时露出了错愕的神情。

陶明灼说："你等一下。"

荆瓷看着陶明灼转身进了厨房，重新出来时，他的手里多了一个方正的纸盒。

"今天我回家换衣服的时候，碰到快递员了，"陶明灼开口道，"说是有人给你送来了鲜花和蛋糕。"

"但是我觉得他应该是想给你一个惊喜，所以刚才就没有告诉你。"他说，"给你。"

他将蛋糕盒子放在了荆瓷的手里。

荆瓷犹豫了一下，先将蛋糕放在茶几上，又看了眼插在花束上的卡片，立刻反应过来这应该就是李宇珀说给自己订的花。

下午他一直和合作商谈事儿，谈话结束后发现手机上多了两个未知号码打过来的电话，当时也没注意，现在想来应该是快递员打过来的电话。

荆瓷看向陶明灼的眼睛，说："谢谢你帮我签收。"

陶明灼错开了视线，说："不客气。"他有些慌乱地后退了几步，说，"如果没有其他事，我先去睡了，今天有点累。"

说完陶明灼转身就向房间走去，就像在逃避听到荆瓷说些什么。

荆瓷一怔，看出陶明灼似乎是兴致不高的样子，他犹豫了一下，还是温声问道："可不可以陪我一起吃一口蛋糕再去睡？因为今天是……我的生日。"

陶明灼的脚步猛地一顿。

他在原地愣了三秒，随即难以置信地转过身："你说什么？"

荆瓷的眼底盛着晶亮的笑意："我哥给我送了蛋糕，说是希望我能和朋友一起吃，你可以和我一起吃吗？"

陶明灼的眼睛骤然睁大。

"所以，今天是你的生日。"陶明灼顿了一下，又有些艰难地开口道，"这个蛋糕其实是生日蛋糕，还是你的哥哥送给你的……"

荆瓷说："对。"

陶明灼明显歪了重点："亲哥哥？"

荆瓷："亲哥，虽然是同母异父的。"

陶明灼虽然从未听荆瓷提起过他的哥哥，但是仔细一回想，之前在画室和李岚聊天时，李岚每次提及荆瓷，说的都是"我的小儿子"。这就说明，李岚应该还有一个大儿子才对。

紧接着他又意识到了什么，望着荆瓷的脸，陶明灼又一次陷入了茫然的状态。

"所以，你今天会请我吃饭，"他深吸了一口气，"是为了庆祝你的生日？"

"是。"荆瓷叹了口气，"如果我早点告诉你的话，你应该会给我准备礼物吧？"

陶明灼下意识地说："那肯定的，你的生日我怎么可以不准备礼物？"

荆瓷笑了笑，说："我的本意是不希望你为了准备礼物费神费心，因为这几天，你已经照顾我很多了。"他的神情有些无奈，"不过现在看来，似乎有些弄巧成拙了。"

"这样啊。"陶明灼的嗓子有些干哑，他低下了头，"我还以为……"

他的后半句话迟迟没有说出口，荆瓷停顿了一下，略带困惑地问道："以为什么？"

荆瓷看到陶明灼的脸突然涨红了起来，像是一副难为情到极点的样子。

陶明灼没有回复荆瓷的问题，而是突然慌慌张张地抱起茶几上的蛋糕向厨房走去："去吃蛋糕吧，我的肚子突然有点饿了。"

然而在几分钟前，陶明灼才刚刚做出过类似于"我不想吃蛋糕""你自己吃吧""我挺饱的"这样的发言。

陶明灼知道荆瓷一直在很疑惑地看着自己。怕荆瓷追问，他深吸一口气，装出忙碌的样子。

他先是将蛋糕慢慢地从盒子里取出来，然后拆开蜡烛的包装，歪歪扭扭地插了几根蜡烛在蛋糕的正中央。

陶明灼搓了搓手，抬起头问荆瓷："有打火机吗？"

荆瓷安静了一会儿，说："有，我去拿。"

蜡烛点燃后，荆瓷并没有直接许愿又或者是去吹灭蜡烛，而是静静地盯着火光看了一会儿。

陶明灼一副高兴的样子，将蛋糕推到荆瓷的面前，咧开嘴对他笑了笑："你的生日，快点许愿吹蜡烛吧。"

荆瓷却说："蜡烛很漂亮，让它们再燃一会儿吧。"他看着陶明灼的眼睛，"刚刚不是说肚子饿了吗？那就先切一点蛋糕吃吧，避开有蜡烛的地方就好。"

陶明灼一怔，说："好，我来切。"

陶明灼拿起塑料小刀，开始寻找着适合下刀的地方，荆瓷望着他的脸，没有再说话。

陶明灼将分好的蛋糕放在了荆瓷的面前，又将塑料小叉子小心地放在了纸碟旁边，就听到荆瓷喊自己的名字。

"陶明灼，"荆瓷问，"你是不是以为我今天请你吃饭，是出于一些别的原因？"

陶明灼拿叉子的手猛地顿了一下。

他装作若无其事地说："没有啊。"

其实陶明灼的心里乱得不行。

荆瓷找了一家这么难订且高级的餐厅，又请自己吃了这么郑重又美味的晚饭，陶明灼整晚的心思却一直飘忽不定，因为他总觉得荆瓷是在为什么事情做铺垫，搞得这么隆重，是因为他酝酿着想要和自己说什么大事。

陶明灼坚信荆瓷今天请自己吃这餐饭，是因为他终于要和自己摊牌，要说出那个一直以来都让他难以开口的请求了，所以现在这种自作多情的感觉，才让陶明灼感到格外窘迫和难过。

他如此坚定地认为这顿晚饭是有什么别的目的，却没想到今天原来是荆瓷的生日，而他只是以对待最好的朋友的方式，来真心诚意地请自己吃这顿饭罢了。

这样的误会原本就很丢人，陶明灼更不可能对荆瓷实话实说，陶明灼低着头，用叉子缓慢地刮着蛋糕碟，在奶油上划出一条一条平行的纹路。

气氛逐渐变得沉闷起来，陶明灼很久都没有说话，他意识到，荆瓷应该没有相信自己的说辞。

"我们也可以不再继续聊这件事。"荆瓷看到陶明灼实在为难，体贴地转开话题，"蛋糕看起来很不错的样子，我们吃蛋糕吧。"

陶明灼没有想到荆瓷会这么轻易地放弃追问，并突然聊到了无关的事情上。

但是荆瓷却没有再说什么，他只是微笑着点了点头，然后拿起了手边的塑料叉，叉起碟子里的一块蛋糕，放进嘴里，细细品尝了起来。

"荆瓷。"陶明灼却突然喊了一声荆瓷的名字，"我们虽然认识的时间并不久，之前也只是上下属的关系，但是这段时间的相处之中，你却给了我一种一见如故的感觉。"

"你和我之前认识的所有朋友……都不一样。你帮了我很多，而我也想谢谢你一直以来对我的包容。"

要是放在一个月前他们刚认识的时候，陶明灼是打死都不可能对着荆瓷说出这样温情的话语的。

然而现在说出口后，陶明灼却感到一阵轻松。因为这确确实实是他的心里话，而他也想听荆瓷坦白出他心中一直藏着的那个秘密。

蛋糕上的蜡烛即将燃到尽头，陶明灼深吸了一口气，捧起剩下的大半块蛋糕："生日快乐，荆瓷，许一个愿望吧。"

陶明灼的喉咙有些干巴："新的一岁，有什么烦恼的事情，又或者想实现的心愿都对着蜡烛说出来，说不定在你许下的一瞬间，立刻就会有天使帮你把麻烦解决，又或者帮你把愿望实现了呢。"

陶明灼其实是在暗示荆瓷，现在他都已经亲口承认他们是好朋友的关系了，所以荆瓷也完全可以选择对他敞开心扉，有什么需要帮忙的事情大可以直接说出口，他希望荆瓷可以相信自己。

然而荆瓷却什么都没有说。

他盯着蛋糕上摇曳的烛火看了一会儿，明亮的烛光在他的侧脸映出漂亮的暖橘色。他随即闭上了眼睛，双手合起，无声地许起了一个愿望。

须臾，陶明灼看到荆瓷睁开眼，别过脸，将蛋糕上快要燃尽的几根蜡烛轻轻吹灭了。

浅淡的白色烟雾在空中散开，片刻后荆瓷抬起眸，重新看向了陶明灼的脸，他笑了一下："其实我之前最大的心愿，好像已经实现了。"

陶明灼愣愣地眨了下眼，并没有明白他话中的意思。

"不过人都是贪心的，又有谁会嫌愿望多呢？"荆瓷说着，将灭掉的蜡烛从蛋糕上取了下来，"总之，愿望我已经许好啦。"

陶明灼的嘴巴微微张开："你就……没什么想和我说的吗？比如你刚刚许的什么愿，又或者——"

"愿望说出来就不灵验了。"荆瓷摇了摇头，一边站起了身，一边笑着指了指陶明灼的嘴角，"还有这里，沾到奶油了。"

陶明灼一僵，手忙脚乱地拿起桌上的餐巾擦起了嘴，荆瓷眼底的笑意不减，对他的脸看了一会儿。

片刻后荆瓷抬起手，轻轻地拍了一下他的肩膀，说："那么，晚安啦。"

水蜜桃

CHAPTER 6

第六章

水 蜜 桃

S H U I   M I   T A O

◦1◦

　　荆瓷到最后还是没有将他心底的秘密坦白出来，要说陶明灼一点都不失望那肯定是假的，但他觉得并不应该将荆瓷逼得太紧。

　　至少昨天的陶明灼将自己的心里话对荆瓷说了出口，加上奶油蛋糕也很好吃，所以从各种意义上来说，他觉得自己还是陪荆瓷度过了一个近乎完美的生日的。

　　第二天被闹钟叫醒后，陶明灼立刻洗漱穿衣将自己收拾得清清爽爽，随即便下楼来到了客厅里。

　　然而客厅里安静得有些不太正常，陶明灼转了一大圈，只在客厅里发现了窝在食盆旁呼呼大睡的温温。

　　听见了陶明灼的脚步声，温温的耳朵微动，却依旧自顾自地继续睡觉，这就说明应该早就有人喂过它了。

　　陶明灼后知后觉地意识到荆瓷并不在家里。

　　他犹豫了一下，掏出手机，给荆瓷打了个电话："你在公司吗？"

　　电话虽然被接通了，但是另一边似乎有一些吵，陶明灼隐隐约约还听到了一些人在用英文交流，紧接着他就听到荆瓷的声音传了过来："嗯，U 国的合作商今天飞过来签订一下新项目的合约，他们的飞机落地比较早，所以我就提前赶过来接待了。"

陶明灼愣了一下："哦，这样啊。"

荆瓷那边又传来了一个女声，应该是他的秘书在和他说些什么，荆瓷对陶明灼说："稍等一下。"

过了一会儿，陶明灼又重新听到了荆瓷的声音："抱歉，早晨走得比较匆忙，忘了提前和你说了。"

陶明灼连忙道："没关系，没关系，那你先忙吧。"他顿了一瞬，又补充道，"咱们晚上见。"

他听到荆瓷似乎是很轻地"嗯"了一声，说："晚上见。"

中午的时候，公司食堂又一次出现了口味灾难的柠檬烤鱼，于是杨可柠和许奕他们一起向楼下的便利店进发。

陶明灼忙着修稿子，就叫他们帮忙随便带点儿东西上来。

过了好一会儿，杨可柠气喘吁吁地把饭放到了陶明灼的工位上："给，麻辣香锅配大米饭，今天公司电梯的人特别多，等了好几趟才上来。"

陶明灼接过来，道了谢，又顺口问了一句："怎么会这么多人？"

"听说是哪儿来的一个游戏公司来谈项目。"杨可柠说，"反正当时是乌泱泱的一群老外，一个个和你一样比我高三个头，吓了我一大跳。"

许奕在旁边插了一嘴："是 U 国的，他们做的几款游戏在本国风评都很不错，听说咱们公司的下个项目准备和他们的团队合作。"

陶明灼怔了一下，问："你刚刚说，他们已经走了？"

杨可柠说："对呀，我还看到了荆总了，他们聊得应该是挺融洽的，我看有说有笑的，而且还是荆总送他们出的大门……"

杨可柠后半句话还没有说完，就看到陶明灼站起了身，径直向电梯所在的方向走去。

"你到底是吃还是不吃啊？"杨可柠冲他的背影喊了一嗓子，"那我先偷你两口鱼豆腐吃了啊，没有回应就代表着默许哦。"

陶明灼没有回头，他的身影很快消失在了走廊的尽头。

荆瓷办公室内，梁京京将资料放到桌子上，说："荆总，您要不要先休息一下，需不需要我给您准备一些午饭？"突然她想到荆瓷的病情，立刻抬起手，有些懊恼地捂住了嘴，"对不起荆总，您瞧我这记性，我忘了……"

荆瓷接过资料翻了翻，闻言只是笑了一下，抬头对她说："没关系，你去休息吧，忙活了一上午了。"

梁京京应了一声，有些迟疑地转身向办公室的门口走去。

她的心里其实是有些担忧的，因为这一阵子，她好像没怎么见到那个可以帮助荆瓷吃饭的同事来办公室里了。

奇怪的是，虽然不知道荆瓷这一阵子是怎么吃下去饭的，但梁京京可以感觉到，他的气色和精神状态都肉眼可见地比之前要好了很多。

刚走出办公室门口，梁京京抬起头，脚步就是一顿。

想什么来什么啊。梁京京看着走廊里的高个儿青年，感到有些惊奇。

"下饭菜"主动找上门了，她若有所思地想着，这么看来，荆总这一阵子应该还是和他一起吃饭的啊。

因为两人之前有过几次交流，所以这一次梁京京主动走上前问道："你找荆总吗？"还没等到陶明灼说话，梁京京就笑眯眯地说，"荆总这次没在开会，他就在办公室里，你可以直接去找他哦。"

荆瓷刚将资料翻过一页，就听见门口传来了有些慌乱的脚步声，随即门又被人急促地敲了敲。

听这动静感觉不像是梁京京，荆瓷有些疑惑，但还是说："进来。"

下一秒，荆瓷看到陶明灼轻手轻脚地推开了门，然后小心翼翼地探了个脑袋进来。

对上荆瓷的视线，陶明灼很明显地僵了一下，但还是抿了抿嘴，走进办公室里，干巴巴地主动开口道："中午好啊。"

荆瓷怔了一下，对他微笑："中午好。"

"不是说晚上见？"他将资料放下，温声问，"是有什么急事吗？"

陶明灼耳根微红，欲言又止："我，我……"

荆瓷耐心地等待了一会儿，但是陶明灼站在他的面前吞吞吐吐的，始终没有憋出一句完整的话。

荆瓷观察着他的神情，似乎意识到了什么。

他合上了手中的资料，摇了摇头，无声地在心底叹了一口气，半晌后开口道："其实，我也正好有一件事情想要和你说，如果你不介意的话，那就让我先说吧。"

荆瓷的语气听起来像是要聊一些比较正式的事情，陶明灼犹豫了一下，点了点头："你说。"

他听到荆瓷轻轻地"嗯"了一声。

"这几天，麻烦你一直在我家里照顾我了。"然后他看到荆瓷弯了弯眼睛，语气温和地开口道，"我感觉我的身体已经完全恢复，也不会有任何头晕的症状了。"

话音刚落，陶明灼就愣了一下。

荆瓷在向自己道谢，这并没有什么问题，问题出现在了他和陶明灼说这句话时的语气上。

他的语气实在是太客气了，客气到了有些生疏的地步，让陶明灼隐约之中有了一种不是很好的预感。

陶明灼嘴巴微微张开："我……"

但是荆瓷并没有给陶明灼说话的机会，而是继续说了下去："我还记得之前你和我说过，你的时间其实比较紧张，也一直需要照顾你的父母和姐姐——"

陶明灼的瞳孔微微一缩。

"所以我想，我也不好意思再多麻烦你，继续留你在我这里住下去了。"他对着陶明灼笑了一下。荆瓷眼底的笑意依旧是温柔而干净的，他仰起脸，对陶明灼说，"这段时间，多谢你对我的照顾了。"

办公室内沉寂了好几分钟，两人都没有再开口说话，心里想的却完全不是一码子事。

荆瓷昨晚一个人想了很久。他回想起两人吃蛋糕时，陶明灼脸上欲言又止的神情，隐约猜到了陶明灼应该是有什么心事。

他们在一起已经住了一段时间，荆瓷感觉陶明灼也许是想离开，去过他原本的生活了。但碍于昨天晚上是荆瓷的生日，加上荆瓷又刚好是他的上司，所以陶明灼在当时才并没有好意思说出口来。

荆瓷知道，自己不应该让陶明灼感到为难。

可能是因为现在两人的关系发生了微妙的改变，荆瓷早已不再将陶明灼当作一道下饭菜，而是一个真正可以让他交心的朋友，所以在将话说出口后，他意外地发现自己竟然有些不舍。

这段时光是难得且珍贵的，但是这段时间陶明灼确实帮了自己很多，而他也应该去过他自己的生活了。

而在听到荆瓷说出那句"多谢你对我的照顾"时，陶明灼手脚的温度则是在刹那间冷了下来。

他难以置信地望着荆瓷的脸，以为荆瓷是在过了昨晚的生日并许下了愿望之后，就已经彻底放弃了自己的病情，决定任由其恶化下去。

打破静谧的是一阵急促的敲门声，梁京京突然推开了门。

她面露难色，对荆瓷做了一个抱歉的手势，随即指向了自己的手机，语速很快地说道："荆总，U国那边的合作方想要再讨论一下合同里面的细节，您看您现在方便吗？"

梁京京忙着和电话另一端的人周旋，所以并没有注意到办公室里微妙的氛围。

陶明灼有一种大梦初醒的感觉，他看着荆瓷好不容易养回血色的脸，下定了决心。

荆瓷微微蹙眉，似乎还想说些什么，陶明灼却深吸一口气，及时开口打断了他："我不走。"

荆瓷："什么？"

陶明灼语速快得惊人："首先，不是你说什么我就会信什么的。你的身体究竟好没好透，我只相信我的眼睛和我自己的判断，所以在我亲自确定你好了之前，我不能走，也不会走。"

"而且……我愿意帮你。"他后退了一步，小声地对荆瓷说，"所以不论如何，你千万不要放弃。"

荆瓷一怔："什么？"

"你先忙吧，晚上不用等我吃饭，我有点事会晚点回家。"

说完陶明灼对着荆瓷点了点头，大步流星地转身向门外走去。

◦◦2◦◦

等陶明灼下班后打车到了陶雪的美甲店，他才后知后觉地反应过来自己承诺了什么。但是现在的陶明灼已经什么都来不及想了，因为他只想立刻把那幅画送给荆瓷。

美甲店和荆瓷的住处在两个相离很远的区，加上晚高峰堵了一段时间的车，所以当陶明灼带着画回到荆瓷家的时候，已经是晚上八点左右了。

打开门，陶明灼发现客厅里并没有开灯，只有厨房里亮起了微弱的灯光。

荆瓷站在厨房里，低着头，手上像是在忙碌着什么。他的侧颜看起来沉静而漂亮，就像是一幅笔触干净的、低饱和色彩的油画。

又因为灯光昏暗，荆瓷的大半张脸被阴影覆盖着，所以陶明灼看不太清他的神情。

但是在听到门口传来声响的那一刻，荆瓷几乎是在瞬间抬起了头，转身看向了站在大门处的陶明灼。

他们的视线无声地交会，虽然没有任何的依据，但是在那一刹那，陶明灼感觉荆瓷好像一直在等自己。

荆瓷的表情没有什么变化。

但是陶明灼注意到，在看到自己的那一刻，他的肩膀似乎微微放松下来了一些，像是无声地舒了一口气。

陶明灼犹豫了一下，抱着画，走到荆瓷的面前，问："你还没吃饭吗？不是叫你不要等我？"

荆瓷安静片刻，答道："我不是很饿。"

陶明灼顿了一下，问："锅里煮的什么？"

荆瓷说："我煮了咱们之前在超市买的红薯，再不吃的话，就要坏掉了。"

陶明灼想了想，点点头："对，那袋红薯是我拿的，因为当时放在冰箱里比较深处的地方，就一直忘了吃了。"

他们嘴上聊着红薯，但是没有一个人的心思是真的在那口装着红薯的锅上。

厨房里很静谧，只能听到锅里的水一点一点沸腾的声响，半晌后荆瓷抬起头，看向陶明灼的眼睛，说："下午的时候，你走得很快。"

他平静地对陶明灼陈述着一个事实。

对上荆瓷的视线，陶明灼没由来地感到一阵心虚，他清了一下嗓子："因为我想去把这幅画拿来给你。"

陶明灼将画递到了荆瓷的面前。

"是用你给我的那盒颜料画的，当时画的时候，总想着去画一些对我有意义的东西，但是选什么都感觉不得劲儿。"陶明灼挠了挠头，不好意思地说道，"后来我想到，既然是你送的颜料，我也想让你参与到这幅作品当中，所以就画了你。"

他看了看荆瓷的脸色，说："虽然好像有一点晚了，但是还是想要祝你生日快乐。"

荆瓷注视着画中的自己，没有说话。片刻后，他抬起手，用指尖碰了碰颜料凝固后在画布上形成的凸起，对陶明灼说："很好看。这还是第一次有人在我生日的时候，送了我如此珍贵的礼物。"陶明灼听到荆瓷说，"谢谢你。"

陶明灼茫然地看向荆瓷，发现荆瓷也正在注视着自己，他的唇角微扬，笑容温和而宁静。

荆瓷是自己的是上司，但是他们现在却不是以工作上下级的关系在对话，而是以再交心不过的朋友的身份来看待彼此。哪怕陶明灼知道荆瓷一开始接近自己是有目的，但是他相信自己的眼睛和判断，他知道荆瓷此时此刻的笑意，是发自内心的。

他同时也知道，坦白自己的病情又或者是内心深处的秘密，对谁而言都不是一件容易的事情。

他还想再劝劝荆瓷不要太早放弃治疗，更不要自暴自弃，可又觉得现在气氛难得很好，说出一番这样的话只会显得突兀得不行。

陶明灼吭哧吭哧地憋了一会儿，最后还是不知道怎么开口，只好说："我们吃饭吧。"

荆瓷说："好。"

陶明灼重新低下了头，没有再说什么，开始准备一会儿要用的餐具。

但是刚抬起手的那一刻，陶明灼的手臂却微微一抖，就这么碰到了刚刚放在手边的勺子。

勺子掉在地上，陶明灼慌手慌脚地蹲下身去捡，结果起身时胳膊一挥，又把放在边上的菜板给打翻了。

陶明灼："……"

案板上的食材丁零咣啷跟着全部掉在了地上，掉的东西越多陶明灼就越慌，越慌他碰掉的东西就越多，就像是上演了一出现实生活中的《猫和老鼠》。

十分钟过去，在笨手笨脚地将所有东西捡起来之后，陶明灼彻底说不出话了。

荆瓷知道，如果自己现在继续在陶明灼的身旁待下去的话，他整个人的温度很快就会超越锅里面的那些红薯。

"我先去客厅处理一下工作。"荆瓷温声开口道，"红薯应该快煮好了，你再帮我盯五分钟，然后装盘，可以吗？"

陶明灼愣愣地看向他："好。"

锅里的水开始沸腾起来，一个又一个的水泡接连破裂，锅盖上起了厚重的水雾，空气是很静谧的。

荆瓷放下了手，对陶明灼笑了一下，随即转身离开了厨房。

锅里沸腾的水发出咕咚咕咚的声响，温温好奇地跑到陶明灼的身边，晃着尾巴向锅里看去。

等待红薯煮好的工夫，陶明灼一个人想了很多。

只不过现在的陶明灼换了个不太一样的思路。他突然想开了，意识到一味地逼荆瓷给出答案是没有好处的，只有用乐观的心态陪伴荆瓷并试图感化他，让他最后可以主动敞开心扉并将难处袒露出口，才是当下最好的选择。

将那锅红薯端到餐桌上后，荆瓷感觉陶明灼的心情好像突然变得明朗了很多。

整个晚餐时间他几乎不怎么动桌上其他的菜，只是高高兴兴地剥着一个又一个红薯，大口大口地往嘴巴里塞。

荆瓷也跟着他尝了一个，感到有些疑惑。

因为这些只是非常普通的红薯，而且不知道是不是煮的火候不够，其中有一两个红薯似乎受热不均，处于半生不熟的状态。

但是因为陶明灼吃得很香，荆瓷便也跟着他吃了不少，最后他们两个人竟然一起吃光了那一大锅的红薯。

这一天发生的事情实在是太多了，两个人此时都处于没有什么实感的状态。

下午时陶明灼走得很突然，只留下语焉不详的几句话。

虽然陶明灼当时对荆瓷承诺过他最后会回家，但是在他走后，荆瓷还是无法克制地变得心不在焉起来，毕竟最近的生活真的很贴近他的理想了。

第二天两人吃完了早饭，准备出门时，陶明灼在玄关处看到了那幅油画。

玄关这种地方不像是卧室又或者是书房，是只要有外人进来就能一眼看到的地方，陶明灼看到画后呆了一瞬，问："你……要把这幅画放在这里吗？"

荆瓷抬起眼看向他，点头："不可以吗？"

陶明灼耳根子红了，他吭哧了半天说不出来话，最后只是欲盖弥彰地清了清嗓子。

他感觉荆瓷应该是真的很喜欢这幅画，所以才会选择摆在这样的地方，于是便抑制不住地得意起来："没什么，就是比较少见，因为一般很少会有人在玄关放自己的肖像画，不过如果你喜欢的话，那也不是不行……"

荆瓷若有所思，片刻后点了点头，温声道："原来还有这么多讲究，那我今晚回来后，还是把它转移到书房吧。"

陶明灼立刻重重地咳嗽了一声，结结巴巴地对荆瓷说："其实，摆画也没有什么特别的讲究，随自己的喜好就好，所以我觉得你还是不要移动了，先放在这里就可以……走吧，要迟到了。"

事实上陶明灼根本就没有看表，只是胡乱找了个借口想要把话题转开，于是两人今天到公司的时间要比平时早了二十多分钟。

电梯继续缓缓上升，因为两人今天到公司的时间比较早，所以整个电梯里只有他们两个人，电梯上升的速度也相对稳定，途中没有经停其他的楼层。

还有几层就要到陶明灼办公的楼层了，荆瓷注意到身旁的青年抬起眼，看了眼屏幕上显示着的楼层数。

然后陶明灼顿了一下，连忙补按自己办公室的楼层，荆瓷笑着摇了摇头。

陶明灼似乎是踌躇了一下，然后荆瓷听到他声音很大地说："我快要到了。"

荆瓷愣了一瞬，对他弯了弯眼睛，说："嗯，我知道，走吧。"

陶明灼"嗯"了一声，想说点鼓励荆瓷的话，却不知从何开口，只能死死盯着荆瓷的脸，没有移开视线。

荆瓷有些不解，猜测陶明灼可能还想再说一些道别的话语，斟酌片刻，便微仰起脸，主动对他说道："晚上见。"

陶明灼缓慢地点了点头。

伴随着"叮"的一声，电梯到达了陶明灼办公区域所在的楼层，电梯门打开，青年直起身子，慌手慌脚地想要赶快出去，没有注意到面前的门没有完全打开。

于是下一秒，荆瓷便眼睁睁地看着他的脑袋和半开着的电梯门重重地撞在一起，发出沉闷的"咚"的一声响。

荆瓷："你——"

陶明灼吃痛地捂着脑袋，接连后退了几步，快步走到了电梯门外。明明头被撞到疼得不行，但是因为害怕荆瓷担心自己，他又立刻放下了捂着脑袋的手，冲荆瓷摆了摆手："我没事。"

青年的发量很多，加上发质蓬松，所以此刻看起来有一些乱，但是他的一双眼睛湿漉漉、亮晶晶的。在电梯门合上的前一秒，荆瓷看到青年眯起了眼，咧开嘴，对自己露出了一个灿烂的笑容。

"那我走啦！"荆瓷听到他声音洪亮地对自己说，"晚上见！"

电梯门一点一点关上。

片刻失神后，荆瓷终于反应过来刚刚发生了什么，他失笑着摇了摇头。

　　眨眼便到了吃午饭的时间点，回过神时，陶明灼发现自己已经站在了荆瓷的办公室门前。

　　办公室的门虚掩着，陶明灼盯着门把手看了一会儿，莫名回想起荆瓷第一次邀请自己和他吃午餐的那一天。

　　当时的自己，是惴惴不安地站在这扇门外的。之后陶明灼偶然听到了荆瓷和他秘书的对话，才得知荆瓷已经在暗中注意了自己很久。

　　这两天陶明灼一直在想要不要告诉荆瓷，告诉他自己其实早就知道荆瓷的困境了。

　　陶明灼轻手轻脚地推开了门。

　　荆瓷办公室的采光很好，推开门之后，陶明灼看到荆瓷背对着自己站在窗前，正在将百叶窗的窗帘拉下来。

　　荆瓷察觉到有人进了办公室，站在了自己的身后。

　　还没等他有什么反应，陶明灼的电话就响起来了。

　　"先接电话吧，说不定是有什么重要的事情。"荆瓷微笑转身。

　　陶明灼呆了一下，连忙掏出手机，接通了电话。

　　荆瓷隐约可以听到电话另一边传来了一个女声，陶明灼一直在回复"嗯嗯"或者是"好的，好的"，偶尔还来了一句"别骂了，别骂了"。

　　过了一会儿，对面便先主动挂断了电话，荆瓷看到陶明灼将手机放回口袋，像是有些无奈地吐出了一口气。

　　"是我姐。"陶明灼说，"她说今天想和我见个面。"

　　"我也好久都没有见她了，今天下班之后得去看她一眼。"他看着荆瓷的脸，犹豫道，"所以今晚……"

　　陶明灼这两天被小视频软件上各种用空气炸锅做出来的美食刷

屏，一直都心痒难耐，虽然知道可能是消费主义的推广陷阱，但是觉得在吃上面多花点钱永远都不算亏，于是也跟风买了个大号的空气炸锅。

他今晚原本是准备和荆瓷一起来个炸串盛宴的，两人早早地将需要的食材准备好了，甚至连串串儿的竹签都买好了。

荆瓷知道他在想什么，摇了摇头，笑着说："没关系，食材又不会这么快过期，明天也可以做，先去看姐姐吧。"

陶明灼"嗯"了一声，说："我下班之后就立刻去看她的话，应该在饭点之前就能回来。"陶明灼想了想，又补充道，"不过也不太好说，我姐这人挺能聊天的。这样，到家后你先自己做着吃吧。"

荆瓷说："没事，我等你回来。"

陶明灼："不用，饿了一定要先吃，不要因为等我就饿肚子啊。"

荆瓷说："不会饿。"

陶明灼愣了一下："什么？"

荆瓷抬起眼，对着陶明灼露出一个温和的笑："我的意思是，现在午饭的外卖还没送到，所以咱们今天午餐吃完的时间会比较晚，晚上应该不会饿得很快对。"他想了想，为了让陶明灼安心，还是说道，"不过晚上饿了的话，我会先吃的。"

荆瓷回答得滴水不漏，陶明灼也没多想，看着他点了点头："好。"

～4～

陶明灼今天是卡着点下的班。

姐弟之间的血缘羁绊是非常奇妙的，陶明灼和陶雪的性格比较相似，比如他们都很喜欢嘴硬，所以嘴上说的话只要取相反的意思来理解就可以。

尽管陶雪在电话里再三强调"你小子不要买任何东西给我"，并接上了极具威胁性的一句"别逼我到时候抽你"，但是陶明灼完全将这几句话当作耳旁风。

他下班后特地拐去了家烘焙店，买了几块陶雪平时最喜欢吃的那种花花绿绿的小蛋糕。

果不其然，陶雪一打开门，看到陶明灼手里拎着的几袋子东西，抬起手就要往陶明灼的脑袋上招呼。

陶明灼赶紧一边把蛋糕挡在自己的身前，一边指了指陶雪隆起的肚子："抱歉，请不要自作多情，你爱吃不吃，这些是买给我小外甥吃的，好吗？"

陶雪被他给逗乐了。

"少贫。"她接过了蛋糕，说，"我先去把蛋糕放冰箱，瞧你这一头大汗，客厅开着空调了，赶紧坐下来落落汗。"

陶明灼应了一声，在沙发上坐下，并看了眼墙上挂钟的时间。

刚刚他去那家蛋糕店的时候赶上旁边的学校放学，店里的人山人海，结账的时候排了快有半个小时。

陶明灼没想到现在已经七点半了，他保守估计了一下，感觉自己到家的时候怎么也得八九点了。

回想起中午和荆瓷的对话，陶明灼还是担心他会一直等着自己回家吃饭，于是给荆瓷发了条信息过去。

陶明灼：我今晚到家绝对会比较晚，所以可千万别等我吃饭了哈。

过了一会儿，荆瓷回复了他一个"小青蛙点头"的表情。

陶明灼这才放下心来，将手机放下。抬起头时，他就看到陶雪正叉着腰，一脸微妙地看着自己。

陶雪："你上次说的那件事确定了吗？"

　　陶明灼"嘿嘿"了一声。

　　陶明灼的心思向来都写在脸上，陶雪翻了个白眼，也忍不住跟着他笑起来："我也不拦着你。"陶雪在他旁边坐下，"打算和爸妈说吗？还是先斩后奏？"

　　陶明灼点了点头："要说，而且能早说就早说。"

　　陶雪了然地"嗯"了一声。

　　"我就知道。但咱爸妈年纪也大了，可能受不了这样的冲击。"陶雪说，"所以……我在前两天就已经和他们暗示了一下。你现在不用太担心，他们心里应该已经有数了。"

　　陶明灼直接傻眼。

　　他的瞳孔微微一缩，看着陶雪，片刻后难以置信道："不是，你怎么直接就……那他们当时到底是什么反应？"

　　紧接着他又感到奇怪："这么大的事儿，为什么这几天他们俩都没有找我？"

　　陶雪说："因为说完你这件事儿后，我就立刻拿另一件事儿压了一下，小小地分散了一下他们的注意力。所以他们现在应该没心情管你。"她安慰陶明灼，"别担心。"

　　陶明灼一怔，还是觉得有哪里不对。他抬起眼看向陶雪的脸，发现她将目光落在了没有打开的电视机上面，并同时将手覆在了自己的肚子上。

　　她的神情看起来是非常平静的。

　　陶雪的神色越是没有波澜，陶明灼便愈发地感到不安起来。

　　他问陶雪："什么事？"

　　陶雪沉默了一会儿，开口道："也不是什么大事儿，就是这阵子可能会麻烦一点，所以需要你帮我一些忙。"她轻描淡写地说，"你姐夫出轨了，我要和他这个混账离婚。"

陶雪和唐立杰于三年前相识，俩人的恋情是由陶雪美甲店里的一位热心女客户撮合而成的。

陶雪表面性格火爆，实际却是那种一旦遇到了对她好的人便很容易心软且动心的性格。

唐立杰能力一般，但是人看起来还算老实憨厚，会对陶雪说许多甜言蜜语，于是两人没谈多久恋爱，便在两年前结婚了。

陶明灼只能用"普通"二字来形容自己这位姐夫。普通的样貌性格，普通的工作收入，哪怕在结婚后唐立杰成立公司做生意，公司大半的成立资金也都是陶雪出的。

后来，在和唐立杰的相处过程中，陶明灼还发现了这位看似憨厚朴实的姐夫不太一样的一面。

比如他的公司运营得并没有他在饭桌上说的那样好，又比如说他跟陶雪说他从不碰烟、酒，但是在某次家庭聚餐的时候，从厕所回来的陶明灼撞到了躲在外面打电话的唐立杰不仅会抽烟，还会随意将烟头丢在地上，嘴里也在骂骂咧咧地说一些很脏的话。

但是当时的陶雪沉浸在新婚的幸福里，加上陶明灼那时候不过才大学毕业，她依旧把陶明灼当成小孩看，觉得陶明灼对唐立杰的敌意是来源于"舍不得亲姐姐嫁出去"这样的小孩子脾性。

当时的陶雪一边揉陶明灼的头发一边对他说："我没白疼你小子，不过没事，你姐我什么都不缺，只要他能对我好就够了。"

陶明灼没想到，单单是对陶雪好这一点，唐立杰都没有办法做到。

出轨这事儿是在陶雪店里工作的一个小姑娘发现的，她看到唐立杰和一个年轻的女孩在商场里格外亲密，当时震惊得半边身子都麻了，人走远了才想起来拍照，最后只拍到了两张模糊的牵手背影照。

陶雪拿着照片质问唐立杰时，他支支吾吾，解释那女人只是公司的同事，前一阵子摔着腿了，所以当时他不过是帮忙扶一下，又说陶雪店里的小姑娘心肠太过歹毒，因为嫉妒陶雪婚姻美满便造这种谣来挑拨他们之间的关系。

陶雪当时直接就气笑了，因为照片里的女生已经很明显地将头靠在了唐立杰的肩膀上，他却还能脸都不红地说出这种蹩脚至极的借口。

陶雪对陶明灼说："他很小心，我后来翻了他手机，所有的聊天记录都删干净了，找不到实质性的证据。"

说到这，她轻声笑了一下："但正是因为都删干净了，才证明他们聊过的绝对是我不能看到的事情。我要和他离婚。"

陶雪爱美，总是把家里收拾得干净整洁，之前陶明灼每次来她家里蹭饭，摆在桌子上的花卉、水果都是最新鲜的状态。

但是陶明灼现在才注意到，陶雪的家里明显是几天都没有收拾过的状态，而且她的眼睛看起来也有一些肿。

他想，陶雪这些天应该是偷偷哭过好几次了。

听完这一切的陶明灼甚至都没有时间去生气，他的第一反应就是站起身，直接冲到唐立杰的公司把人先揍一顿再说。

"不要多生事端。"陶雪拉住了他的胳膊，阻止道，"我现在只想和他离婚。"

"咱爸妈认为哪怕要离婚，也要拖到孩子生了之后再离，但是我是一刻都不想再和他处在同一个屋檐下了。"

陶雪哽咽着说："现在他们可以说等孩子出生了再离，等孩子出生了之后就会说等孩子长大了再离，然后我就一辈子都摆脱不了他了。”

陶明灼原本还担心陶雪会念及旧情犹豫着不愿放手，现在看她清醒且坚定，吐出了口气，重新在陶雪身旁坐下。

“姐，”他说，“我陪着你。”

陶雪的眼圈红了。

过了一会儿，她低下头，轻声道：“宝宝说他想吃蛋糕了。”

陶明灼的心难受得阵阵发紧，但是他意识到陶雪本来就情绪低落，自己不能再由着她继续这样压抑下去，便深吸了一口气，说：“我去给你拿。”

陶明灼原本还想多陪陶雪一会儿，甚至还犹豫着要不要陪她过夜，但是吃完甜品后的陶雪情绪好转了很多，最后愣是把他连踢带打地赶出了大门。

“快滚，快滚。”陶雪说，“你姐我还没那么脆弱，哪有大小伙子留在姐姐家里睡觉的道理，别打扰我一个人清闲的养胎时光，好吗？”

陶明灼自然知道陶雪是不想麻烦自己，但是陶雪执意要轰他走，陶明灼无论如何也拗不过她，最后也没什么办法，只能离开。

❧ 5 ❧

陶明灼回到家的时候，已经是晚上十点了。

到家后，他将陶雪的情况简单地和荆瓷描述了一下。

孕期出轨这样的事只有“人渣”才能做得出来，荆瓷这样脾气温和的人听完后也忍不住蹙起了眉。

荆瓷问：“她要离婚吗？”

陶明灼叹气：“我姐是想马上就离，但是唐立杰应该是不想离的。

我姐现在怀着孕本来就辛苦，加上出轨证据现在也没掌握多少，估计到时候官司也不好打，目前只能先分开住着。"

荆瓷沉吟着点头。

"我姐嘴上说着她现在一个人住着没事，死活不让我陪她。但是她今天还和我说唐立杰最近几天总是在她家门口放一些营养品，光是这一点……我就无论如何都放不下心来。"

陶明灼深吸了一口气："所以这一阵子下班后，我必须天天都过去看她一眼。"

荆瓷点头，说："要多陪陪她，发生这样的事，孕妇本人的心理状态是要时刻关注着的。"

"而且如果确定要离婚的话，那么男方送的所有东西都不要收了。"荆瓷说，"对方估计是已经提前找了律师咨询，送这些东西可能也是想留下一些证据，为了让自己在未来争取孩子抚养权的时候变得更加有利。"

陶明灼愣了一下，随即忍不住骂了句脏话："我就知道，我姐刚怀上孩子的时候他都不着家，现在开始假惺惺送这些是为了什么……"

荆瓷说："打官司倒是不用担心，我这边认识一些水平顶尖的律师，可以给你的姐姐提供帮助。"

荆瓷声音柔和，说出的话总是可以令人感到安心，陶明灼望着他的脸，片刻后松了口气，沙哑着开口道："谢谢。"

荆瓷摇头："不用和我客气。"

这一晚上将陶明灼折腾得算是筋疲力尽。他累得说不出话，瘫软在沙发上将大脑放空了几秒，视线落在了荆瓷的笔记本电脑上，突然问："你吃完晚饭了吧？"

荆瓷安静了一瞬，"嗯"了一声。

陶明灼点头："那我随便弄点东西垫两口吧。"

陶明灼走到了厨房，发现水槽里并没有使用过的碗和厨具。打开冰箱后他更是一愣，因为里面的食材看起来并没有被动过。至于他买的空气炸锅更是连包装都没有拆开，整个厨房可以说是一点开过火儿的痕迹都没有。

陶明灼重新走回了客厅，迟疑地问荆瓷："你真吃晚饭了？"

荆瓷的视线从屏幕上自然地移开，半晌后开口道："嗯，我回来之后感觉有些累，就没有做饭，随便点了份外卖吃。"

陶明灼觉得荆瓷的回答听起来倒也合理。

他自己周末犯懒的时候也喜欢一天三餐都点外卖，便了然地点头道："嗯，吃了就好。"

回到厨房，陶明灼也没什么精力去折腾空气炸锅了，他烧了壶热水，随便给自己泡了一碗方便面。

一小纸碗的面很快就被他吃得干干净净，陶明灼饭量大，又累了一天，汤都喝干了还是感觉没怎么吃饱，就又给自己洗了个桃子吃。

啃了一口之后转过身，陶明灼发现坐在餐桌旁的荆瓷正在注视着自己。

刚才吃面的时候陶明灼就感觉荆瓷在盯着自己，但是当时他饿得前胸贴后背了，便也没怎么多想。

此刻的陶明灼举着桃子，站在厨房门口愣了一下，犹豫着问："你要吃桃子吗？我再去给你洗一个吧。"

"嗯，好。"半晌后他听到荆瓷说。

桃子熟度刚刚好，是有些软乎的状态，汁水饱满，入口清甜。

荆瓷的吃相优雅且秀气，每咬下一口桃子都要咀嚼一段时间，可能是看到陶明灼吃得一脸满足，他也吃得很开心。

但陶明灼吃着吃着就吃不下了，主要是陶雪的事情发生得实在有些突然，姐弟俩感情很好，陶明灼想到就有点食不下咽了。

手心里攥着半颗没吃完的桃子，陶明灼却径自开始发起了呆。桃子的汁水顺着他的手心流了下来，等到陶明灼后知后觉地低下头时，才发现他的整只手已经变得黏糊糊的了。

荆瓷全程都在注视着陶明灼的一举一动，及时抽出几张纸，递到了他的手边。

陶明灼回过了神，连忙接过了纸巾，慌乱地擦起了手："谢谢……抱歉，我有些心不在焉。"

荆瓷摇了摇头，示意他不要说这么客气的话。

见陶明灼的神色依旧忧愁，荆瓷看向他的眼睛，神色坚定地轻声道："看着我，陶明灼。

"相信我，会没事的。"

和荆瓷来往过的人常常都会说，和他相处是一件令人感到非常舒服的事情，有一部分原因就是他说出来的话莫名地令人感到信服。荆瓷的声线明明像清澈的泉水般温润，可偏偏说出口的每个字都有力量，真诚而又坚定。

这样患难时刻的陪伴与安慰，在无形之中给了陶明灼很大的安慰。他望着荆瓷的双眼，最后吐出一口气，说："我相信你。"

❧ 6 ❧

原本荆瓷是两人之中工作量更大的一方，但是接下来几天，陶明灼的忙碌是让荆瓷这样的工作狂人都有些替他担忧的程度。

陶明灼所在的游戏项目组最近开始筹备周年庆，因此他白天的工作量骤增，下班后他又要拖着疲惫不堪的身躯去陶雪家里陪她聊天散步换换心情，等回到家后，基本都是晚上九点十点了。

陶明灼这么连轴转了几天，别说抽出时间和荆瓷一起吃饭了，基本是刚一到家，整个人就直接陷入了半瘫痪的状态之中。

陶雪睡得早，所以每天晚饭吃得也早。

陶明灼下班时间比她平时固定吃晚饭的时间还要晚半个小时，为了不让陶雪花费额外的精力给自己做饭，陶明灼就撒了个谎，每次都和陶雪说自己是吃完晚饭才来找的她。

到家后已是深夜，陶明灼每次都已经饿得头晕眼花。

一开始荆瓷会等着陶明灼到家后和他一起吃晚饭，但是这么一天天下来，陶明灼自己都有些不好意思了，他不希望荆瓷为了专门等自己而挨饿，也不希望荆瓷的生活质量被自己间接地影响到。

陶明灼觉得身体最重要，以后多的是一起吃饭的机会。所以他郑重地警告荆瓷以后千万不要再等自己回家吃饭，不然胃都饿坏了。

陶明灼严肃道："最后重申一遍，不要等我一起吃饭，不然我会生气的。"

听到这话的荆瓷看向他，似乎有点欲言又止，但是看陶明灼的神色坚定，他最后还是微笑着点头，说："好。"

这天陶明灼回到家的时间比平时还要再晚一些。

打开门时，陶明灼看到荆瓷正半蹲在门口，给温温梳理毛发。

见陶明灼回来，温温立刻高高兴兴地跑上前去蹭他的腿，荆瓷将毛发梳拿在手里，站起了身。

陶明灼对他说："抱歉，路上有点堵。"

荆瓷微笑："没关系。"

陶明灼问："你吃了吧？"

荆瓷点了点头："已经吃完了，剩下的饭放在了冰箱里。"

听到荆瓷已经吃完了晚饭，陶明灼很满意地点了点头。

前两天陶明灼回家后，总会发现冰箱里的食材都没怎么动过，询问荆瓷，荆瓷都会回答是他晚上点了外卖的缘故。

后来看陶明灼天天都累得不行，回家后不是吃泡面就是吃速冻食品，荆瓷便选择晚上自己下厨。

原本陶明灼还有些不好意思，因为自己根本没有办法在旁边给他打下手，只能辛苦荆瓷一个人为他准备这么多的饭菜。

荆瓷看穿了他的心思，只笑着给他起了个外号："那就麻烦你做一阵子我的'剩菜处理机'了。"

陶明灼心头一阵轻松，也玩笑道："求之不得。"

于是这两天陶明灼回家后，就会在冰箱里看到荆瓷吃剩下的饭。

此刻的陶明灼打开冰箱，发现今天的饭菜已经被荆瓷细心地用保鲜膜封好，一素一荤，两个煎蛋，还有一大锅肉丸汤。

他将这些剩菜加热后端上桌，立刻狼吞虎咽起来。

荆瓷坐在他的对面安静地工作，陶明灼在埋头吃饭的间隙抬头偷看，又感到有些愧疚。

陶明灼放下筷子，对荆瓷承诺道："明天我会尽早回来帮你忙的。"

荆瓷摇头："不用，你陪姐姐多待一会儿吧。"

陶明灼还想再说些什么，荆瓷却不动声色地将话题从晚饭转到了陶雪那边："你的姐夫最近有什么动作吗？"

"唐立杰一直想和我姐面谈，但是我姐现在的情绪不好，他没安好心，见了面指不定会出什么事。"陶明灼停顿了一下，又说，"反正已经决定离婚了，哪怕孕期离不了，孩子出生后也一定会离，所以我根本就没让她去见。"

"结果这个'人渣'这两天就开始纠缠我姐。"陶明灼深吸了一口气，"我姐不接他的电话他就开始堵门，在门口等两三个小时才走，而且每天都来，送的那些营养品我姐全都扔了，但他还是照送不误。"

荆瓷皱眉："堵门？"

陶明灼点头："我已经让我姐把大门密码换了，但我还是不放心，我就寻思着过两天让她先搬到我之前住的公寓里，起码安全有保障。"

"我姐的肚子现在也很大了，我白天上班的时候照顾不了她。"他吐出一口气，"加上我是个大男人，有些事可能也不是那么方便，我就想找个保姆陪陪她，这样还能放心一点。"

荆瓷赞同道："这样确实会方便一些。"

"但是我姐这人比较要强，她总觉得自己一个人能行。"陶明灼摇了摇头，无奈道，"我也不知道该怎么和她开口说这事儿比较好。"

荆瓷若有所思。

陶明灼叹息着站起身："我再想想法子吧……"

荆瓷看向他，点了点头。

⁌ 7 ⁍

陶明灼端着吃完的碗筷，走到了厨房里。他来到水池边低头一看，发现水槽里并没有用过的碗，陶明灼愣了一下。

家里其实有洗碗机，荆瓷比自己吃得早，按理来说只要把用过的碗留在水槽里，等自己回来吃完饭后一起丢洗碗机里洗就好。

也许是因为荆瓷今天吃晚饭时用的碗不多，所以就提前顺手洗好了吧。他这样想着。

陶明灼抿了抿嘴，尽管还是觉得有些奇怪，但也没再多想，只是弯下腰，将需要清洗的碗筷放进洗碗机里。

紧接着他心情很好地走到冰箱前，准备洗一颗桃子吃。

其实陶明灼今天吃得很饱，甚至是难得可以算得上吃撑了的程度，但是他还是有点馋那清甜可口、汁水充足的桃子。

从冰箱拿出桃子再关上冰箱门，陶明灼的视线突然落在了冰箱门侧面的凹槽里，他注意到，凹槽里面是空着的。

这个地方是他们平时用来放鸡蛋的位子。

陶明灼的手顿了一下，他突然觉得好像有哪里不对。昨天他在取水果的时候，好像也随意地瞥了一眼这个手边的凹槽。陶明灼记得很清楚，昨晚里面只剩下两颗鸡蛋了。

陶明灼终于意识到究竟是哪里不对了，昨晚冰箱明明只剩下两个鸡蛋了，而荆瓷刚刚和自己说，他给自己留下的是他"吃剩下"的饭。

但是陶明灼今天晚上却吃到了两个煎蛋。

陶明灼茫然地转过头，他先是看向了手边的水槽，随即视线下滑，落在了正轰轰作响的洗碗机上。

荆瓷听到不远处传来了脚步声。他的视线从屏幕上移开，抬起头，看到陶明灼站在自己的面前。

青年手里拿着一颗还在滴水的桃子，他没有说话，神色晦暗不明，只是直直地望向自己的脸。

荆瓷一怔："怎么了？"

荆瓷看到陶明灼抿了抿嘴，像是有些焦虑地原地踱了几步，片刻后才深吸一口气，重新抬起头看向了自己。

"荆瓷，"他听到陶明灼问，"你是不是根本就没有吃晚饭？"

荆瓷的神色没有太大的波澜。他没有立刻回答，片刻后眼睫颤了一下，平静反问道："怎么了？为什么会这么问？"

荆瓷的语气听起来很正常，就像是真的对陶明灼提出的问题感到不解一样。

陶明灼也变得迟疑起来，他踌躇了一下，说："我记得昨天冰箱里只剩下了两个鸡蛋了，既然你说今天给我的是你剩下的菜，那我为什么又会吃到两个鸡蛋？"想了想，为了佐证自己的想法，他补充道，"而且水槽里也没有你用过的碗。"

荆瓷安静了一瞬，他注视着陶明灼的脸，很久都没有说话。

半晌后陶明灼看到荆瓷抿了一下唇，像是下定了什么决心一样轻吐出一口气，说："陶明灼，其实我……"

陶明灼还没来得及听到荆瓷把话说完，一阵铃声便突兀地从他的口袋中响起。

很刺耳的铃声，是陶明灼这两天特地给陶雪的号码设置的。他怕这两天唐立杰来找陶雪麻烦，方便陶雪出了什么事立刻给自己打电话。

铃声一响，陶明灼整个人都跟着紧绷起来，立刻掏出正在震动的手机，看向荆瓷："是我姐……你先说，你怎么了？"

荆瓷顿了一下，连忙摇头道："没什么，先接姐姐的电话要紧。"

陶明灼犹豫了一下，也觉得陶雪那边应该是出了什么事情，便"嗯"了一声，接通了电话。

电话那一边陶雪很明显是被吓到了。

"唐立杰刚刚带着他的朋友来敲我的门。"陶雪声音都有点抖，"他说他不肯离婚，要和我当面聊聊。我一个人在家，没敢开门，打我电话我也没敢接……"

陶明灼皱眉："我现在就过去，你别害怕，也别开门。"

陶雪："没事，你不用过来，我刚看了眼窗外，他们已经开车走了，我就是……"

陶雪很久没说话，似乎是轻轻地抽泣了一声。

陶明灼知道她是在害怕。

他在电话里安抚了陶雪好一阵子，告诉她自己的公寓已经在收拾了，再过两天就带她搬过去，又告诉她这两天每天下班之后自己都会去陪他。无论如何，犯错的人并不是她。

陶雪的情绪慢慢稳定下来。

挂掉电话后，陶明灼吐出一口浊气，对荆瓷说："唐立杰不想离婚，现在又开始天天上门骚扰她，我得让我姐赶紧搬出去。"他犹豫道，"我晚上能过去陪着她，但是她白天自己一个人也没人照顾，我还是不放心……我估计我还是要去找个保姆照顾她。"

话是这么说，但陶明灼心里清楚，搬家这事儿还好说，找阿姨估计还是得拖个一两天的时间。而且以陶雪这样独立要强的性子，想哄着她同意也不是一件容易的事情。

荆瓷沉吟片刻，突然问："不知道你信不信得过我？"

陶明灼一怔："当然，怎么这么问？"

荆瓷说："我有一个安全舒适、并且有人可以照顾你姐姐的地方，如果你信得过我的话，现在就先让你姐姐收拾行李，我明天就可以叫人帮她搬过去。"

荆瓷的心思细腻、办事谨慎陶明灼是知道的，他现在焦头烂额，一边担心陶雪的安全，一边又担心没人能照顾好她。

他以为荆瓷说的地方是本市服务比较好的那些疗养中心，想着让陶雪短暂地避避风头也算合适，便点了点头说："到时候花费多少，你一定要如实告诉我。"

荆瓷摇头："应该不会有什么花费……总之交给我吧。"

陶明灼吐出一口气，点了点头。

"那我这几天……可能还是会晚点到家。"陶明灼的大脑放空了会儿，才回想过来两人在陶雪的电话之前都聊了什么，"对了，你到底吃了晚饭没，而且你刚刚想和我说什么来着？"

荆瓷安静了一瞬，答道："吃了。"

陶明灼皱眉："可是，水槽里没有——"

荆瓷温声打断他："水槽里没有碗，是因为今天晚上我就用了一只，所以顺手就洗了。"

这点陶明灼之前也想到了，所以他犹豫片刻，点了点头，但还是继续追问道："那鸡蛋又是怎么一回事？"

"鸡蛋的话……我确实没吃，是因为感觉你这两天比较劳累。"荆瓷对他笑了一下，"所以特地留给你了。"

天衣无缝的回答，陶明灼愣在了原地。

他的话里没有什么说不通的地方，荆瓷的神情也很正常，他嘴角带着淡淡的笑意，看向陶明灼的双眸里甚至好像还带了点无奈。

陶明灼松了口气，他也觉得自己有些一惊一乍，毕竟像吃饭这种事，荆瓷好像也没什么必要来骗自己。

他不好意思地挠了挠头："这样啊，你吓我一跳，我还以为你整顿晚饭都没吃，我就是害怕你是胃不舒服还是怎么的。"陶明灼语重心长地叮嘱道，"饭可一定要好好吃，而且要多吃，最重要的是，以后千万不要再想着给我留菜。"

荆瓷的视线变得柔和："好。"

陶明灼还想说些什么，就听荆瓷开口问道："感觉最近吃桃子的次数有些多，冰箱里还有一些草莓，要不要也洗出来一起吃掉？"

陶明灼的思绪立刻就跟着荆瓷的话跑远了："好啊，不过饭是你做的，你坐下来休息吧，让我来洗。"

XIA FAN CAI

❧ 8 ❧

在与荆瓷相识之前，陶明灼就对他处事的高效率以及明智、果断略有耳闻。

自从荆瓷就职以来，他们项目的流水便连连攀升，不仅仅是陶明灼所工作的这种大热游戏项目，就连一些较为冷门的项目也被他力挽狂澜，通过各种活动回春，堪称"医学奇迹"。

所以陶明灼知道，以荆瓷的能力，既然他说了会给陶雪找一个合适的地方住，那么这个住所就绝对不会差到哪里去。但是他万万没有想到，这个地方竟然会是李岚的家。

荆瓷并不是那种会露富的人，除了他的住所以及点外卖时非常人的手笔，荆瓷平时不论是穿着还是出行，都是低调简约到极致的那一类人。

这导致在两人平时的相处过程中，陶明灼并没有感觉到他有多么的富有，甚至有的时候会忘记他是自己顶头上司的这个事实。

直到陶明灼突然想起李岚是荆瓷的母亲。

此时此刻，陶明灼茫然地看着李岚推开了眼前豪车的车门。她的手上戴着不知道多少克拉的宝石戒指，下车时更是因为风风火火太过匆忙，手中的鳄鱼皮包包没有拿稳，直接掉在了地上。

李岚："哎呀。"

陶明灼在旁边看得那叫一个心惊肉跳，赶紧向前跑了两步，帮她把包包捡了起来。

在他的印象里，这种包在专柜都是需要柜台服务人员戴着手套展示的，陶明灼连忙问道："您快检查一下，没刮着吧？"

李岚把包接过来，大大咧咧地拍了拍上面的土，满不在乎地挥了挥手："没事，没事，刮着也没事，旧的不去新的不来。"

陶明灼："……"

缘分这种东西真的很奇妙，陶明灼和李岚相识的时间，其实要比他和荆瓷相识的时间还要久。

李岚脾气爽快，和陶雪无话不说，两人不仅仅是普通的主顾关系，更像是知心的朋友。

在得知陶雪的遭遇后，李岚看起来比陶明灼这个亲弟弟还要生气，恨不得直接用指甲刮花唐立杰的脸，骂人的词汇前卫到他们几个年轻人听得都有点心有余悸。

荆瓷的提议是让陶雪直接在李岚家里安胎，李岚在郊区有自己的私人别墅，不仅有花园有泳池，司机、保姆、医生、厨师更是一应俱全。

在保证安全的同时，无疑也是个调养身体、转换心情的好地方。

李岚也觉得这是一个不错的主意。

"小雪摊上的这都什么事儿啊，"李岚骂骂咧咧道，"不用担心，我这个房子平时一个人住也是无聊得紧，叫她赶紧搬过来，安心住着养胎就完事儿了。"

说着说着她掏出手机开始给别人发语音消息："欸，小杨是吧，对，对，我是李姐，想找你再订点燕窝人参，最好今天下午就给我送过来……"

陶明灼欲言又止，最后叹了口气，转过头和荆瓷说："谢谢你和阿姨的好意，但是我姐这人比较要强，脸皮也薄，到别人家白吃白住这种事，她肯定是不会同意的。"

荆瓷难得露出了狡黠的笑容："她会有办法的。"

陶明灼很快就明白了荆瓷话里的意思。

李岚的计划非常缜密，她叫陶明灼给陶雪打了个电话，让她带着行李先到美甲店里去。

陶雪一直以为自己要搬到陶明灼之前的公寓里，加上她也好几天没去店里了，于是也没多想，简单收拾好了行李后，下午便去了美甲店。

半个小时后，李岚穿着大牌洋装，踩着高跟鞋，嗒嗒嗒地推门而入。

看到正在收拾桌面的陶雪，李岚露出一副讶异欣喜的神情："哎呀，小雪，你可算是回来啦！我前一阵子旅游完回来找你，每次你都不在，让我不知道白跑了多少趟！"

李岚看着陶雪放在脚边的行李，又故作惊讶道："这是要搬家吗？搬到哪里去啊？还是要去哪里旅游啊？"

卓越的演技让坐在旁边的陶明灼只能努力地控制着自己面上的表情。

陶雪愣了一下，笑了笑，说："李姐，不是旅游，最近遇到了点儿麻烦事情，所以换个地方住。"

李岚立马一拍手，说："你等等，太巧了，太巧了，如果你今天要搬地方住的话，正好我要找你说一个事儿来着。"

趁着陶雪还没反应过来，李岚就神神秘秘地凑到她的耳边："我前一阵子旅游的时候，去人家 U 国的展馆里看了好多油画，虽然我知道人家大师的水平很难超越，但是和我自己之前画的那些一对比，差距还是太大了，以后给我的姐妹们展示作品，我都感觉不好意思拿出手了。

"我觉得可能还是我上课不勤，所以一直没画出来我自己的风格，就想着找个私人画师，来苦练两个月的油画。"

陶雪一怔："私人画师……"

李岚说："对，来我家里住，早晚都能给我指导，手把手教的那种，今天来找你，就是想说这个事儿来着。

"请专业的油画老师，又怕管得太严，我不能适应。思来想去我觉得还是和你待在一起舒服。"李岚笑眯眯地看着陶雪，"所以就当我欠你个大人情，我看正好你的行李也收拾好了，我司机也在门外，干脆现在就直接搬去我家得了，你觉得怎么样？"

陶雪懵了好久才缓过来"李姐，不是不行，就是太突然了，我……"

陶雪犹豫不决，向身旁的陶明灼露出求助的神色。

陶明灼若无其事地挑了挑眉："其实吧，我觉得李姐的提议挺好的，要不，姐你就帮帮她？"

"哎呀，那就说好了。"李岚不由分说地开始把陶雪的行李往门外司机的手里推，"对了，小雪，顺带着把你们这里的指甲油也给带到我家吧，指甲也好久没做了，你看看我这指甲边上的死皮……"

"太牛了。"晚上回到家后，陶明灼还在不住地感叹道，"你妈是真的太厉害了。"

"我姐这张嘴的战斗力我比谁都清楚，平时骂我的时候我根本就没有还嘴之力。"陶明灼摇了摇头，感慨万千，"结果她在你妈面前，愣是一句话都没插上，就这么晕晕乎乎地被带走了。"

此时的陶雪已经顺利入住李岚的别墅，刚刚给陶明灼发来了一张图片，说李岚给她烧了一大锅海参粥。

陶明灼定睛一看，黑黢黢的一大锅满满当当，一时间分不清锅里究竟是小米多还是海参多。

陶明灼正在喝早晨剩下的普通海鲜粥，原本觉得还能入口，现在一下子就觉得索然无味起来。

陶雪：夸不夸张？一碗下去你姐我估计能蹿两斤鼻血。

陶雪：不多说了，我先喝粥去了，喝完还要给李姐的指甲做个延

X I A F A N C A I

长，你早点休息哈。

陶明灼：好。

原本怎么看都是他们给李岚添麻烦的事儿，但是却被李岚一句"教油画做美甲"轻飘飘地扭转了局势，把陶雪从欠人情的一方变成了卖人情的一方。

陶雪不仅能心甘情愿地住过去，而且还能住得舒心且踏实。

陶明灼一边喝了口粥，一边又开始对荆瓷郑重道谢："我知道你不愿意听我说这些，但是我是真的很感谢你和阿姨，无以为报的程度。"

荆瓷放下勺子，淡淡一笑，将手中的碗递到陶明灼的面前："想要报答的话，那就帮我再盛一碗粥吧。"

陶明灼愣了一下，接过了碗。

他们很久没有在一起吃晚饭了，陶明灼发现荆瓷今天的胃口很好，这已经是他今晚喝的第三碗粥了。

明明是早晨做多了剩下的粥，但是荆瓷的胃口依旧不减，陶明灼感到有些新奇。

"是不是因为最近我太久没有陪你吃晚饭了，"把粥放到荆瓷的面前，解决完麻烦事儿、心情无比轻松的陶明灼有些得意地开口道，"今天看到我，吃饭氛围热闹，你的胃口也跟着一起变好了？"

荆瓷一怔，望着他，很久没说话。

陶明灼也感觉自己这话好像有些太不厚道，他后知后觉地感到不好意思，正准备再说些什么的时候，就看到荆瓷弯了弯眼睛，回答道："是呀。"

这是这十几天来，荆瓷第一次吃晚饭。

说起来有些好笑，因为习惯了陶明灼一直在自己身边、三餐都可以照常吃，荆瓷其实都快忘了自己还得了这个奇怪的病。

早餐、午餐他们能在一起吃，加上荆瓷其实感知不到饥饿，所以少吃一顿晚饭，对他的生活并没有特别大的影响。但一个人的时候，他无论如何还是吃不下饭，于是每天晚上荆瓷便将晚饭做好，用筷子拨乱，做出吃过的样子，再将饭放到冰箱里，然后告诉陶明灼这是自己吃剩下的菜。

这样做的话难免会有一些疏漏，就像昨天陶明灼质疑自己为什么会留下两个鸡蛋的时候，荆瓷产生过要和他坦白的想法。

但是当陶雪的电话打过来，荆瓷意识到，现在可能不是一个很好的时机。

如果现在告诉陶明灼自己的病情，就好像在逼着陶明灼做一个选择——下班后要么陪自己吃饭，要么去陪陶雪。

从陶明灼的角度来看，回家和自己吃饭就陪不了陶雪，不回家吃饭去陪陶雪的话，自己则需要一直等到他回家才能吃得进饭。

以荆瓷对陶明灼性格的了解，此时坦白病情的结果就是，无论如何陶明灼都会对自己或陶雪感到愧疚。

荆瓷并不觉得一天少吃一顿饭会是什么很大的问题，加上陶雪的情况要比自己严峻得多，所以他不想让陶明灼在现在这个节骨眼上为难。

他决定等陶雪的事情安定下来，等到陶明灼不再那么忙碌后，再去找个合适的时机向陶明灼坦白。

饭后，他们一起瘫在沙发上，度过了一段难得的休闲时光。

荆瓷处理着文件，陶明灼黏在他旁边，在平板上勾勒着速写，速写的对象自然是荆瓷。

荆瓷说："速写不应该坐得远一些才好观察吗？"

陶明灼一边在平板上勾勒，一边脸不红心不跳地随口夸自己："道理是这样，但是我比较厉害，所以这样也能画。"

荆瓷："……"

陶明灼咳嗽了一声，岔开话题："说起来，之前陪阿姨画过那么多次画，知道她能说会道，但是没想到竟然能厉害到这种地步。"

像是想起了什么有趣的事情，他又感慨着开了口："而且阿姨真的好有意思，今天临走还偷偷把我拉到一边，说咱俩可以更熟一些，还说我比你小两岁，让我直接喊你哥就可以，真的好自来熟啊……"

荆瓷对自家妈妈的性格早已习惯，听到这里，他的视线从文件上移开，微笑着开口道："要不现在叫一声？"

陶明灼立刻面红耳赤地错开视线："不要，我现在要画画，不要吵我。"

明明刚才一直在说话的人是陶明灼自己，现在他却又干巴巴地说"不要吵我"，荆瓷有些想笑。

忙完手头的工作后，两人又一起看了一部青春电影。

这回不似上次的刑侦片，两人的状态可以说是两极反转，荆瓷看得眼皮发沉，反倒是旁边的陶明灼全程看得津津有味，一边看一边往嘴巴里狂塞小零食。

快要看到结尾的时候，陶明灼突然来了一句："暗恋的感觉原来这么酸涩啊……好在他们最后修成正果了。"

过了很久，他才听到身旁的荆瓷轻轻地"嗯"了一声。

陶明灼转头看向身侧，才发现荆瓷早就已经闭上眼睛，进入了半梦半醒的状态中，估计并没有听清自己在说什么。

他的面容看起来有些疲倦，陶明灼顿了一下，将披在两人身上的毯子拿起来，小心翼翼地给荆瓷盖好。

荆瓷其实并没有完全睡着，他微睁开眼，努力地想听清陶明灼在说什么。但是在这之后过了很久，陶明灼都没有再开口说话。

久到荆瓷昏昏欲睡，他重新合上了眼睛，彻底陷入安逸的梦境之中。

陶明灼

CHAPTER 7

第七章

陶明灼

TAO MING ZHUO

❧ 1 ❧

第二天是周六，吃早饭时陶明灼囫囵地往嘴巴里塞了几个包子，就火急火燎地收拾好碗筷，含糊着说："我出门了。"

荆瓷的眼底含着笑意："路上小心。"

陶明灼今天要去李岚家里探望陶雪。原本荆瓷也要和他一起过去，但是因为之前公司和 U 国合作的项目出了一些问题，他这个周末需要去公司处理一下，最后就变成了陶明灼单独前往。

虽然知道李岚家里肯定不缺贵重的物品、食材，但是陶明灼也不能空手就去。他拐到了附近的超市，给李岚和陶雪买了一大堆的水果零食。

半个小时后，提着大包小包的陶明灼到了李岚家的别墅。是保姆给开的门，陶明灼一走进大厅，就看到坐在落地窗前画画的陶雪。

不过两三天，陶雪的气色肉眼可见地好了很多，看得出来这几天她过得很滋润，心情看起来也好转了不少。

见陶明灼站在门口，陶雪挑了挑眉："来啦？我在帮李姐改画。"

陶明灼比较了解陶雪的画法，定睛一看那幅画的笔触，就知道李岚本人的参与度可能只有百分之一。

李岚正好也从厨房出来，见陶明灼来了，立刻兴高采烈地招呼他："小陶呀，来得正好，我刚叫他们炖上燕窝。"

还没等陶明灼开口，她又说道："过一会儿就能出锅，你们姐弟俩先聊着，一会儿咱们三个一起吃。"

说完，李岚就转头回到厨房吩咐加菜去了。

陶雪放下画笔，和陶明灼对上视线，片刻后叹息道："这次我是真欠人家一个大人情了。"

陶明灼在她旁边坐下，闻言一愣，一开始还想装没听懂的样子："什么意思？不是李姐叫你过来教她画画的吗？"

陶雪无奈地看着他："差不多得了，别演了，我又不是傻子，知道你们是早就串通好了的。李姐的演技确实厉害，当时差点就给我糊弄过去了。"她摇摇头，"但是你知道我这两天是怎么过的吗？"

她叹了口气："说是让我教油画，结果油画教了一会儿就说要我休息，开始拉着我去花园里晒太阳吃补品。说是让我做美甲，结果刚贴完延长还没上色就说已经很好看了，指甲油根本是连碰都不让我碰。"

陶明灼："……"

"咱们以后要好好报答人家。"陶雪用画笔的笔杆敲了敲陶明灼的脑袋，嘱咐道，"记住没？"

陶明灼点了点头，然后清了清嗓子，说："那个啥，我先到厨房搭把手，顺便给人家道个谢去。"

陶明灼走到厨房的时候，就听到李岚正在嘱咐用人："多炖一会儿，记得一会儿把红枣也放进去。"

见陶明灼进来，李岚笑眯眯地朝他挥了挥手："小陶，快过来，看看我挑的燕窝品质是不是很好？"

　　陶明灼刚想说些什么，李岚却预判到了他的下一步行动，做出了一个"打住"的手势："可别，我和你姐是什么关系啊，再说谢谢我可就不高兴了啊。"

　　李岚和陶雪的关系很好，陶明灼是知道的，然而不知道是不是他的错觉，他总觉得李岚今天对待自己也格外热情。

　　下一秒，陶明灼听到李岚对自己说："而且你这孩子就别和我装傻了，我昨天和小瓷的秘书聊了聊，已经知道你和荆瓷的关系有多好了。"

　　陶明灼怔住："什么？"

　　"我之前就觉得你们俩好像挺熟的。"李岚一边关火，一边笑着说，"所以昨天就特意问了一下小瓷的秘书。"

　　陶明灼忙摆手："但是不论如何，您还是帮了我们一个大忙……"

　　李岚看向陶明灼，佯装生气地叉腰："可真别再这么说了，毕竟小瓷也欠了你一个大人情啊。"

　　陶明灼愣了一下。

　　他从来都不知道，荆瓷什么时候还欠过自己一个所谓的人情。

　　"小瓷这孩子一直心思细腻，总想着不给别人添麻烦，我知道他瞒着我是不想让我担心。"李岚一边盛起锅里的燕窝，一边叹了口气，"要不是昨天我心细多问了一句，根本不知道他竟然病了这么久。"她把装着燕窝的碗放到陶明灼的手里，又满脸慈爱地开口道，"不过幸好有你一直在陪着他，你可是帮了他一个大忙啊。"

　　她笑眯眯地说："所以该说谢谢的人，其实应该是我才对啊。"

∽2∾

在与 U 国团队的合作项目中遇到的麻烦，远远比荆瓷预想中的要多。

语言和时区上的差异导致这段时间忙下来，就连习惯了高强度工作状态的荆瓷都有些吃不消。

荆瓷和李宇珀商量了一下，决定今后在 U 国设立一个单独的工作室，这样两个公司的团队可以更好地合作，同时也能试探着开发一下海外的市场。

这个决定其实是很突然的，荆瓷向李宇珀提出来的时候也有些犹豫，因为在海外开设分部会有很多不确定的因素，需要考虑的东西也会更多，而这样的风险并不是人人都愿意冒的。

没想到听到这个提议后，李宇珀却直接乐了："不瞒你说，其实我很早之前就有这个想法了。"

两人一拍即合，当即决定立马开始推进。

当然这么大的事情，荆瓷是没有办法一个人处理的。正好李宇珀休假大半年了，他准备在海岛和女朋友拍完婚纱照后，就立刻回国帮荆瓷把关。

李宇珀在电话另一边唉声叹气："你是不知道，你嫂子为了这婚纱照选了得有十条裙子，估计还要再拍个两三天，这一阵子就先辛苦你了，小瓷。"

荆瓷知道他这话虽然听起来是抱怨，但其实是暗暗地秀恩爱，便在电话这一端笑着应了声"好"。

忙了一天下来，荆瓷感到疲倦至极。

他知道自己看起来可能状态不是很好，到家后先对着后视镜调整了一下自己的表情，才下了车。

推开家门后，荆瓷发现客厅里没有开灯，只有餐厅里亮了一盏小灯。

荆瓷看到餐桌前的陶明灼和温温。

陶明灼背对着荆瓷坐着，温温则蹲在陶明灼的脚边，无精打采地晃着尾巴。

餐桌上放着已经做好的菜，陶明灼低着头，温温耷拉着脑袋，有那么一瞬间，荆瓷感觉他们俩看起来都好像蔫蔫的。

荆瓷犹豫了一下，轻声道："我回来了。"

温温听到声音后"呜"了一声，脚步拖沓地跑到他的脚边。

荆瓷感到有些奇怪，蹲下身子摸了摸它的头，问陶明灼："它怎么无精打采的？"

抬起眼时，荆瓷发现陶明灼不知道什么时候已经转过了身子，正沉默地注视着自己。

可能是因为客厅的光线比较暗，加上陶明灼坐得有一些远，他的半边脸被阴影覆盖着，荆瓷有些看不清楚他脸上的神情。

片刻后，陶明灼声音发哑地解释道："刚刚带它去公园散步的时候，又被别人家的吉娃娃给吓到了。"

荆瓷闻言笑了一下，抬起手轻轻地拍了拍温温的脑瓜，说："胆小鬼。"

温温似乎听懂了他说的什么，有点不太高兴地咕噜了两声，跑到沙发旁边的软垫上卧了下来。

荆瓷换了鞋，走到餐桌旁，看到桌子上的菜后愣了一下："怎么做了这么多菜？"

陶明灼安静了一会儿，并没有回答荆瓷的问题，而是注视着他的双眼，反问道："你中午吃的什么？"

荆瓷微怔。

他在公司忙了一天，加上没有陶明灼在身边，中午自然是没有吃饭的，便说："我在公司随便点的外卖。"

荆瓷原本以为陶明灼不过只是随口一问，却没想到给出答案后，陶明灼依旧直直地注视着自己，继续追问道："外卖点了什么？"

荆瓷有些疑惑地抬起眼，发现陶明灼的脸上没有什么表情。

因为他根本没有吃午饭，所以荆瓷犹豫了一会儿才给出答案："就是……之前咱们吃过的那家广式点心。"

陶明灼很久都没有说话。

被他注视着的时候，荆瓷感觉心里有些说不上来的不安。

陶明灼今天的状态很奇怪，看起来心情好像不是很好，荆瓷想了一下，觉得可能是陶雪那边出了什么事。

他张开了嘴，想要问些什么，就看到陶明灼点了点头，有些沙哑地开口道："……先吃饭吧。"

荆瓷迟疑了一会儿，决定还是吃完饭后再问。

陶明灼夹起一筷子肉片，低着头往嘴巴里塞。荆瓷跟着陶明灼的动作，也夹了一筷子肉片到碗里，然后他听到陶明灼有些突兀地开口道："荆瓷，你瘦了很多。"

天气逐渐转热，工作量又大，加上一段时间没吃晚餐，荆瓷这一阵子体重自然掉了不少。

前两天早上换衣服的时候，荆瓷发现衣服的腰身宽大了不少，但他自己并不觉得这是什么大事。

他想等陶明灼忙完陶雪的事情，不再像现在这么忙碌疲惫后，再向他坦白自己的病情，到了那个时候，一切就都可以恢复到之前的状态了。

荆瓷知道他是在关心自己，只温和地笑道："最近天热，所以胃口不好，吃得比以前少了点。"

陶明灼安静了一会儿，突然轻轻地开口问道："……是少吃还是没吃？"

荆瓷没有听清，茫然地抬起眼看向对面的人："什么？"

但陶明灼并没有看向他，只是低头用筷子戳着碗里的饭，片刻后很平静地说："我开玩笑的。"

荆瓷还没来得及说什么，陶明灼却突然放下了手中的筷子，站起了身。

"我上楼一趟。"他有些干涩地开口说道，"我突然想起来，我有一份画稿还没有传给杨可柠。"

荆瓷感到有些意外，因为陶明灼在吃饭时，从来都是很专注、很投入的状态，他是那种连手机都不会去看一眼的人，从来都没有在吃饭的时候起身去忙别的事情。

可能是因为这份画稿比较重要，荆瓷懵懵地点了点头，对他说："去吧，我等你。"

陶明灼沉默，点了点头。

荆瓷以为他会直接转身上楼，但是陶明灼却径自拿起了荆瓷面前的空碗，掀开旁边的饭锅，给他盛上了一碗米饭。

"你要多吃一点。"陶明灼的声音听起来没有什么波澜，"今天做了你很喜欢的小炒肉片，我记得上次咱们一起吃的时候，你吃了两碗饭。"

他将满满一碗米饭放回到了荆瓷的面前。

"不要等我。"荆瓷听到他说，"等我下来的时候，要看到你把这一碗饭都吃完，好吗？"

明明是问句，但是陶明灼却没有给荆瓷回答的机会，转身就上了楼。

荆瓷怔住，他盯着陶明灼离开的背影看了一会儿，低下头，看向自己面前满满当当的一碗米饭。他犹豫片刻，一时竟感到有些无措。

小炒肉确实很下饭，然而当时让荆瓷连吃两碗饭的原因并不是这道菜的味道，而是坐在对面的腮帮子鼓鼓的陶明灼。

荆瓷拿起筷子，试探性地吃了一口饭，微微皱起了眉——果然还是难以下咽。

菜倒不难吃，只是自己真的无法产生任何食欲，甚至光是单纯地在口腔里咀嚼，还没有咽下去，荆瓷就感觉自己的胃已经满了。

荆瓷斟酌了一下，盯着面前小山一样高的一碗米饭，又想起陶明灼刚才的叮嘱，一时间感到有些头痛。

他犹豫了一下，先是用筷子将靠近自己这一边的炒肉拨到了陶明灼的那边，露出盘子的底，做出自己吃了不少的样子。随即他又将米饭重新倒回了饭锅里面，并用饭勺使劲按压，努力让锅里饭的体积看起来更小一些。

十分钟后，陶明灼下了楼。

陶明灼看了荆瓷一眼，视线又落在荆瓷面前干净的饭碗上，他的脸上没有什么表情，也没有说话。

荆瓷不自觉感到一阵心虚，他抿了抿嘴，问："忙完了吗？"

半晌后，陶明灼缓慢地点了点头，然后说道："把碗给我。"

荆瓷一开始有些没反应过来，只是茫然地望着陶明灼的脸。

陶明灼深吸了一口气，问："你要不要再吃一碗？"

其实哪怕陶明灼不问自己，荆瓷原本也打算等陶明灼下楼后再盛一碗饭，和他一起吃。

陶明灼这么一问，某种意义上倒也算是省事了，荆瓷迟疑着点了点头，将碗递给了他。

其实荆瓷感觉有些奇怪，因为自己胃口不大这一点，陶明灼一直以来是非常了解的。

这两天自己每次主动要求添饭的时候，陶明灼都会先愣一下，笑眯眯地接过饭碗后，还会在嘴上调侃他两句。

但此时此刻，陶明灼的状态却好像不太一样。他没有说话，盛饭的动作很用力，整个人的状态也非常紧绷，就连小臂上的青筋都清晰可见。

荆瓷感觉陶明灼好像在压抑着什么情绪，脸上虽然没有什么表情，但是用饭勺挖锅里的饭的时候，荆瓷看到他的手似乎有些发抖。

因为陶明灼盛饭的动作太过用力，将勺子里的米饭装进碗里的时候，他的手有些不稳，导致刚盛出来的米饭中的一部分又掉进了锅里。

如果刚才只是怀疑，那么现在荆瓷很确定，陶明灼此刻的情绪绝对出现了什么问题。

荆瓷轻声问："怎么了？是出了什么事情吗？"

陶明灼低着头，缓慢地用饭碗的边缘剐蹭着饭勺上残留着的米粒。

很久之后，荆瓷才听到他说："没什么，杨可柠那边的进度有点慢，所以还没办法推进到下一步。"

荆瓷愣了一下，随即了然地点了点头。

"不要着急。"他温和劝道，"团队合作时每个人的进度都不可能完全一样，女孩比较心细，慢一点也是为了保证质量。"

很久之后，荆瓷听到陶明灼含糊不清地应了一声，放下了饭勺。

他给荆瓷盛了很满的一碗饭。

在两人视线对上的瞬间，陶明灼低下了头，额前的发丝挡住了他的眼睛，并没有给荆瓷继续探究他眼神的机会。

荆瓷发现，陶明灼下颌的线条看起来有些紧绷。

他的胸膛起伏了一下，像是欲言又止，但是最后只是无声地吐出一口气，将碗放在了荆瓷的面前。他的动作很重，于是饭碗和桌子相撞的时候，发出了刺耳且清脆的声响。

荆瓷怔怔地望向陶明灼的脸，但是陶明灼并没有看向他的眼睛。

陶明灼在荆瓷的对面坐了下来，沉默片刻后拿起了面前的筷子，低下头说："吃吧。"

❦ 3 ❦

从李岚家离开的那个下午，陶明灼没有直接回家，而是一个人在外面漫无目的地走了很久。

他抬起头，盯着头顶的太阳看了一会儿，直到眼眶发烫，眼睛痛到无法再继续注视下去的时候，才有些颓然地低下了头。

果然是生病了啊。陶明灼甚至说不上来当时的自己是什么心情，其实一刹那他是感到轻松的，因为荆瓷得的并不是没几天可活的绝症，至少他目前的生命不会受到很大的影响。

可陶明灼稍微琢磨了一下，一颗心又沉甸甸地跌回到了谷底，因为这样的病症在陶明灼的眼里，也根本不比绝症好受到哪里去。

一开始陶明灼只是感到荒诞，他甚至以为李岚是在和自己开玩笑，因为他从来没听说过，也完全无法理解这种病的存在。

像陶明灼这种从小到大每顿饭都吃得认认真真、将一日三餐看得极为重要的人，根本无法理解长时间没有食欲，一直吃不下饭究竟是什么样的感觉。

而荆瓷……又为什么不愿意告诉自己呢?

当时李岚叹了口气,说:"这样的进食障碍其实我也是第一次听说,但是小瓷的秘书说,在认识你之前,他其实已经有好几个月都没有办法正常地吃饭了。不过好在他后来遇到了你。"

李岚笑眯眯地拍了拍陶明灼的肩膀,说:"梁京京和我说,你这孩子吃饭特别香,小瓷当时在你们公司食堂一眼就看到了你,说是只要看着你吃饭时候的样子,他就也能跟着一起吃下饭了。"

陶明灼茫然地眨了一下眼睛。

"你算是帮了他一个大忙啊。"李岚说着把燕窝放到陶明灼的手里,看着陶明灼脸上的表情,她有些诧异地问,"你难道不知道吗?"

陶明灼愣愣地接过燕窝,后退了一步。

他摇了摇头,半晌后干涩地开口:"没有,我……我知道的。"

李岚没多想,又笑着说:"对嘛,所以我才要谢谢你呀。"

此刻陶明灼的大脑是空白的。

明明整件事荒谬到让他有些想笑,但是回想起这一阵子的点点滴滴,却又发现原来一切都是有迹可循的。

荆瓷只有和自己一起吃饭才能吃得下饭。

陶明灼突然又意识到了什么。

所以当时自己在荆瓷的办公室门外,听到他对梁京京描述自己的重要性,听到他说自己是他"重要的人",这个"重要"其实指的就是他只有和自己一起,才能吃得下饭这件事?

按照这个思路继续思考下去的话,荆瓷之前在公司食堂之所以会一直偷偷地盯着自己,并不是出于别的目的,只是因为他需要一直看着自己才能够吃得下东西而已。

那么之后主动邀请自己中午和他一起吃饭，在吃饭过程中时不时注视自己，原来也是出于这样的目的吗？

陶明灼的胸口很闷，他深吸了一口气，却发现自己好像无论如何都喘不过来气了。

其实当时的他就觉得奇怪，自己和荆瓷明明在之前没有任何的交集，他为什么会注意自己？

只不过因为当时的巧合实在是太多，加上杨可柠她们往狗血电视剧的套路去引导，之后每一次陶明灼分析荆瓷的举动时，都带上了自己的心理暗示，他就这么一步接着一步地理解错了。

原来愿意和自己一起吃那么辣的烧烤，无论自己做出什么粗俗的举动都可以温和地笑着说没事，只不过是因为当时的荆瓷觉得只要能够和自己吃一顿饭，不论付出什么样的代价都无所谓而已。

太多太多当时在自己眼里非常奇怪的细节，似乎一下子就可以解释得通了，但是陶明灼却不愿意再想下去。

回到家之后，陶明灼依然有些侥幸心理地做了那样一桌子的菜，嘱咐荆瓷"一定要在我下来之前吃完这一碗饭"。

但事实上陶明灼并没有上楼，而且站在楼梯拐角的暗处，将荆瓷当时所有的动作都看在了眼里。

荆瓷盯着那碗饭时犹豫的神情，皱眉咀嚼时有些痛苦的神色，以及将饭重新倒回锅里并压实的手法，陶明灼全部都看得清清楚楚。

荆瓷露在袖口外面的那截手腕纤细而清瘦，可以清楚地看到凸起的骨节。

陶明灼感觉自己的眼眶在烧，全身的血液却在那一刹那变得冰冷，明明是初夏，但是陶明灼却感觉吐出来的气息是带着寒意的。

陶明灼突然没有了力气。他首先感到的是难堪，因为自己之前自以为是的臆测而故意做出的那些举动。

然而在这些混乱的思绪之中，他又开始难过。因为荆瓷真的是个很好的人，他已经把荆瓷当作是最好的朋友了，他以为荆瓷也是这样想的，可事实就是，得了这样严重的病，荆瓷却始终不愿意向自己坦白。

荆瓷觉得陶明灼这两天的状态有些不对。

他看起来和平时没什么两样，但是在两人视线交会的时候，陶明灼会立刻不自在地错开视线，假装忙碌地勾勒眼前的画稿。

荆瓷感觉陶明灼似乎在有意识地躲避自己，然而每次开口去问，陶明灼给出的答案都是"我没事""我很忙"。

这两天荆瓷在忙着 U 国分部的事情，陶明灼则忙着处理陶雪的事情和周年庆画稿的工作，在两人都疲惫不堪的状态下，便一直没有一个很好的契机去开口聊聊。

好在陶雪这边总算是平稳地安置下来了，她准备一边安心养胎，一边向法院提起诉讼离婚。

为了向李岚和荆瓷表示感谢，她让陶明灼带了话，说是要在周末的时候请他们吃一顿饭。

荆瓷感觉陶雪和陶明灼的性格是很相似的，都是只要欠着别人的人情，心里就会一直不安的那类人，便也没有拒绝。

那天晚上陶雪点了一桌子的菜，李岚则是带了几瓶好酒。

荆瓷和陶明灼面对面地坐着，李岚和陶雪聊着她们最近一起看的电视剧，荆瓷微笑着倾听，陶明灼则在一旁闷头喝酒。

陶雪敲了敲陶明灼的脑袋："是咱们请人家吃饭，你小子喝这么多干什么？这么好的酒，你喝这么快简直就是暴殄天物。"

李岚豪爽地开口道："哎呀，没事，多喝点，多喝点。"

陶明灼沉默着没说话，但听话地放下了酒杯。

陶雪和李岚全程都在热热闹闹地聊天，荆瓷放下筷子抬起头时，就发现陶明灼在看自己。

对上荆瓷视线的瞬间，陶明灼再次低下了头，闷闷地往嘴巴里塞了一大口饭。

陶雪聊了几句，发现陶明灼虽然没在喝酒了，但是却闷声不吭地把桌子上的菜一扫而空，顿时哭笑不得："你这小子，不当酒鬼改当饭桶是吧？"

荆瓷感觉有些不对。陶明灼虽然在吃，而且吃得很多，但他是带着情绪在吃饭的。不像平时那种高高兴兴的狼吞虎咽，陶明灼吃一口就偷偷摸摸地抬头看自己一眼，然后继续低下头闷声不吭地往嘴巴里塞饭。

这感觉就像是……在吃给自己看一样。

从前天晚上的那顿饭开始，荆瓷就觉得陶明灼的状态有些古怪，当时他以为是陶雪这边又出了什么事情。可是今天一见面，荆瓷发现陶雪的气色和精神都很好，他才意识到事情可能并不是自己想的那样简单。

陶雪的事情在某种意义上已经算是安排得比较妥当了，荆瓷觉得自己可以在今晚试着和陶明灼坦白自己的病情。

但是回家后，陶明灼却没有给荆瓷开口的机会，他一直在回避荆瓷的目光。

荆瓷刚在玄关处换完鞋，陶明灼就急迫地想越过他向楼上逃去，荆瓷还没站稳就被轻轻地撞了一下，后腰却重重地磕在了柜子的边缘上，他吃痛地皱眉，下意识地说："疼……"

他叫的这一声其实很轻，却让陶明灼一下子从混沌的状态中恢复了神志。

荆瓷看到他茫然地顿了一下，看向自己，随后有些慌乱无措地想上前来扶自己一把，却又下意识地后退了一步。

陶明灼喝了不少酒，他的嗓音有一些发哑："对不起。"

他的状态看起来很不对劲，荆瓷心里一惊："我没事的。"荆瓷仰起脸，轻声问道，"但是，你最近到底出了什么事情？可以告诉我吗？"

陶明灼是一个不会隐藏自己情绪的人。一般如果在工作上又或者是在别人那里遇到了什么不顺心的事情，哪怕憋了半天不愿意说，只要荆瓷像现在这么温声一问，他也会忍不住全都招了。

但是此刻的陶明灼依旧偏过脸，没有说话。

荆瓷终于意识到，陶明灼的情绪是冲着自己来的。

回想起这两天陶明灼反常的举动，以及他刚刚在餐桌上的状态，荆瓷的心里突然有了一个不是很好的猜想。

他深吸一口气，颤抖着声音轻声问道："你是不是……"

荆瓷的后半段话还没有说完，因为他察觉到有什么温热的、湿润的液体一滴一滴地打在了自己的手上。

他一开始没有反应过来，只是茫然地盯着自己手背上晶莹的水珠看，看到它们像是雨滴一样越下越多。

荆瓷抬起眼，才发现陶明灼哭了。

青年鼻尖和眼眶已经红得不像话，眼眶里蓄满了泪水。

为了憋住自己的眼泪，所以他努力地将眼睛睁得很大，想让自己的表情看起来凶巴巴的，可是只要看着荆瓷的脸，他就发现自己根本凶不起来，反倒是眼泪控制不住地越掉越多。

陶明灼哭得有些上气不接下气，他觉得自己很丢人，不想再看荆瓷的脸，于是便低下了头。

"荆瓷。"他哭着说，"你生了病，为什么不告诉我呢？"

～4～

荆瓷终于听到了心中所想的答案，闭了闭眼，不知道怎么接话。

房内安静了许久，静到可以听见两人的呼吸声。

陶明灼好像很努力地在忍着自己的眼泪，但是忍到了最后，忍到整张脸乃至脖子都憋红了，在抬起头看向荆瓷的脸的瞬间，他却又控制不住地扁了扁嘴，眼泪吧嗒吧嗒地又重新落了下来。

荆瓷的心中有些慌乱。

平日里阳光开朗，永远都笑眯眯的大男孩在自己面前哭得这样狼狈，看得出来是因为心里实在难过得不行了。

"你是不是……根本就没有信任过我啊？"陶明灼狼狈地别过脸，不想让荆瓷看到自己的眼泪，却还是忍不住一边哭着一边质问道，"你是不是觉得我什么都帮不了你，还是觉得我根本就不愿意帮你，你为什么什么都不和我说呢？我在你心里，是不是连最普通的朋友都算不上呢？"

从他说的这些话中，荆瓷终于大致明白了陶明灼情绪爆发的原因。

"不是的。"荆瓷轻声对他说："是我的错，得病的事情……我确实是想瞒着所有人。"

陶明灼没有说话，他总算是短暂地控制住眼泪了。

过了一会儿，荆瓷才听到他小声地说："我一直以为你这样靠近我，是为了图谋一些什么，但你人确实很好，我还纠结了许久……但我现在是真心把你当朋友，你如果要我帮忙什么我都愿意的，但你却不愿意坦白和我说，白白挨了好多顿饿……"

荆瓷怔了一下，随即有些惊诧地抬起了眼："你以为我图谋——"

当时荆瓷想要多制造和陶明灼相处的机会，因此几乎可以算得上是"不择手段"地去接近他。现在回想起来，从陶明灼的角度看待自己当时的那些举动，确实会产生一些比较微妙的误会。

"我确实得了病，但不是因为不相信你而瞒着你。"荆瓷说："一开始没有和你说，是因为感觉咱们一起吃饭的时候你的压力好像很大，如果和你说我得了病的话，就像是强行用我的病来绑架你一样，你的心里会有负担，可能吃得也会没有那么舒心。"

"我们关系拉近后，我有想过要和你坦白。"荆瓷叹息道，"但是你的姐姐又遇到了这样的事，她很辛苦，你也很忙碌，我并不觉得现在是一个很好的时机。"

"而且我觉得这也不算是什么大病。"他补充道，"当时咱们并不相熟，我不知道你会不会告诉你的朋友们，我也确实不希望更多的人知道这件事，这一点……是我比较自私。"

"这还不算大病？"陶明灼鼻尖还是红的，闻言立刻难以置信地抬起头，"这可是吃不下饭啊！"

荆瓷："……"

荆瓷解释得很清晰，但陶明灼却很久没有说话。

他沉默了很久，问："所以你……看到我吃饭才能吃得下饭？"

荆瓷说："是。"

陶明灼抿了抿嘴。有那么一刹那，荆瓷感觉他的心情看起来像是好了一点，但是很快又恢复了闷闷不乐的状态。

对荆瓷来说，陶明灼实在是太特别了，像毛茸茸的、热烘烘的大狗狗，只要远远地看到了你，就会立刻高高兴兴地冲过来温暖你。

从陶明灼的角度来看这整件事，荆瓷觉得他的愤怒与委屈是可以理解的。

荆瓷现在担心的是，陶明灼很有可能会将自己之前的所有举止都认定为是出于"想和我吃饭"这一目的，他很有可能会认为两人之间所有的点点滴滴都是出于利用，但事实并非如此。

荆瓷心中不安，彻夜辗转难眠，他觉得自己要尽早和陶明灼说清楚。清晨时分他才勉强睡着一会儿，然而醒来后走出卧室，他发现陶明灼原本放在楼道尽头的行李箱不见了。

荆瓷掏出手机打电话，却始终没有人接。

荆瓷深吸了一口气，强迫自己冷静下来，随后拿起钥匙，准备立刻出门去李岚家找陶雪问一问。

谁知他刚打开门，却看到陶明灼站在门前，身旁放着那只行李箱。

他一只手拎着一大袋子的蔬菜，另一只手正抬起，准备按大门的密码。

看到荆瓷打开了门，陶明灼愣了一下，飞快地错开了视线。他抿了抿嘴，和荆瓷擦肩而过，自顾自地拉着行李箱走进门，将那袋子蔬菜放到厨房的台面上。

陶明灼一直没有说话，径直走到行李箱的面前，蹲下身，将箱子放平，然后将拉链拉开。

行李箱里装着的不是衣服，而是很多专业的厨具。有砂锅，电动打蛋器，各种各样的蛋糕饼干模具，一个吐司机，一个酸奶机，甚至还有一个迷你的小烤箱，以及很多本厚厚的食谱。

荆瓷呆滞在原地，脑袋难得彻底放空，傻傻地问："你去哪儿了？"

陶明灼原本是想立一整天的冷酷人设，坚持不和荆瓷说话的。可他本来就是心肠很软的人，又觉得荆瓷孤零零地站在旁边看起来很可怜，憋了一会儿他实在是憋不住了，才装作很不耐烦地小声开口道：

"你这里的厨具又贵又难用，能做的菜式有很大的局限，所以我就去找我姐借了一些。"

见荆瓷很久没说话，视线落在了自己手边行李箱里的东西上，陶明灼愣了一下，似乎明白了荆瓷在想什么。

他抿了抿嘴："我不会搬走。"

荆瓷望着他，眼睫颤抖了一下。

陶明灼沉默了一会儿，硬邦邦地说："我不会搬走，因为你的病比较特殊，所以饭我还是会陪你一起吃的，否则以后你的身体出了什么问题，到时候都会怪到我的头上……我可担不起这个责任。"他低下头，又有些赌气补充道，"不是代表我不生气了的意思。"

经过一夜的冷静，陶明灼其实已经不是那么难过了，虽然他说出口的每句话都带有着一定的赌气色彩。

今天早晨陶明灼去陶雪家拿厨具的时候，陶雪本人也跟着回去了一趟。路上陶雪想起了什么，对他嘱咐道："对了，你还是得替我给荆瓷说声谢谢。"

陶明灼这才知道，荆瓷早在几天前就已经帮陶雪请好了律师，来自本市知名的律所，资历很深，光是咨询费就价格不菲。

他们的父母始终觉得陶雪还在气头上，做出的决定实在是太过于草率，劝她过段时日再考虑离婚的事情，但陶雪早就已经不在意他们的想法了。

"日子是给我自己过的，不是给爸妈过的，所以我还是要离。"陶雪说，"人活这一辈子，我自己舒服最重要。"

陶明灼："道理我都懂，不过这就是你的那些育儿指南全部积灰、天天看小说漫画的理由？"

陶雪咳嗽一声，赶紧转移话题："对了，我带到李姐家里的那几本正好都已经看完了，你搭把手，再帮我搬两摞过去。"

陶明灼："……"

搬书时，陶明灼随手翻看了几本，只感觉里面的内容过于夸张，他想如果未来某天陶雪和杨可柠见了面，那么她们俩一定有很多的话可以聊。

陶明灼原本心里还有点酸涩，从陶雪家里出来后，他终于冷静下来。

其实他在意的，无非是他已经自我接受了荆瓷的示好是带有深意的这件事，但在相处过程中他早已把荆瓷当作好友、自己人，可荆瓷却始终没有相信他。

陶明灼从陶雪那里拿来了一堆厨具，大部分机器都是中看不中用，功能复杂难懂，陶明灼还在摸索之中。

只有一个小烤箱看起来比较好操作一些，加上陶明灼在超市买了一袋子现成的蛋挞皮，于是他准备先用小烤箱烤几个蛋挞，当早点来吃。

然而小烤箱的功率非常小，烤了半天蛋挞才勉强变得金黄，陶明灼切开一看，却发现里面还是黏稠湿润、半生不熟的样子

陶明灼："……再烤一会儿吧。"

荆瓷说："好。"

再次打开烤箱的时候，陶明灼和荆瓷双双陷入沉默。

十个蛋挞，七个边缘有些焦了，一个被烤得火山喷发直接爆浆，有两个则是黢黑如炭让人无从下手。

荆瓷犹豫着开口："闻着很香。"

陶明灼："……香得像火灾现场。"

陶明灼安静了一会儿，突然问道："你一般要怎么看我吃……才

能吃得下去？"

荆瓷一怔，看向他的眼睛："只要你坐在我的眼前，正常吃饭就好。"

陶明灼问："是只要看着我吃饭，你就什么都能吃得进去？还是说只有我正在吃的那一道菜，你才能吃得下去？"

荆瓷："理论上来说是第一种情况，但是一般你正在吃什么菜，我也会选择和你去吃一样的菜，这样食欲会更好。"

陶明灼沉默片刻，点了点头。

他突然想起来两人第一次在食堂说话的那天，自己吃了一大盘子的冬阴功虾，而荆瓷端着餐盘来找自己的时候，他的盘子里也刚好只有冬阴功虾被吃掉了。

陶明灼吐出一口气，说："吃饭吧。"

几个蛋挞、两杯牛奶是肯定不够一顿早餐的，陶明灼又煮了两碗速冻小馄饨，两人面对面地坐在餐桌前，开始安静地吃饭。

陶明灼有些心不在焉，一开始还按照之前的速度旋风吸入，吃到一半突然想起来现在情况不同，喉咙里的食物直接一哽。

他瞥了眼坐在对面的荆瓷，犹豫着把手里的蛋挞放下，决定营养摄入均衡一些，就换了面前的馄饨接着吃。没吃一会儿，他又害怕自己的吃得太快，荆瓷跟不上自己的速度，于是便无声无息地放缓了咀嚼的速度，一口饭连嚼十次才犹豫着咽下了去。

出神时，他听到荆瓷喊了一声自己的名字。

"陶明灼，对不起。"荆瓷郑重说道，"之前我以为就这样相处可以解决当前遇到的问题，却忽略了这样做也会伤害到你的感受。"

陶明灼的手微微一抖，然后他突然低下头，拿起盘子里剩下的一个蛋挞，直接一口给吞进了嘴巴里。

"从今天开始，我想毫无保留的、坦诚地和你相处，不知道你愿不愿意给我这个机会。"荆瓷安静地注视着他鼓鼓的侧脸，"你可以原谅我吗？"

过了一会儿，陶明灼哑着嗓子说："你从来都没有做错什么，所以我们之间……也不存在原谅一说。"

这句是陶明灼真心的回复，但从昨晚开始，荆瓷的心中便一直感到不安。他看着陶明灼的神色，以为陶明灼还在生自己的气，所以这句话在荆瓷的耳朵里就是"你的所作所为和我又有什么关系呢"的意思。

荆瓷感觉好像自己不论怎样去解释，现在的陶明灼似乎都听不太进去。他以为陶明灼是迫切地想要一些时间来一个人冷静一下，犹豫片刻，他轻声开口道："好，这一阵子除了吃饭的时间外，我都不会去打扰你。"

陶明灼："嗯？"

他的嘴巴微微张开，焦急地想要立刻说些什么，可是一时半会又拉不下脸去解释。

顺着荆瓷的意思，陶明灼很大声地咳嗽了一声："……但是我突然想到，你需要看着我才能吃得下饭，所以现在的你很需要我，对吗？"

荆瓷看向他，片刻后点了点头："是。"

陶明灼强撑着保持镇定，说："可是我为什么要白白给你看呢？"

荆瓷没想到陶明灼能从如此刁钻的角度发问，他怔了一下。

陶明灼清了清嗓子："所以……"

荆瓷茫然地注视着他的脸。

"所以从今天开始，如果你想让我陪你吃饭的话……"陶明灼微妙地停顿了一瞬，随即抬起头，还不太熟练地霸道地说道，"就……

要完成我给你设定的体重目标！一个月至少增重十斤！"

陶明灼的这句话出口后，不仅他身旁的荆瓷沉默了，就连在旁边独自玩球的温温好像也跟着听懂了一样，拖着尾巴呆滞地看向了他。

❀5❀

这天过后每次吃完晚饭，陶明灼都会要求荆瓷称一次体重，称重时不可以穿鞋，不可以拿手机，并且他会严格记录下来，以周为单位观察涨幅情况。

荆瓷盯着体重秤上的数字，满意道："胖了快有两斤了。"

陶明灼面色不悦："这秤是不是有问题？这么多天了，为什么天天看着我吃饭，体重还是长得这么慢？"

他沉吟片刻，又迟疑地看向荆瓷："我这两天吃饭的速度是不是还是太快了？还是说……咱俩平时吃饭的时候坐得太远，你看不太清楚，所以效果不佳？"

荆瓷哭笑不得："长肉是需要时间的。"

陶明灼自然也知道这个道理，但他对荆瓷的长肉速度还是不太满意。

他们一起在厨房做饭时，陶明灼还在一旁严肃叮嘱道："你就是吃得太少了，你要知道现在你吃饭不仅仅是为了你自己，也是为了我，别等回头你的身体出了什么问题，不仅你自己难受，我也要跟着一起担责任，从而间接地遭受到良心的谴责……"

荆瓷发现陶明灼说话真的好有意思。

明明想表达的意思只有"你要多吃一点"，后面还要为了掩盖自己的关心而加上那么一长串硬邦邦的话，不别扭这么一下，就好像无法将自己的感情好好地表达出口。

荆瓷摇了摇头。

"对了，"他想起了什么，对陶明灼说，"我后天要去 U 国出差，十天。"

陶明灼差点原地跳起来。

"十天？"他难以置信，"你为什么不早点和我说？"

荆瓷无奈地笑道："我现在正在提前和你说，不是吗？"

注意到荆瓷正在看着自己，陶明灼连忙克制了一下自己脸上的表情，继续将心口不一的本领发挥到极致："我……我能有什么问题？"

他用手反复地抠着菜板的边缘，片刻后瓮声瓮气地问："但是没有我，你会有整整十天没有办法好好吃饭，你自己接受得了吗？"

荆瓷说："没事的，之前也有过这种情况。"

但是出差十天确实不是小事，荆瓷看到陶明灼低着头发愣，好像陷入了茫然的旋涡之中，便知道他应该还是放心不下自己。

陶明灼又细细地思索了一番，开口说道："不过没事。"他深深地看了一眼荆瓷的脸，别过头自顾自地念叨，"我自有办法……"

荆瓷在 U 国落地的当天，行程就忙碌到了极点，好在李宇珀过两天就会飞过来，帮他一起处理新分部的事情。

晚上回到下榻的酒店后，荆瓷打开手机，发现陶明灼在半个小时前给自己发过来了一条信息。

陶明灼：吃饭了吗？

荆瓷回复道：还没，会议刚刚才结束。

陶明灼就像是在屏幕的另一端一直守着荆瓷的回复一样，几乎是在瞬间就回了他满满一屏幕的消息。

陶明灼：可是我看了眼你那边的时间，已经是九点半了！

陶明灼：为什么还不吃饭？

陶明灼：再怎么吃不下也要吃一点啊！

荆瓷光是看着一条一条蹿出来的文字以及交叉出现的问号和感叹号，就能瞬间联想到陶明灼本人在手机另一端的表情。

荆瓷耐心地回复道："刚到酒店，晚饭助理已经买好了，只是还没有来得及吃，不要担心。"

陶明灼问："买的什么？"

荆瓷看了眼桌子上的纸袋，回复道："M记的汉堡。"

其实荆瓷还是没有胃口，但荆瓷也知道一天下来，身体不摄入一些能量是不行的，就吩咐助理买了M记的炸鱼汉堡。

毕竟是他之前很喜欢吃的东西，哪怕没有胃口硬塞进去，相比于其他的食物应该也没有那么难受。

陶明灼追问道：哪种汉堡？

荆瓷：炸鱼汉堡。

陶明灼安静了一瞬，五分钟后才回复道：你先别吃，先等我二十分钟。

荆瓷不知道陶明灼打的什么主意，但他本来就没胃口，便也不急着去吃，而是先忙了一下手头的工作。

过了一会儿，他的手机屏幕亮起，应该是陶明灼发来的消息。

荆瓷打开手机，才发现这次陶明灼发来是一个视频邀请。

视频接通后，荆瓷看到了陶明灼和他面前放着的一个纸袋，看背景应该是坐在办公室里面，他戴着耳机，正在鬼鬼祟祟地左顾右盼。

荆瓷愣了一下，问："你没吃午饭吗？"

陶明灼咳嗽了一声，压低了声音说："你运气比较好，我刚好没吃，就干脆买了个炸鱼汉堡和你一起吃。"

"你下次可以试试牛肉汉堡。"陶明灼单手捏起来纸袋里的汉堡，嫌弃地端详片刻说，"这鱼汉堡也太小了，怪不得你长不了肉。"

荆瓷还没来得及说什么，就听到杨可柠的声音在背景里响起："陶明灼，你是不是疯了？你是不是饭桶一个？刚刚在食堂吃了那么多，现在又来偷吃小汉堡？"

陶明灼的脸色骤变，手忙脚乱地想要关掉麦克风，紧接着荆瓷看到杨可柠露出了半张脸，好奇地探了过来。

看到屏幕另一边的荆瓷，杨可柠立刻捂嘴，被陶明灼赶到一边前还不忘朝荆瓷挥了挥手。

紧接着，屏幕另一边就天旋地转变成了一片黑暗，应该是陶明灼将手机放倒了，隐隐约约还能听到陶明灼和杨可柠的拌嘴声。

过了一会儿，陶明灼的脸重新出现在了屏幕里，看向荆瓷的时候，他的脸有一丝可疑的微红。

荆瓷有些担忧地问："你吃太多的话，真的没关系吗？"

陶明灼咳嗽了一声，大声道："食不言，寝不语！"

他有些不好意思地错开视线，将脸向屏幕凑近了一些，咬了一口手中的汉堡，含含糊糊地说："快吃吧。"

这样视频吃饭的方式，在某种程度上确实起到了作用。

然而两国饮食文化不同，只有一些连锁快餐品牌是一样的，于是他们一连几天通过视频一起吃了几顿汉堡三明治，到后面都有些吃不太消了。

周六的时候，陶明灼说："正好今天我不在公司，你点一点儿本地好吃的特色食物，然后拍照给我。"

他信心十足地说："我现在人在家里，食材很多，应该能还原出来差不多的东西陪你一起吃！"

荆瓷在 U 国留学多年，知道本地最好吃的其实就是快餐和中餐。

但是感觉屏幕另一端的陶明灼满腔热血，荆瓷也不想泼他冷水，便叫了客房服务，点了一份牛排配土豆泥，拍照给他发了过去。

那边的陶明灼很快还原出了一份类似的糊糊，加上剔掉骨头的排骨肉，最后摆放在一起，确实还挺像模像样。

陶明灼端着盘子给荆瓷三百六十度全方位无死角地展示了一遍："怎么样，我感觉看起来颜色差不多，摆盘也差不多，我先吃两口你看看？"

为了叫荆瓷看得清楚，他把脸凑到镜头面前，吃了两口，含含糊糊地问："你试试看，吃得下吗？"

荆瓷跟着吃了两口，微笑着说："好吃的。"

陶明灼有些得意，他觉得自己真聪明，这样的方式可不是一般人能想出来的。

荆瓷笑了笑，开始细嚼慢咽，吃得很安静，陶明灼也不想打扰他吃饭，故而也没发出什么声音。就这样，他们对着镜头，一起安静地吃起了盘子里的食物。

这通电话结束的时候已经是深夜了。

陶明灼刚挂电话突然想到正好要放假了，他一个人待在家里也好无聊，陶雪也不需要他陪。于是他发消息给荆瓷，话里话外都是暗示："杨可柠刚刚告诉我，这周五放假，加上周末两天的话，就是个小短假了。"

荆瓷回复道："好啊，你最近也很忙，正好休息一下。"

陶明灼抿了抿嘴，别扭至极的发送了一句："我觉得你给我看的土豆泥牛排看起来很好吃，我想去亲自尝一下。"

过了一会儿，荆瓷回复了他一个"小青蛙微笑"表情。

荆瓷："来找我吧。"

几天后的黄昏时分，荆瓷出了酒店的电梯，一眼就看到了站在酒店门口背着双肩包、正盯着门口的喷泉看得出神的陶明灼。

陶明灼正看得入迷，突然感觉有人从身后拉了自己一把。

他茫然地后退了几步，发觉荆瓷站在自己的身后，说："小心。"

回过神时，陶明灼发现自己刚刚站的地方炸开了一簇接一簇的巨大的水花，如果荆瓷没有把自己拉远的话，估计此时此刻的他就已经连人带包地被浇成了一只现成的落汤鸡。

陶明灼目瞪口呆："……"

荆瓷说："前天我看到有人站在和你同样的位置，他没有这么幸运，当时被浇了一身的水。"

陶明灼一阵后怕："这哪是喷泉，是暗器吧。"

荆瓷笑了："喷泉有这么好看？"

陶明灼点了点头："好看，水的色彩变换很复杂。"

荆瓷："水不是透明的颜色吗？"

陶明灼很奇怪地说："不是啊，水是透明的，但是水旁边的光和景都是有颜色的，透明其实是一种质感，因为涉及光线的折射和反射，所以平时画的时候比较难以呈现，也比较考验画师的技巧和功底……"

看着荆瓷微笑不语，陶明灼意识到自己自顾自地对荆瓷说了很多乏味的东西，清了清嗓子，说："去吃饭吧。"

他们去吃了 U 国著名的土豆泥配牛排。

卖相看起来还算不错，然而陶明灼吃了一口就差点直接喷出来。

他万万没想到小小的一坨土豆泥里竟然能同时蕴含酸、甜、苦、辣、咸这五种风味，里面放了不知道多少暗藏玄机的怪味香料。

从餐厅出来后，陶明灼看到荆瓷指了指旁边的一条小巷，问："要不要去那边遛遛？"

陶明灼看了一眼那条黢黑的小巷，总感觉大晚上走可能有些不安全。但是看到荆瓷跃跃欲试的模样，拒绝的话在陶明灼的嘴边转了个圈又咽了回去，他犹豫片刻，答应道："好。"

陶明灼一开始以为荆瓷只是漫无目的地瞎逛。

但走着走着，陶明灼就发现荆瓷对这条路似乎很熟悉。他很少向四周张望，只是一直向前走，像是心中有一个目的地一样。

小巷很窄，路灯幽暗，两侧是红砖砌成的，颇具异域风情的小楼，小楼的底层都是商铺。

此时夜色已深，大部分的店铺都已经关门，但有少数小店的橱窗还亮着昏暗的橘调小灯，逛起来倒是还挺有味道的。

逛着逛着，荆瓷停下了脚步。陶明灼也跟着停了下来，他抬起头，下意识地看了眼店铺的招牌。

陶明灼睁大眼睛："这是……"

荆瓷带着陶明灼来到了一家卖颜料的店。

这个牌子陶明灼并不陌生，就是之前荆瓷在 U 国出差给陶明灼带回来的那盒的牌子。

当时陶明灼也只挖了一点点来画荆瓷的肖像画，剩下的至今没动，被他偷偷地锁在了陶雪画室的小柜子深处。

这家颜料店是 U 国本地的小众品牌，颜料以昂贵且包含矿物粉末而出名，店铺也低调地开在小巷子里面。

进店后，陶明灼就看到木架上整齐地放置着一盒一盒的颜料，颜料按照色系以及明度被归类得很好，一眼望去，属于是连强迫症看了都很舒适的程度。

陶明灼看得出神，身旁的荆瓷问他："不知道你能不能帮我一个忙？"

他回过了神，点头："怎么了？"

"我的脑海里有一个画面，我一直想要把它呈现在画布上。"荆瓷轻声说道，"不过我从小到大唯一一幅真正完成的画作，还是当时在你姐姐的美甲店里，你接手后帮我画完的。"

"你应该比较了解我的绘画功底，我比较像我的父亲，相比于色彩和图形，我可能对数字更敏感一些。"荆瓷笑了笑，有些无奈地摇头，"水在我的眼中永远只有透明这一种颜色，对于绘画，我可以说是一窍不通，画得可能还不如我妈。"

荆瓷笑道："所以我想买一些颜料回去，让你帮我画出这幅画。"

陶明灼倒是真没想到荆瓷会提出这样的请求。

荆瓷的神情很认真，虽然陶明灼感觉这个请求有些说不上来的奇怪，但他本来就是靠画画谋生的，便没有多犹豫，点了点头："可以，不过这么贵的颜料其实不用买太多，你把你想画的大致场景，以及你想画的人物的特征先给我大致描述一下吧。"

荆瓷安静了一会儿。

"场景……是在公司的员工食堂，那是我第一次见到你吃饭的样子。"片刻后荆瓷开了口，他没有看向陶明灼，而是抬起手，指尖缓缓地在颜料罐的罐身上滑过，"那是我第一次真实地感受到热爱与生命力的能量。"

"人的记忆都是有限的，"荆瓷说，"可是唯独这件事，好像被覆上了鲜明的色彩，我总是可以记得格外清楚。"

陶明灼的身形猛地一顿。

"我想想……绿色，"荆瓷的指尖停在了一罐绿色的颜料上，笑着说，"是你当时吃的那碗炸酱面里黄瓜丝的颜色。"

他抬起手，又将食指轻轻地落在了一罐橙色颜料上："偏橙一点的橘红色，是你那天穿的卫衣的颜色……"

荆瓷垂下眼，将刚刚挑出来的几罐颜料抱在怀里，走到陶明灼的面前。他看起来好像很冷静，但是在抬起头对上陶明灼眼睛的那一瞬间，还是有点难为情，他从未这样向他人剖析自己。

"这个场景对我而言很重要，所以这幅画在我心中的分量也会很重，而我又偏偏只信任你的画技。"荆瓷将颜料递到陶明灼的面前，笑着问道，"所以不知道……你可不可以帮我画出来呢？"

陶明灼很久都没有说话。他看起来就像是一座雕塑，很久过后才终于抬起手，缓慢地接过了那几罐颜料。

他依旧沉默着，只是在片刻后转过身，从货架上挑了几罐颜料，又拿了几支画笔、画纸和一个小小的画板，径自走到收银台结了账。

最后荆瓷听到陶明灼闷闷地对自己说："回酒店吧。"

虽然还是耿耿于怀荆瓷对自己隐瞒病情的事，但是在颜料店里听了那些话后，陶明灼其实还是高兴的。

那是最亲近的朋友之间才会产生的真心剖白，荆瓷如此坦然地承认自己是他心中"重要的人"，话中的每个字都那样热乎而沉重砸在陶明灼心窝子上，没有人面对这样的话语还能做到真的无动于衷，更何况是向来都嘴硬心软的陶明灼。

当然，他也不可能让荆瓷直接看出来自己的心中所想。

陶明灼故意板着脸，也不说话，只是拿着买好的颜料画笔，背对着荆瓷站在书桌前忙活了半天。荆瓷看了半天才明白过来，陶明灼竟然是要现在就画这张画。

下一秒，陶明灼转过身，竟直接将画笔塞到了荆瓷的手里："我不想自己画，我想再教你画一次。"

第一次教荆瓷画画，是在陶雪的美甲店。

那时候他们刚刚相识，当时的陶明灼心绪不宁，总以为荆瓷是盯上了自己的某个器官才来接近自己，全程都战战兢兢心不在焉，只想着早点画完早点跑。

当时的他自然教得也没有那么认真，最后甚至是他自己直接代笔帮荆瓷画完的，这是他对待其他新手客户时的惯用策略。

甚至因为心里一直胡思乱想，当时陶明灼表现出来的态度也不是很好。尽管如此，那张汉堡油画却一直被荆瓷挂在了办公室最中间的位置。

但这回，陶明灼想用一种不是对待客人又或者上司的心态，好好地教荆瓷画一幅画。

陶明灼调好了颜料，不由分说地将荆瓷拉到画布前："来，我来教你怎么画我，我们一起完成。"

荆瓷望着手中的画笔，犹豫道："我没有绘画功底，要不还是……"

"没事。"陶明灼并没有给他拒绝的机会，直接调好了颜料，直接用手在画布点了一下，说，"来，先蘸点颜料，然后按照这个弧度，在这里大致勾出个人物轮廓，记得下笔不要太重。"

荆瓷毕竟是初学者，手法还是有些生疏的，一开始还总是有些不敢下笔。陶明灼注意到了这一点，便接过笔，在一旁耐心地给他示范着画法，然后把笔还到荆瓷的手中，让他继续自己完成这幅画作。

陶明灼这一次教了荆瓷很多，告诉了他基础的色彩混合原理，以及一幅画作的比例应该如何分配看起来才会叫人感到舒服。

教的人讲得认真，听的人也学得仔细，就这样两人你一笔我一笔，一幅画还真的就这么拼拼凑凑地被勾勒了出来：公司食堂里一排排整齐的桌椅之中，坐着一个抱着炸酱面碗，正在大口大口吃面的青年。

笔触虽然生涩，画技也略显稚嫩，但青年的眉眼憨厚，乍一看竟然还真的……有些神似陶明灼本人。

陶明灼盯着画沉吟片刻，硬着头皮道："好看。"

荆瓷盯着画上的人看了一会儿，"扑哧"一声笑了出来。

陶明灼努力绷着脸上的神情，最后自己也忍不住跟着笑了："好了，笔给我，我来补一下背景色吧。"

背景的色彩都是大片重复的，按理来说应该比人物好画很多，陶明灼却坚持要自己完成，这让荆瓷感到比较意外。

他看到陶明灼蘸取了几个颜色，在调色盘上调出了一种蓝色，铺在了青年身后窗外的那片天空上。

那是一种漂亮且清冷的浅蓝色，放在整张画中，却给人一种极其温柔且舒服的观感。荆瓷突然想起来，之前陶明灼送的那幅画着自己的肖像画中，也同样大面积地使用了这样的蓝色。

画中青年的卫衣是明艳的橙色，属于陶明灼的颜色，后面的天空是低饱和度的淡蓝色，那是属于荆瓷的颜色。

这是他们共同完成的第一幅画作，随着陶明灼的最后一笔落下，也代表着两人之间的心结终于消除。

他们同时抬起头，相视一笑。

❧7❧

假期过得很快，从 U 国回国后，陶明灼就已经下定决心不再别扭下去了。

这天工作日上午的休息时间,他们美术组的几个人凑在一起聊天。

许奕说:"有传闻说,咱们公司要在 U 国开个分部,估计今年年底就能准备得差不多了。"

陶明灼其实前一阵子就从荆瓷那里听到了不少相关的消息,但是此时的他选择装傻,端着水杯听同事们聊天。

杨可柠说:"对呀,而且咱们的大老板也回来了,我今天在公司楼下看到他了,估计也是为了忙分部的事情吧。"

许奕点头:"对,我听说,李总和荆总两人之前就是相熟的关系,虽说两人差了十多岁,但是关系特别好,是无话不谈的那种,听说荆总当年在 U 国大学读书时,去参加他毕业典礼的人就是李总。"

陶明灼:"啊?"

杨可柠连忙问道:"真的假的,听起来怎么这么不靠谱呢?"

许奕耸肩:"我也不知道是真是假,听其他人传的话而已。"

陶明灼知道公司的大老板是李宇珀,但是却压根就没见过面,只是之前远远地瞥见过几眼。

荆瓷那样的情况其实是极少数的个例,事实上像李宇珀这种顶层级别的人,和他们这种研发部的员工是基本没有什么碰面的机会的。

话音刚落,他们几人就看到荆瓷和李宇珀出现在了电梯间的另一头,身后跟着秘书和助理。

李宇珀正在和荆瓷说说笑笑。

两人都穿着西装,李宇珀气宇不凡,荆瓷温文尔雅,他们并肩站在一起,在人群之中十分显眼。

陶明灼看着他们一起坐上了电梯,低下头时,发现陶雪在几分钟前给自己发了个消息。

陶雪说李岚前一阵子订的螃蟹太多,实在是吃不完了,所以想在今晚搞个家庭聚会，叫陶明灼和荆瓷过来一起消灭一下。

陶明灼是出了名的"食物处理机"，便回复道："没问题。"

陶雪又说："李姐给荆瓷发了消息，但是好像一直没回复，你帮忙传达一下。听说小瓷的哥哥今晚也在。"

陶明灼愣了一下才会想起来，荆瓷之前和自己说过，他有一个同母异父的哥哥。通过当时的那些礼物和蛋糕，陶明灼能够感受到他们之间相当深厚的兄弟情谊。

看来荆瓷的哥哥今晚回国了，所以是应该回去一起吃顿饭。

陶明灼回复道："没事，我去和他说。"

此时的李宇珀在荆瓷的办公室里走来走去，痛心疾首地问："我之前挂墙上的花开富贵的大牡丹画呢？"

荆瓷说："放仓库了。"

李宇珀左看右看："那我的金鱼呢？我的富贵竹呢？我之前放在桌面上的金蟾聚宝盆呢？"

荆瓷安静片刻，委婉地道："……我想我们的审美可能存在一些差异。"

"嗯？"李宇珀指着墙壁上的汉堡油画，"你和我聊审美？"

荆瓷没搭理他。李宇珀越看越心痛，最后干脆选择不再去看，片刻后叹息着开口道："中午要不一起出去吃个饭？"

荆瓷微微一怔，指了指电脑屏幕，摇头："我要先把这些处理完。"

李宇珀知道荆瓷是属于忙起来没有任何时间观念的那种人，就干脆地拍了拍他的肩，叹息着说："那行，我一会儿再回来找你。"

李宇珀从荆瓷办公室里出来的时候，发现门口站了个人。

他也没多想，只是一边回复着手机上的消息，一边随口问道："找荆总吗？他现在在忙，有什么事儿先和我汇报也一样。"

"不是的，"李宇珀听到那个人说，"是荆总找我。"

李宇珀意外地挑了挑眉，抬起了眼。

他这次才看清楚，自己眼前站着的是一个个头足足有一米九的青年。他肩宽腿长，眉眼俊逸且深邃，气质是大方而又阳光的，不得不说外在条件非常优越，是那种很受年轻小姑娘喜欢的长相。

李宇珀挺好奇："他找你能有什么事儿？"

青年含蓄地回复道："也不是什么特殊的事儿，就是我们俩每天中午都要一起吃饭。"

李宇珀若有所思地眨了下眼睛，几乎是刹那间就明白过来了他究竟是谁。李宇珀忍住笑意，他突然感觉事情变得有意思了起来。

陶明灼听到李宇珀问："每天都一起吃午饭吗？"

这么一问，像是在怀疑他说话的真实性。陶明灼咳嗽了一声，想要证明自己才是荆瓷的好朋友般回复道："是啊，其实也不只是午饭。比如今晚我们还会一起吃晚饭，是他妈妈买的大闸蟹。"他若无其事地说，"不只有我们俩，还有我们的家人，我的姐姐还有荆瓷的哥哥……"

陶明灼感觉自己炫耀得差不多了，又立刻故作懊悔道："抱歉，我好像自顾自地说太多了……"

几秒钟后，他听到李宇珀若有所思地开口："没事。"

下一秒，李宇珀又很惊奇地"嘶"了一声，说："不过我记得我妈刚刚给我发消息说的是，今晚吃的好像是帝王蟹啊？"

陶明灼的第一反应其实是，李宇珀究竟是什么样的家境，为什么随便一顿晚餐就是帝王蟹这种东西？

后来他感觉不对，又重新琢磨了一下李宇珀的话，终于反应过来，骤然冒了一身冷汗。

他愣愣地盯着李宇珀的脸，发现眼前这张笑眯眯的面容竟然可以一点一点地和李岚的脸重合起来。

陶明灼汗如雨下。他虽然看不到自己的脸，但是能感觉自己的耳根烫到快要冒烟，估计脸早就已经红得不像样了。

陶明灼半天才从嘴巴里磕磕巴巴地憋出来一句："你是？"

李宇珀笑眯眯地看着他，反问道："我是？"

两人正僵持着，荆瓷推开办公室的门，看到了站在门口对峙的两人，微微一怔："你们怎么都站在这里？"

当天晚上在李岚家里吃螃蟹的时候，陶明灼全程埋头苦干，脸比熟透的蟹壳还红，恨不得把脸直接埋在碗里。

饭后陶明灼又自告奋勇地揽下洗碗的重任，全程缩在厨房里不出来了。

陶雪奇怪地道："这小子什么毛病，李姐家里有那么贵的洗碗机不用非要自己手洗，吃太多了精力太旺盛了是吧？"

荆瓷走进厨房的时候，神色看起来有些复杂。

看到他这样的神情，陶明灼不用想都知道，李宇珀应该是将两人今天在门外对话的内容大概地讲给荆瓷听了。

他尴尬到手脚蜷缩，立刻背过身子，耷拉着脑袋继续用力地刷碗。

荆瓷忍不住有些想笑。

但他知道，此刻自己不论说什么都只会让陶明灼感到更加羞耻，便安静地站在那里，什么话也没说。

陶明灼深吸一口气，转过身，继续低下头洗碗，片刻后咬牙切齿地说："你为什么不早点告诉我？"

荆瓷叹息："主要是在今天之前，你和我哥都没有在我面前同时出现过，我就一直忘了还有这一回事了。"

陶明灼其实也知道这事儿不怪荆瓷。

只是他根本没有勇气去回忆自己中午趾高气扬地对李宇珀说的那些话，他无比希望自己的人生可以重来。

"不过，我哥对你的印象其实很好，甚至很感谢你。"荆瓷看陶明灼又陷入了扭捏的状态，连忙安抚，"他说你们今天聊得很愉快。"

陶明灼呆愣在原地，满脸不解，根本不敢细想这句话里"聊得很愉快"的意思。但得知对方对自己的印象不错后，陶明灼总算是不再害臊，有了和李宇珀坐在一起聊一聊天的勇气了。

饭后他们坐在李岚家的餐桌前，一边吃着水果，一边聊了聊各自的近况。李宇珀说自己打算年末的时候和女友结婚。

陶雪给李宇珀送上了祝福，并表示自己马上就可以和渣男离婚。等官司打完，孩子出生后，陶雪准备和李岚一起给自己的美甲店开个分店，美美地变成独立的单身小富婆。

李宇珀笑着回，自己一定会让女友到时候多去光顾她们的生意。

但陶明灼感觉这店没个两三年应该是开不起来的，因为陶雪最近疯狂沉迷于漫画，每天高强度阅读好几个小时。因为不想占用书架上的空间，更是让陶明灼把她之前买的育儿手册全部带走，根本分不出什么多余的心思来忙别的事情。

几个人在餐桌前聊了很多，就连温温都在旁边跟着"汪汪"了几声，晃了晃尾巴，表示自己对未来虽然没有什么规划，但是目前还有胃口再去吃一点夜宵。

临走前，李岚拎了两大袋子的东西跑了过来。

"天热了，所以这两天跟小雪一起给你们腌了一点下饭菜。"李岚说，"你们带回去吧。"

陶明灼："啊，谢谢，谢谢。"

李岚将沉甸甸的袋子放到了陶明灼手里，随即拍了拍陶明灼的手背，抬起头笑眯眯地说："两个人要好好吃饭啊。"

陶明灼和荆瓷吃得有些撑，所以并没有直接坐车回去，而是把东西放在了后备厢里，然后在李岚家附近的湖边散了散步。

陶明灼站在旁边一直没有说话，荆瓷以为他还在因为李宇珀的事情感到尴尬，便开口开解道："我哥哥其实是个很好相处的人，很多事都不会怎么放在心上的，何况，你是我的好朋友，我哥哥自然也是把你看作弟弟的。"

"其实我刚才没在想这件事。"陶明灼说，"只是刚才你妈送给了咱们一袋子的腌菜，我就在琢磨'下饭菜'这个词。"

荆瓷望着陶明灼的脸，点了点头："怎么了？"

"说起下饭菜这件事吧，其实一开始在咱们没说开之前，我的心情还是挺复杂的。"陶明灼笑着说，"不过现在我想了想，虽然听起来是有点好笑，但一道可口的下饭菜偏偏是每个人生活中都不可缺少的，因此而相遇相识，感觉我们之间也算是一种缘分。"

荆瓷眼底含笑："是啊。"

"那你未来的每一顿饭，就都包在我身上好了。"

"一言为定。"

夏夜的风微热而柔和，沐浴在清冷温柔的月光里，"下饭菜"和需要下饭菜的人做出了属于他们之间的约定。

【正文完】

番外

美龄粥

MEI LING ZHOU

有的时候陶明灼觉得，自己和荆瓷的性格似乎是完美互补的。

荆瓷冷静温和，情绪稳定，会在陶明灼工作迷茫的时候及时地提出客观有益的意见；陶明灼温暖乐观，给荆瓷的生活添了不一样的色彩与温度。

他们的性格完美地弥补了对方的不足，在生活中很少会发生口角，又或者是有意见不合的时候。

陶明灼对此一度非常得意，经常和杨可柠暗戳戳地嘚瑟自己和荆瓷这样契合的性格："你要知道，像我和荆瓷这样舒服的好友相处模式，在当代浮躁年轻人中真的很难看到。"

被内涵浮躁的杨可柠每次都很想骂他，可偏偏陶明灼向她使劲嘚瑟的人是荆瓷，所以每次她只能不甘地把嘴边的话给咽回去。

然而可能是老天爷也不愿意看到陶明灼太过得意，就在上周，陶明灼和荆瓷第一次吵了一架。

公司设立的海外分部正式开始运营，因此荆瓷时不时就要飞去 U 国参加一些会议。

陶明灼作为公司的一份子，一直全心全意地支持荆瓷的工作。荆

255

瓷一般去 U 国也不会太久，通常最多一周就会回国，两人会经常视频聊天，所以陶明灼很清楚荆瓷最近的身体状态，加上荆瓷相比起之前工作起来不管不顾的情况也少了很多，非常注重自己的身体健康。

但两国时差不同，荆瓷在两个国家之间来回周转，频繁地飞来飞去，这注定是一件损耗身体的事情。

上周，荆瓷在 U 国忙了一周回来，陶明灼正好有空去接机。一下飞机接过行李，陶明灼便敏锐地发现好像有哪里不对。

"你的脸色有些不太好。"陶明灼问，"是不是哪里不舒服啊？"

荆瓷摇头："我没事，在飞机上没有睡好而已。"

荆瓷回答得天衣无缝，语气也很镇定，陶明灼便没再多想。

几天后，陶明灼照惯例去荆瓷的办公室吃午饭。

荆瓷办公室的门虚掩着，梁京京的声音隐约传了出来："您上周在 U 市刚发了高烧，要不要养养身体再去周末的酒会吧，荆总您也真是的，自己的身体……"

陶明灼瞳孔一缩，直接把门推开了。

"你在 U 国生病了？"他直接问道。

荆瓷一怔，叹息着抬起手，揉了揉太阳穴。

陶明灼气势汹汹，脸色极差。梁京京左看右看，知道自己的大嘴巴可能坏事儿了。她察言观色的能力极强，讪笑了一下，近乎是以光速溜出了荆瓷的办公室，给他们两人留下可以单独交流的空间。

陶明灼板着脸看向荆瓷，荆瓷叹息着站起身，走到陶明灼的面前，解释道："当时只是突然着了凉，第二天吃了药就好差不多了，感觉没有让你白担心的必要，便没有说。"

陶明灼还是不说话。荆瓷又温声开口道："而且当时你正是赶稿最忙的时候，我实在是不想让你担心。"

"不想让我担心。"陶明灼低沉地重复了一遍荆瓷的话，冷笑了一声，"不想担心所以就瞒着我，为什么连梁秘书都知道你病了，你就偏偏不告诉我呢？"

这对话在荆瓷的耳朵里听起来异样的耳熟，当时荆瓷饮食紊乱症刚被陶明灼发现的时候，陶明灼也问过近乎一样的话。

荆瓷知道陶明灼思维发散能力极强，他心知不能再让眼前的青年继续胡思乱想下去，便直接开口："因为你很重要，和家人一样重要。"

陶明灼嘴边的那句"说好我们之间要坦诚"还没来得及说出口，便直接愣在了原地。

陶明灼："……继续说。"

"因为重要，所以才会在乎，才会顾虑。"荆瓷一边直视着他的眼睛，一边坚定地开口道，"我害怕你会担心，担心你会因为我而影响到你自己的工作进度，所以最后才会着选择了隐瞒。"

荆瓷说的话，字字直白戳心，陶明灼一下就理解了荆瓷的报喜不报忧。不过嘴硬心软是陶明珠的招牌特征，虽然脸上的神情看起来还是"我不高兴你欺骗了我"，但其实他的心里早就化成了一摊热乎乎的软泥。

接下来的几天，陶明灼每天都疯狂地往荆瓷的饭碗里夹菜："你看看我，初中之后就没生过病了，就是因为我从来都不挑食，每顿都吃得饱饱的，所以你也要多吃一点，明白吗？"

到了晚上该睡觉的时间，陶明灼就会去书房抢过荆瓷手里的电脑："生活作息也很重要，不要这么晚还在看文件，早睡早起身体好，天天这么累，免疫力怎么能跟上呢？"

荆瓷总是微笑道："知道了。"

于是莫名其妙地，陶明灼摇身一变变身为陶大医生，从看似非常专业的角度，从饮食、生活、作息等各方各面，有模有样地给荆瓷提出了各种各样的建议。

其实荆瓷好几次都撞到陶明灼一个人偷偷地在各大网站查养生主题的小文章，但他从不说穿，只是笑着看陶明灼忙前忙后。

有那么一瞬间，陶明灼感觉好像又回到了当初荆瓷患有饮食紊乱症的时光。

荆瓷在公司里是上司，他无疑是温柔且有教养的，同时也非常的独立冷静。虽然说出来有些难为情，但其实在两人私下相处的时候，陶明灼很享受照顾荆瓷的感觉。

于是"陶大营养学家"的身份就这么一直延续了下去，一直到那一年的秋天。那是个国庆节假期，陶明灼和陶雪回老家探望爸妈，结果当时正值初秋时节，天气突然降了温。

陶明灼贪凉，爬山的时候少穿了件外套，出了一身汗后被冷风一吹，回去就着了凉，当晚就发起了高烧。

这下就有些丢脸了。因为这一段时间陶明灼和荆瓷一直吹牛说自己是"金刚不坏之身"，最常挂在嘴边的话就是"我已经十几年没生过病了"，甚至在他飞回老家之前还特地嘱咐荆瓷："要多吃饭，才能像我一样不会轻易生病。"

风水轮流转，现在轮到陶明灼傻眼了。

陶明灼在老家要待个一周左右，他和荆瓷已经三天没见面了，今天上午才约定好了明天视频，带荆瓷看看自己家乡的风土人情，下午的陶明灼就已经因为高烧虚弱得人都快站不起来了。

此刻的他一把鼻涕一把泪，时不时还会打一个震天响的喷嚏。

陶雪嫌弃得不行："你要不赶紧飞回去养病吧，咳嗽咳得天花板都快掀开了。"

陶明灼吸了吸鼻子，忧心忡忡地问陶雪："姐，有什么偏方能让我的感冒一晚上就好起来的吗？比如喝点鸡血又或者吃点人参果……"

"怎么已经开始胡言乱语了啊？"陶雪开始惊恐起来，唯恐自家傻弟弟烧得更傻，赶紧伸手去探他的脑门："你小子别是已经烧得糊涂了吧，我的妈，真够烫的啊。"

烧得晕晕乎乎的时候，陶明灼突然就能明白荆瓷当时生病为什么要瞒着他了。

那是一种极其矛盾的心理，此刻的陶明灼无疑是希望能够实现自己的诺言的，但与此同时，他更希望荆瓷不要知道自己的病情。

因为他可以想象得到荆瓷因为担忧自己的病情而皱起眉头的样子，荆瓷的工作本来就忙碌，自己这么一病，他无疑是又要多操心的。

不愿意让荆瓷担心是一方面，另一方面陶明灼一直信誓旦旦地说自己身体强壮、金刚不坏，这一病，他苦心树立起的"营养学家陶先生"的身份将不复存，以后说的话在荆瓷耳朵里估计也不会有什么信服力了。

陶明灼感到心烦意乱。荆瓷嘴上肯定不会说什么，但背地里应该也是会忍不住偷笑自己的吧。虽然朋友之间最重要的是坦诚，但一些善意的小小谎言应该也无伤大雅才对。

陶明灼想，要不……要不就瞒这么一次吧？

周五上午，荆瓷坐在办公室里处理文件。

手机的闹钟响起，是和陶明灼约定好了视频电话的时间，荆瓷放下手中的工作，如约打了视频过去。

视频接通的那一瞬间，荆瓷呆愣了好几秒，手机另一端的人确实是陶明灼没错，但是此时此刻的陶明灼，戴着口罩，神情还有点躲闪。

荆瓷："怎么了？为什么突然戴口罩？"

陶明灼视线游移："哦，我老家最近的空气质量不太好，这两天早上雾霾比较严重，所以我就……我就随便戴了个口罩。"

荆瓷蹙眉。陶明灼的老家以山景闻名，空气是出了名的清新，而且看陶明灼身后的背景与布局，他很明显是在室内，哪怕是雾霾天，荆瓷也看不出来此刻的他有什么戴口罩的必要。

而且不知道为什么，虽然口罩确实会阻挡部分声音，但陶明灼的声音听起来也不应该这么闷才对。

陶明灼心虚得不行，快要演不下去了，语无伦次道："今天不能带你看风景了，雾霾太大了……并且我得去补补觉，今天陪我爸妈爬山爬得实在是太累了……"

"我有一位客户，邀请我明天和他一起去看一场画展，就在你老家旁边的 C 城。"荆瓷突然开口道，"如果你想的话，明天我可以稍微变一下行程，说不定可以先见你一面。"

荆瓷偷偷观察陶明灼的反应，道："你觉得怎么样？"

有那么一瞬间，陶明灼差点就把一切都给交代出来了。

"没事……没必要改行程。"陶明灼脑袋烧得昏昏沉沉，嘴里还在做着最后的挣扎，"我、我明天可能还要陪我姐去看看其他亲戚呢，反正过两天我就回去了，到时候直接公司见。"

荆瓷定定地看着陶明灼的脸。

"好。"荆瓷说，"那我就直接去和客户看画了？"

这话要是个陈述句还好，但偏偏是个问句，陶明灼嘴边的那句"稍微来看我一眼也不是不行"差点就脱口而出了。

但最后陶明灼还是把话咽回了喉咙里，咬牙道："嗯，你去看吧。"

陶明灼这一晚睡得不是很踏实。

晕晕乎乎地醒来，陶明灼发现已经中午十二点了，他忍不住给荆瓷发微信："画展看得怎么样了？"

荆瓷回复道："还不错。"

陶明灼犹豫着要回复什么，荆瓷又发过来了一条消息："这位客户新开了一个度假村，还想邀请我去小住一周，顺便谈谈生意。"

陶明灼愣住，追问道："什么生意要谈四五天啊？"

荆瓷一直没有回复，估计是正在忙着招待客户。

陶明灼的爸妈和陶雪出门去买菜了，病号陶明灼独自留守在家。

陶明灼此刻正坐在家里院子里的秋千上，他还有点低烧，本来是打算出来透透气顺便降降温的，结果发了几条消息后感冒似乎又加重了，眼前嗡嗡着黑了一片。

早知道昨天就不搞那些有的没的了，让荆瓷来陪着自己说说话也挺好的，说不定自己精神也会好起来。

还有他这几天病得浑浑噩噩、烧得意识不清的时候，最想念的就是荆瓷给他做的他最近很爱喝的美龄粥。

然而半个小时后，荆瓷还是没有回复陶明灼的消息。

陶明灼有些坐不住了，他怀疑荆瓷有可能已经在收拾行李前往度假村的路上了。陶明灼咬了咬牙，终于没忍住发了条消息过去："哦对了，忘记和你说了，其实我生病了。"

"前天就病了。"他又补充了"亿点点"的细节，"倒也不是很严重啦，应该就是小感冒，就是头一直有点晕，高烧反复降不下来，嗓子也挺疼的，现在连路都不太能走动了。"

简直是把普通感冒能有的症状全部都写上去了。

发过去之后，陶明灼又感觉这些文字把自己的形象刻画得太虚弱了，于是又拧巴着加了一句："不过你不用替我担心，继续忙你的工作就好，肯定还是客户最重要啦。"

一个小时后，荆瓷还是没有回复。

陶明灼咬着牙，干脆直接发了一条语音过去。

"虽然我觉得没事，但我姐说，她感觉我病得还是挺严重的，说是我从小到大都很少病得这么……"

"有多严重？"

温润清冽的声线从身后响起，陶明灼的身子猛地一僵。他难以置信地回过头，看向眼前的人，怀疑此刻的自己正在做梦。

荆瓷逆着光，站在陶明灼家院子的门口，身旁放着行李箱。他的眉眼依旧清俊漂亮，但是此刻却带着几分疲倦，隐约还可以看到几分他脸上并不常见的焦虑。

陶明灼简直惊得语无伦次了："你、你怎么会……"

"空气质量不好？"荆瓷淡淡开口道，"口罩是因为雾霾天？"

陶明灼心虚地摸了摸自己因为感冒而变得通红的鼻子。

"我、我只是害怕你担心我，而且这一阵子我一直都在教你怎么强身健体不生病，我怕你知道我病了之后，觉得我这人太不可靠……"

怕自己担心这个理由荆瓷很早之前就想到了，但第二点荆瓷完全没预想到，他简直哭笑不得。

荆瓷无奈地摇了摇头："我已经和你姐发了消息，她会和你的父母打招呼，现在快收拾东西，和我一起回酒店好好休息，你爱喝的美龄粥我都已经提前让人准备好了。"

陶明灼蒙了："那、那客户呢？你不是还要看画……"

"根本就没有什么客户。"荆瓷仰起脸，抬手试探着摸了摸陶明灼的额头，感受了下温度，叹息道，"昨天电话挂断的下一秒，我就定了今早的飞机。接通视频后看到你的第一眼，我就知道你生病了。"

陶明灼很少生病，所以他这回这么一病，荆瓷很担心，在酒店里忙前忙后地照顾他，简直有求必应，想吃什么就给点什么，想看什么电影也都顺着陶明灼的心意来。

陶明灼从来不知生病了还可以有这种待遇。

吃到甜头后，陶明灼简直更加得寸进尺，如果看到荆瓷犹豫，陶明灼就会很可怜地吸了吸鼻子，用大狗狗乞讨般的眼神继续盯着他看，荆瓷最后总会无奈妥协。

所以快要痊愈的时候，陶明灼恨不得自己能再多咳个一两天。

于是这场感冒好了之后，陶明灼逐渐从之前的"报喜不报忧"，逐渐走向了另一个"无中生病"的极端。

办公室里，陶明灼直挺挺将手伸到了荆瓷的面前："你看，今天早上我冲咖啡的时候，手被速溶咖啡袋的边缘给划了个大口子呢。"

看他神色之中的兴奋，不像是展示伤口，倒像是在邀功一样。

荆瓷一怔："给我看看。"

陶明灼可怜兮兮地补充道："别看这口子小，其实真的好痛的，手上的伤口对画师来说可是非常致命的事情，会影响到很多工作的……"

荆瓷盯着陶明灼指尖上小到需要用显微镜才能勉强看到的划口，陷入沉思。

"嗯，你说的对，"最终荆瓷的神色虽然无奈，眼底却含着笑意，"我这就帮你处理一下。"

【全书完】

图书在版编目（CIP）数据

下饭菜 / 芥菜糊糊著. — 武汉：长江出版社,2023.9
ISBN 978-7-5492-8911-0

Ⅰ.①下… Ⅱ.①芥… Ⅲ.①长篇小说－中国－当代
Ⅳ.①I247.5

中国国家版本馆CIP数据核字(2023)第096667号

下饭菜 / 芥菜糊糊 著
XIAFANCAI

出　　版	长江出版社			
	（武汉市解放大道1863号　邮政编码：430010）			
选题策划	漫娱图书　马飞			
市场发行	长江出版社发行部			
网　　址	http://www.cjpress.com.cn			
责任编辑	罗紫晨			
特约策划	宋旖旎			
总 策 划	两脚猫工作室	开　本	889mm×1230mm　1/32
装帧设计	李梦君　邵艺璋	印　张	8
印　　刷	武汉鸿印社科技有限公司	字　数	193千字
版　　次	2023年9月第1版	书　号	ISBN 978-7-5492-8911-0
印　　次	2023年9月第1次印刷	定　价	46.80元